KB265206

나비들의
음모

나비들의 음모

펴 낸 날 | 2009년 8월 24일 초판 1쇄

지 은 이 | 파트리스 라누아
옮 긴 이 | 최정수
펴 낸 이 | 이태권
펴 낸 곳 | (주)태일소담
　　　　　서울시 성북구 성북동 178-2 (우)136-020
　　　　　전화 | 745-8566~7 팩스 | 747-3238
　　　　　e-mail | sodam@dreamsodam.co.kr
　　　　　등록번호 | 제2-42호(1979년 11월 14일)
　　　　　홈페이지 | www.dreamsodam.co.kr

ISBN 978-89-7381-993-5 03860

● 책 가격은 뒤표지에 있습니다.
● 잘못된 책은 구입하신 곳에서 교환해드립니다.

나비들의 음모

Le Complot
des
Papillons

파트리스 라누아 지음

최정수 옮김

소담출판사

셀과 파타고니아의 모든 타자들에게
너무나 자주 내 곁으로 달려왔던 그에게
파트리샤에게

당신의 상대성이론 속에서는 시간 여행이 가능하다.
하지만 그것이 정말로 가능해진다면
시간이라는 것은 환영에 불과하리라.

—논리학자이자 철학자인 쿠르트 괴델이
친구 알베르트 아인슈타인에게

예전 이야기다. 저녁이면 우리는 절벽가에 앉아서는 해가 지는 모습을 바라보곤 했다. 거기 멀리서 태양은 파도를 핥고 새빨갛게 타오르며 울부짖었다. 정말이지 장관이었다. 나는 그 모습에서 눈을 떼지 못했다. 파트리샤는 그런 나를 놀려댔다. 내가 태양을 지칠 줄 모르고 바라보았기 때문이다. 파트리샤가 말했다.

"이런, 바보. 그만 쳐다봐. 눈이 멀기라도 하면 어쩌려고."

하지만 나는 눈이 아플 때까지 계속 쳐다봤다. 그 후에도 나는 태양에 집착했다. 태양은 나에게 순응했고, 나는 태양에 푹 빠져버렸다. 태양은 우리의 발치에서 춤을 추었고, 눈을 감으면 태양은 내 눈 속에 떠다녔다. 나는 파트리샤를 껴안고는 이런 나를 이해해달라고 말했다. 태양과 함께 있으면 나는 마치 불을 훔친 사람 같았다. 그 말에 파트리샤는 위안을 받았고, 어쩔 수 없이 내게 입을 맞추었다. 그녀는 자기 입술을 내 눈에 포개고는 깔깔대며 웃었다. 내가 원한 것이 바로 그것이었다. 그녀의 웃음. 그녀의 웃음은 나를 악몽에서 구해주었고, 성가신 사람들을 모두 하늘에서 쫓아냈다. 실크 같은 그 웃음. 나는 그 웃음이 우리의 욕망과 영혼을, 그리고 우리의 모든 비밀을 시간에서 훔쳐내리라 믿었다. 하지만 아니었다. 내 예상은 빗나갔다. 파트리샤가 사라져버렸다. 그녀가 떠난 지 벌써 2년이다. 2년 동안 숨을 쉬지 않고 있다.

우리가 항구를 떠나고 사흘 낮 사흘 밤이 지났다. 그리고 나는 이 항해일지를 적기 시작한다. '모르포' 호의 항해일지. 때때로 사람들은 이야기한다. 삶이 새로운 국면을 맞이하면 숨 돌릴 틈 없이 새로운 사건들이 몰아치는 법이라고. 그러나 나는 그 말을 믿지 않는다. 진실은 소리 없이 드러난다. 그것은 조용히 다가온다. 기별도 하지 않고 부드럽게 우리를 압도한다. 그것이 효력을 발휘할 때쯤이면 이미 너무 늦다. 이 아이들을 만나면서 내게 일어난 일들이 아마도 그랬을까? 우리가 세상에서 쫓겨났음을 이제야 깨닫는다. 하지만 어쩔 도리가 없다. 이젠 아무것도 모르겠다. 심지어 시간조차 우리를 붙잡지 않는다.

사흘이 지났다. 내가 내 일에만 매달렸다면, 다른 일에 신경 쓰지 않고 내 회한 속에 틀어박혀 있었다면, 아무 일도 일어나지 않았을지 모른다. 그랬다면 그 아이들은 절대 내게 접근하지 않았을 것이다. 하지만 나는 붓을 내려놓았고 눈을 들어 그 아이들을 쳐다보았다. 그 소리 때문에, 항구 주변을 날면서 깍깍거리던 갈매기들의 울음소리 때문에. 아, 갈매기들은 마치 요란하게 항의하는 것 같았다……. 소란이 벌어졌다. 하늘 한가운데에서 전쟁이 벌어진 느낌이었다. 갈매기들은 먼저 먹이를 먹으려고 앞다투어 부리로 쪼아

대고, 발톱을 앞으로 내밀어 마구 휘저었다. 매일 오후 어부들이 사람이 먹지 못할 허드레 생선 토막들을 모아 바다에 버릴 때면 늘 일어나는 일이었다.

군데군데 녹이 슬고 얼룩이 진 트롤선들이 흔들리며 항구로 들어왔다. 맨 앞의 배는 마지막으로 하얀 포말을 일으킨 뒤 이미 부두에 정박하여 스크루를 멈추었다. 그때 하늘에서 갈매기들이 갑자기 울음을 멈추었다. 배들이 항구에 생선 대가리들을 잔뜩 토해놓았고, 탐식가 갈매기들이 쏜살같이 그 위로 덤벼들었다. 견습선원들이 상갑판의 난간에 팔꿈치를 괸 채 갈매기들의 쟁탈전을 구경하며 박수를 보냈다. 그들은 이죽거리며 웃고, 팔꿈치로 서로 쿡쿡 찔러대며 굴대의 양 끝부분이 물에 잠기는 모습을 지켜보았다. 얼간이 녀석 하나가 갈매기들에게 돌을 던졌다. 그 녀석은 깃털 달린 거지 꼴의 그 갈매기들보다 자기가 더 자유롭다고 생각하는 것 같았다. 갑판장이 그 녀석을 나무랐다.

"멍청한 녀석, 갑판이나 닦아!"

예전에는 제비갈매기들이 별들 높이까지 날아올랐다. 그들은 아무것도 먹지 않고 싸락눈이 흩날리는 하늘을 통과하여 지구의 한쪽 끝에서 다른 쪽 끝까지 이동했다. 섬에서 큰곰자리로, 그리고 케이프혼까지. 하지만 누가 기억할까? 이 항구가 지름길이라는 사실을 아는 사람은 나 혼자일 것이다. 과거의 세상이 그 무기력함과 함게 불쑥 모습을 드러낸다. 제비갈매기들과 선원들은 어디로 떠났을까? 찬란하게 부서지던 목소리들은 거의 사라지고, 밧줄 몇 꾸러미와 숨죽인 엔진 소리만 남아 있을 뿐이다. 환영들. 안개. 풀어헤쳐진 밧줄들.

　　나는 부두에 정박한 모르포 호에 있었다. 오래전에 끝냈어야 할 작업 때문에 요트를 부두에 묶어놓은 채로. 갑판에 놓인 밧줄이 마치 쇠수세미 같았다. 내 옆에는 붓 몇 자루가 있었고, 내 손가락에는 핏빛 페인트가 묻어 있었다. 암초에 부딪혀 용골(龍骨, 배의 바닥을 받쳐주는 길고 큰 재목. 이물에서 고물에 걸쳐 선체를 받쳐준다_옮긴이)에 금이 가고 햇볕에 달궈진 내 귀여운 친구 이로코(아프리카에서 생산되는 목재_옮긴이)는 통찰력이 부족한 내가 중얼대는 모든 사랑의 말보다 낡고 황폐했다.

　　모르포. 숲에 사는 나비. 기아나(남아메리카 북동부의 대서양 연안지방. 서쪽으로부터 가이아나, 수리남, 프랑스령 기아나로 나뉜다_옮긴이)의 장난꾸러기. 내가 그때껏 본 모든 것들 중 가장 아름다운. 시간이 조금 지난 뒤에 나는 그 곤충의 날개가 파란색이 아님을 알게 되었다. 모르포의 날개는 아무 색깔도 없다. 색소 한 방울 없다. 모르포가 물에 젖어 있을 때 확대경으로 들여다보면 껍질의 재질이 투명하다. 비밀은 바로 그것이다. 모르포는 빛을 굴절시켜 파란 하늘 같은 색채를 사람의 눈 속으로 반사시킨다. 존재하지 않는 파란색. 탄복할 만한 사기. 뭐 그런 것.

"하늘색으로 칠하고 있네요. 힘들겠어요, 안 그래요?"

나는 그 아이가 부두 위쪽에서 다가오는 것을 미처 보지 못했다. 가볍고도 진중한 그 목소리가 내 마음을 두드렸다. 그 목소리는 마치 죄어드는 레이스 같았다. 지나치게 두꺼운 초록색 스웨터와 그 스웨터에 어울리는 구멍 난 청바지를 입고 머리에는 띠를 두른 그 소녀는 맨발을 절반쯤 허공에 내민 채 부두 끝에 서 있었다.

"조심해라. 떨어지겠다."

소녀의 어머니가 있었다면 이렇게 말했을 것이다. 키가 삐죽한 그 소녀는 열다섯 살에서 열일곱 살쯤 되어 보였다. 얼굴의 윤곽은 삐죽삐죽한 머리카락에 가려져 있었다. 위장과 완화를 위해.

"거의 끝났나요? 배에 페인트칠하는 것 말이에요."

나는 고개를 들어 아이의 얼굴을 찬찬히 뜯어본 뒤 손을 닦았다. 창백한 진줏빛 얼굴에 그 또래 특유의 주근깨가 나 있고, 해파리 같은 두 눈이 느릿한 광채를 발하고 있었다. 거드름을 피우는 듯한, 노란색과 초록색이 섞인 눈빛이었다. 유리를 통해 보는 것처럼 생각이 빤히 들여다보이는 부류. 내가 좋아하는 타입이었다.

"안녕, 얘야."

"전부 다 봤어요. 아저씨가 몇 주 동안 미친 사람처럼 이 배를 손보는 모습을요. 모든 일엔 끝이 있게 마련이죠. 하지만 아저씨의 페인트 작업은 그렇지 않던데요. 사람들이 봤다면 아마……."

소녀가 하려던 말을 뭉개버렸다. 도시 사람들이 흔히 그러듯이. 그리고 혀로 딸그락 하는 소리를 냈다. 피어싱을 한 걸까?

"보고 있었니?"

"음…… 글쎄요. 바보 멍청이들을 제외하고는 다들 모든 일에 끝이 있다는 걸 알죠."

소녀가 대답했다.

"무슨 말을 하고 싶은 거냐?"

"아무것도 아니에요. 오래된 시시한 농담일 뿐이죠. 그런데 아저씨는 아무하고도 이야기하지 않던데요. 항구에 다른 사람들이 많은데도 말이에요. 뭔가 꿍꿍이가 있어 보여요."

"네가 그렇게 생각한다면 그럴지도 모르지……."

"무슨 꿍꿍이인데요?"

"농담이야."

"내가 아저씨한테 이야기를 강요한다고 생각하진 않죠? 괜찮아요. 처음엔 다 그런 거예요."

“서먹함을 깨려고?”

“어쨌든 난 아저씨 말을 열심히 듣고 있다고요, 안 그래요?”

“그런 건 감옥에서나 통해. 한 남자가 감방에 새로 들어오고, 감방에 수감돼 있던 죄수들은 모두 고개를 돌려 그를 쳐다보고는 무슨 죄를 저질렀기에 여기에 왔냐고 묻지. 남자는 그들에게 대답해. ‘내가 들려준 이야기가 너무 웃겨서 사람들이 모두 죽었기 때문이오. 그 이야기를 해줄까요?’”

소녀가 웃음기 없이 대답했다.

“네, 좋아요. 그런데 아저씨는 감옥이 그런 식으로 돌아간다고 생각해요? 쳇, 사람들은 이상한 것들을 수집한다니까요. 아저씨는 시시한 농담을 수집하고, 나는 괜찮은 농담을 수집하고.”

해파리 두 마리가 나를 향해 헤엄쳐왔다. 소녀는 남자 아이들의 시선을 꽤나 받을 것 같았다. 춤추는 두 개의 눈동자.

갈매기들이 소리 맞춰 한바탕 길게 울어댄 뒤에 소녀가 말했다.

“음, 난 이런 배를 꽤 좋아해요.”

“배? 배가 어디 있다고 그러니? 아, 이거 말이냐? 이건 배가 아니라, 돛 하나짜리 요트야.”

“죄송해요.”

“사실 돛대도 없어.”

내가 돛대가 있어야 할 빈 공간을 가리켰다.

"그렇군요. 아무튼 그러니까, 돛대가 없으니까 배죠! 이거 멀리까지 갈 수 있나요? 진짜 배처럼?"

"꽤 멀리까지 가지."

"정말요? 세상 끝까지?"

"그러려면 의지가 필요하겠지. 아주 강한."

나는 내 안의 두려움들이 흘리던 피가 멎는 것을 느꼈다. 기울어가는 햇빛 속에서 이런 말은 쓸데없고 경박할 뿐이었다. 이 배가 과연 어디에 상륙할 수 있을까?

"그러니까 아저씨는 말하자면 선장이네요."

나는 웃었다.

"그래, 굳이 그렇게 말하면……."

"저, 선장님, 우리를 선장님의 멋진 요트에 태워 바다를 한 바퀴 구경시켜주면 어때요?"

그제야 나는 알아차렸다. 검은 성게 같은 머리칼과 해파리 같은 눈을 한 그 소녀가 나에게 말을 붙이며 처음부터 염두에 두고 있었던 것은 바로 바다 구경이었다.

"이름이 뭐니?"

"클라라예요."

"그래 좋다, 클라라. 이런 말을 해서 유감이다만 그건 불가능해. 이 배에는 없는 것들이 있어. 바다를 항해할 때 필요한 장치들

말이야."

소녀가 광채를 잃은 눈빛으로 말했다.

"내가 바보인 줄 알아요? 나는 바보가 아니에요. 이 배에 돛대가 없다고 했죠. 그러면 노를 저으면 되잖아요, 안 그래요?"

소녀는 고개를 돌려 자기 뒤쪽을 노려보더니 전혀 서두르지 않고 다시 내게 눈길을 돌렸다. 그런 다음 밧줄 꾸러미 위에 앉아 두 팔로 무릎을 감싸 안았다. 밧줄은 부두 위에 뒤죽박죽으로 널려 있었다.

"아저씨는 이름이 뭐예요?"

"로익이다. 그냥 편하게 아저씨라고 불러."

"하하…… 그렇군요. 그런데 아저씨 그거 알아요? 배를 타고 바다 멀리 나가면 신기한 모양의 바위들이 솟아 있고 저녁에는 수영을 할 수 있는 곳이 있다던데요."

"피에르 블랑슈 말이구나. 그래, 여기서 꽤 가까운 곳이지. 항구를 나가 왼쪽 방향에 있어. 일요일이면 견습선원들이 놀러 가곤 하지. 너 같은 여자 아이가 부탁하면 그들이 흔쾌히 데려다줄 거야."

"나 같은 여자 아이라니요?"

"아니야, 아무것도 아니다."

"좋아요. 아저씨가 나를 다른 여자 아이들과 똑같이 생각한다면 내 사촌동생 솔을 소개해야겠네요."

소녀가 내 눈에는 보이지 않는 부두의 한 지점을 향해 검은 머리카락으로 뒤덮인 텁수룩한 머리를 돌렸다.

자갈이 바스락거리는 소리가 들렸다. 내 시야를 벗어난 곳에서 뭔가 꿈틀거리는 것 같았다. 상대의 공격을 살짝 피하는 듯한 동작.

"저 애는 빅토르예요. 하지만 다들 솔이라고 부르죠. 저 애는 태양을 공이라고 생각해서 항상 두 손으로 붙잡고 싶어 하죠."

"사람들은 다들 뭔가를 붙잡고 싶어 한단다."

"어쨌든 난 아저씨 배가 마음에 들어요. 엄청 오래된 것 같고, 저쪽에 있는 보기 흉한 플라스틱 배들과는 차원이 달라요."

"그래, 50년도 더 됐지. 하지만 배치고는 오래된 게 아니란다!"

갈매기들이 다시 깍깍 울면서 우리의 대화에 끼어들었다. 소녀는 갈매기들이 실컷 울어대도록 잠시 가만히 있었다. 그러고는 모르포 호에 계속 관심을 보였다.

"그런데 하필 왜 하늘색이에요? 배 색깔치고는 이상해요. 금속 같은 광택도 나고요."

"그건 이 요트의 이름 때문이란다. 여기 씌어 있잖니."

"음…… 모르포?"

"나비 이름이지."

"그래요?"

"열대의 숲에 사는 나비."

"아, 그렇군요!"

소녀가 이빨 사이에 풀잎 하나를 물고 잘게 찢는 모습을 보면서 나는 모르포에 대한 내 설명이 얼룩말의 줄무늬에 대한 설명만큼 이나 그 애의 호기심을 자극했음을 알았다.

아직 모습을 완전히 드러내지는 않았지만 내 시야 끄트머리에 솔이 아주 조금씩 모습을 나타냈다. 나는 미소를 지었다. 이 아이들이, 이 두 조무래기가 바다 구경을 하고 싶어 의도적으로 내게 접근했다는 생각이 들었기 때문이다. 클라라는 사설을 늘어놓으며 나를 구워삶고, 양팔을 흔들어대고, 할 수 있는 모든 수단을 동원해 힘껏 나를 졸라댔다. 그동안 클라라의 사촌 솔은 조용히, 아무 소리도 내지 않고 요트 안으로 미끄러져 들어왔다. 그 애는 내가 예측하지 못한 순간 다시 나오려는 듯했다. 그 소년은 우스꽝스러운 감시인이었다. 야위고, 키는 거의 클라라만큼 컸으며, 클라라보다 더 괴상한 차림새였다. 허약해 보이는 소년은 삼각 수영복을 입고 있어서 넓적다리가 길어 보였다. 검은 두 눈을 가리지 않고 옆으로 흘러내린, 색이 연하고 결이 가는 머리카락이 빛바랜 여름 휴가 사진을 연상시켰다. 작은 새우를 잡는 데 쓰는, 눈이 촘촘한 그물 같기도 했다.

그 모습이 내 안에 매혹적인 반향을 불러일으켰다. 소년의 눈은 파트리샤의 눈과 똑같았다. 그리고 클라라의 머리카락은 파트리샤의 머리카락처럼 까마귀 같은 검은색이었다. 공기를 크게 한 모금 들이마시자 파트리샤에 대한 상념이 흩어졌다. 언제쯤 그녀의 모습이 불쑥불쑥 눈앞에 떠오르지 않을까?

"아저씨가 나비를 좋아하는 것 같으니까 내가 수수께끼를 하나 낼게요."

클라라가 손에 주사위라도 한 줌 쥔 표정으로 말했다.

"그거 재미있겠구나."

"그런 말은 나중에 하세요……. 자, 우리는 두 자매예요. 우리는 나비의 날개처럼 가볍죠. 우리는 세상을 사라지게 할 수 있어요."

나는 수수께끼의 답을 찾아보았다.

"뭔지 알겠죠!"

"아니."

"거짓말. 아저씨가 답을 아는 게 내 눈에 뻔히 보이는데!"

"눈꺼풀?"

"아저씨, 순진하고 가여운 아이들을 놀리는 건 비열한 짓이에요. 안 그래, 솔?"

"순진해, 순진해."

솔이 되뇌었다. 이제 솔은 문어 같은 긴 두 팔로 클라라의 어깨를 감싼 채 몸을 기대고 있었다.

부두 위의 투명한 공기 속에 그렇게 선명히 모습을 드러낸 두 아이를 보고 있으니 석루조(빗물이 흘러내리도록 구멍을 뚫어 지붕 처마에 설치한 돌. 이무기나 용을 새긴 것도 있다_옮긴이)가 연상되었다. 키메라, 조롱하는 미소를 머금은 순한 괴물이 내게 뭔가 이야기를 하려는 것 같았다.

"그래서요? 우리를 데려가줄 건가요?"

클라라가 시치미를 떼고 나를 서서히 조여왔다. 다리를 길게 뻗고 뱃전에 앉아 두 눈은 하늘을 향한 채. 그 애의 다리가 배 앞쪽의 조망대에 닿을 정도로 길게 늘어져 있었다.

"아니."

거절하는 내 목소리가 간신히 입술을 벌리고 새어나왔다. 그리 자신감 없이. 클라라는 그 목소리에서 내가 결국 항복할 거라고 느낀 것이 틀림없었다. 내 생활신조에 전적으로 위배되는 일이지만 이 아이들과 함께해야겠다는 생각이 이미 내 머릿속에 싹터버렸다.

"선장, 혹시 자폐아를 본 적이 있어요?"

"아니."

클라라가 알면 놀라겠지만, 나는 그 애에게서 작은 나폴레옹을 연상했다. 클라라가 반쯤 몸을 돌려 슬그머니 도망치려는 소년을 낚아챘다.

"아저씨, 이리 와봐요……. 친애하는 내 사촌동생 솔을 소개할게요. 대단한 자폐아이자 세상에서 가장 교감 능력이 뛰어난 아이죠."

"아, 클라라, 그런 식으로 소개하면 안 돼. 이 아이는……."

"왜 안 돼요? 비참한 면을 강조해봐야 좋을 게 전혀 없잖아요, 안 그래요? 솔은 자폐아예요. 하지만 그건 죽을병이 아니라고요. 난 이렇게 말하고 싶어요. 솔은 지금 이대로 행복하다고. 아저씨와 나만큼이나 행복하다고!"

"그 점에는 공감한다."

"아, 그래봐야 애한테는 소용없어요. 아저씨도 짐작하겠지만, 애 머릿속에는 그런 생각 자체가 없거든요. 머릿속에 생각도 없고 사람도 없어요. 아저씨나 나 또는 다른 누구도. 하지만 그건 불행이 아니에요. 그냥 부재일 뿐이죠."

"그렇게 볼 수도 있겠구나."

"나는 애를 굉장히 좋아해요. 난 애를 '타자' 혹은 '화성인' 이라고 부르죠. 그렇게 부르면 왠지 정상 같잖아요."

자폐증 소년이 눈도 깜박이지 않고 턱을 가슴에 댔다. 소년의 목구멍에서 그르렁거리는 소리가 나는 것으로 보아 그 애는 우리가 자기 이야기를 하는 걸 아는 듯했다. 그 애의 입술이 벙긋 벌어졌다. 그 희미한 미소는 마치 이렇게 말하는 듯했다.

'난 아저씨의 속마음을 모두 간파하지는 못해요. 하지만 별 문제

는 아니에요.’

“얘는 아저씨가 멋있다고 생각하고 아저씨 배에 타고 싶어 해요.”

클라라가 통역했다.

나는 생각에 잠겨 멍하니 있지는 않았다. 자폐아를 처음 만난 것치고는 나쁘지 않았다. 나는 소년의 허리를 들어 올려 갑판 위에 내려놓았다. 소년의 금발, 아니 소년의 모든 것이 내 두 손에 풍선처럼 가벼운 느낌을 남겼다. 강렬한 느낌이었다. 너무 오랫동안 아무와도 몸을 접촉하지 않아서 그런 것 같았다. 나 자신이 바보 같았다. 이런 괴짜에게 순순히 사로잡히다니 완전히 바보 천치였다. 하지만 동시에 안심이 되기도 했다. 숨을 쉬게 되어서.

자폐증에 대해 내가 아는 것은 텔레비전에서 2, 3분가량 본 것이 전부였다. 소파에 누워 무감각하게 뒹구는 관음증 환자들을 위하여 상처 입은 존재들의 두드러진 특징들을 몇 분 동안 떠들어대던 프로그램. 우울증을 앓는다던 알코올 중독 직전의 한 영화배우가 기억난다. 방송에서는 그가 어렸을 때 자폐증을 앓았다고 장광설을 늘어놓았고, 그에게 20초를 할애하며 용기를 내라고 했다. 그의 삼촌은 금요일 저녁마다 그를 어두운 방 안에 몰아넣었고, 그는 여생 동안 이런저런 직업을 전전하며 한 떼의 정신의학자들에게 돈을 갖다 바쳤다. 자폐증 이야기가 나오니 파트리샤의 의붓자매인 아니의 울부짖음이 떠올랐다. 내가 그 울부짖음을 들었냐고? 전혀.

사실을 털어놓으면, 파트리샤와 함께했던 그 몇 년 동안 나는 우리와 아니 사이에 내가 짜낼 수 있는 수많은 책략을 개입시켰다. 그러나 아니는 이따금 내 능력을 벗어나 나를 속수무책으로 만들었다. 혹은 그야말로 극적으로, 가족 사이에 최초의 유혈사태가 벌어지기 직전에 항복했다. 나로서는 도무지 이해가 되지 않았다. 빵 조각을 바닥에 떨어뜨리면 항상 버터가 발라져 있는 쪽이 바닥에 닿듯이 파트리샤가 몹시 좋아했던 그 사악한 여자는 잊을 만하면 자랑스럽고 교만한 모습으로 우리의 테이블에 다시 나타났다. 나는 테이블에 팔꿈치를 괴고 귀를 틀어막았지만 소용없었다. 그녀는 대포처럼 의기양양하게 소리를 질러댔다. 그리고 나는 그 소리를 들었다.

마치 강물 같았다. 상투적이고 진부하며 끝없는 수다. 그건 모든 것을 휩쓸어버렸다. 아니는 여성 잡지의 패션 섹션에 집착했고, 자기가 저널리스트이고 박식하다고 믿었다. 그리고 순전히 우연에 의해 자폐증 문제에 덤벼들었다. 데카르트 의과대학의 과잉행동장애 어린이 병동은 스타 디자이너인 마이크 조티와의 계약에 서명했다. 그의 아이디어는 간단하고도 탁월했다. 다음번 컬렉션을 자폐아들이 디자인하게 하는 것.

"천재적인 아이디어야!"

아니가 그 기회를 붙잡으며 괴성을 질렀다. 그녀는 가까운 장래

에는 감정과 연민이 널리 이용되리라는 사실을 알았다. 프로인 그
녀는 거기에 추문을 덧붙였다. 그 자폐아들은 보호받아야 했고, 사
디스트 같은 의사들이나 선잠이 든 행정조직의 손아귀에서 벗어나
야 했다. 그것이 그녀의 '자폐아 구조' 활동의 발단이었다. 그 일은
풍요로운 저녁 시간들을 독차지하고 여러 달에 걸쳐 가족 간에 언
쟁을 야기했다.

"곧 내 기사들을 보게 될 거야. 물론 고통스럽겠지. 하지만 사람
들은 그 아이들이 선 채로 죽어가도록 방치하고 있어! 나는 보건부
장관 두이스트가 어떤 사람인지 알아……. 그들은 우리 돈을 받고
무기력하게 안주하는 모든 정신분석가들이 정신을 바짝 차리게 할
거야!"

아니는 '남들과 다른' 그 아이들의 비극을 알게 된 날 저녁 곧바
로 우리에게 공표했다. 물론 그녀의 입에서는 '자폐아'라는 단어
가 금기였다. 파트리샤는 아니에게 싸구려 샴페인을 더 마시자고
제안했다. 그러자 아니는 침을 튀기며 "축하해, 너는 나치의 강제
수용소에 있잖아?"라고 말한 뒤 문을 쾅 닫고 나갔다.

아니에겐 결점들이 있었다. 하지만 그녀는 자신이 속한 작은 세
계에 깊은 인상을 남길 줄 알았다. 이루 헤아릴 수 없고 차마 말하기
창피한 수단들을 동원해 그녀는 '세상과 격리된 어린이들'의 비극
에 저녁 황금시간대를 할애해달라고 방송사 프로듀서를 설득했다.

하지만 그런 주제는 텔레비전 앞에서 코를 고는 사람들을 깜짝 놀라 잠에서 깨게 할 위험이 있었으므로, 방송사에서는 표현의 수위를 낮췄다. 현실보다 덜 위험한 상투적인 표현을 택했던 것이다. 방송사에서는 자폐아들이 디자인한 의상들을 보여주기로 했다. 스튜디오 정면의 대형 화폭에 아이들을 배치하고 커다란 붓으로 그림을 그리게 해서 그들이 우리와 같다는 것을 보여주기로 한 것이다.

"우리는 그 작품을 인쇄한 의상들을 만들 거고, 그 의상들은 육체를 믿을 수 없을 만큼 자유롭게 할 거예요. 육체라는 껍데기를 거부할 정도로."

여우원숭이같이 생긴 마이크 조티의 떠벌리는 목소리가 카메라 앞에서 토막토막 잘렸다.

시청자들의 반응은 좋았다. 그러나 방송국 책임자들과 카를 뤼저 사의 제작팀장이 상상한 것과는 다른 이유 때문이었다. 그날 저녁 방송이 한창일 때 아이들 서너 명이 카메라 앞에서 경련을 일으켰다. 그러자 옆에 있던 아이들이 불안에 사로잡혀 가위와 마이크로 스튜디오 장식을 부수기 시작했다. 그 아이들을 통제하느라 긴 시간이 소요되었다. 사람들은 소파에 누워 몹시 즐거워했다. 시청률이 올라갔다. 관음증 환자들은 앞다투어 채널을 돌렸다. 기자들이 피를 튀기면서 마이크 조티의 코앞을 막아섰다. 마이크 조티는 여섯 바늘을 꿰맸다. 아니의 '자폐증' 시기는 이 사건을 정점으로 끝이 났고, 사람들은 그 아이들을 평화롭게 놓아두었다. 이것이 파트리샤가 떠나기 전 몇 주 동안 있었던 일이다.

"솔도 거기 가고 싶어 해요. 피에르 블랑슈 말이에요. 안 그래, 솔?"

"안 그래, 솔? 안 그래, 솔?"

금발 소년이 클라라의 말을 되뇌었다.

"아, 맞다. 내가 깜박 잊고 말을 안 했는데, 솔은 말을 시키면 앵무새처럼 흉내 내요. 들어보세요. 내가 이렇게 말해볼게요. 솔, 파란 구름이……."

"솔, 파란 구름. 솔, 파란 구름."

솔이 말했다.

"저 애는 몇 살이니?"

"열한 살이에요. 저 애에게는 굉장한 능력이 몇 가지 있어요. 엄청나게 큰 숫자들을 번개처럼 빠르게 계산해요. 그리고 음악은 한 번 들으면 다 외워요. 특히 비틀스 노래요. 하지만 그건 좀 골칫거리예요. 「오블라디 오블라다」나 「옐로 서브머린」 같은 노래가 나오면 줄기차게 따라 부르거든요."

"아, 그러면 저 애는, 그러니까 네 사촌 솔은 더 후(The Who, 1964

년 영국 런던에서 결성된 록그룹_옮긴이)의 「비하인드 블루 아이스」도 알겠구나? 그 시대에 나온 노래들 중 내가 무척 좋아하는 건데."

"아마 알걸요. 솔은 암기 킬러예요……. 기억력이 너무 좋아서 꼭 기계 같다니까요. 저 애는 보거나 들은 다음 하나도 남김없이 기억해두죠. 아, 쇼핑하러 갈 때 나는 사야 할 물건들의 목록을 솔에게 불러줘요. 그러면 아무것도 빼먹는 법이 없거든요."

클라라가 한숨을 쉬었다. 내가 아무것도 이해하지 못한다는 듯이. 클라라는 몸을 일으키고는 요란한 소리를 내며 부두에서 요트의 갑판으로 뛰어내렸다. 그 애가 뛰어내리면서 쿵 하는 소리가 인적 없는 부두에 울려 퍼졌다. 클라라는 내 옆으로 바짝 다가와 찰싹 달라붙으며 말했다.

"음, 아저씨에게 하나 더 말해줘야겠네요. 수영이 솔에게 도움이 돼요. 솔은 물속에 있으면 기분이 좋아지거든요. 많이 알려진 사실이죠. 수영이 자폐아들의 마음을 안정시켜준다는 거요."

"내일 가면 어떻겠니. 약속할게. 원한다면 내일 아침에 와서 돛대 세우는 걸 도와줘도 되고……."

"아뇨. 안 돼요. 내일은 엄마와 함께 할 일이 있어요……."

"그러면……."

"그러면, 아저씨가 그럴 마음이 있다면, 지금 우릴 데려가면 되죠."

“어떻게?”

“쳇, 방법이야 찾아보면 되죠. 저기, 저 뒤쪽에 있는 거 발동기 아니에요?”

클라라가 손가락을 뻗어 보호용 덮개를 가리켰다. 덮개 밑에는 작은 발동기가 잠자고 있었다.

“설마 저 발동기로 거기에 가자는 건 아니겠지?”

“왜요, 문제라도 있어요?”

“안 돼. 그건 불가능해. 이건 요트란 말이야.”

“아, 알겠어요……. 아저씨는 이 요트가 창피한 거죠. 하지만 우린 그저 수영하러 온 아이들인걸요. 우린 그냥 물고기들이 보고 싶을 뿐이에요. 저 발동기를 달고 가요, 선장. 이건 그냥 가벼운 소풍일 뿐이에요. 이 주변에 사람이 보여요? 우릴 놀릴 사람은 아무도 없어요.”

클라라는 승리가 눈앞에 다가왔음을 확신하듯 미소를 지었다. 내 침묵은 이미 항복이나 마찬가지였다.

“여기서 가깝다면서요. 닻을 내리고 물속에 들어가 물고기들과 함께 수영하는 거예요. 그런 다음 금방 다시 돌아오면 되죠. 솔이 정말 좋아할 거예요.”

“좋아할 거야, 좋아할 거야.”

“너무하는 거 아니니?”

이 말에 대한 대답으로 클라라는 뒤로 돌더니 부두에 놓여 있던 버들가지 바구니를 낚아챘다. 상황이 뒤집혔다. 마르지 않은 내 에나멜 구두 위에 반투명 플라스틱 신발 몇 켤레, 구멍 난 수건 몇 장, 빈 병 하나, 과자, 구겨진 담뱃갑 하나가 쏟아졌다.

"하지만 클라라, 그러려면 네 부모님에게 알려야 해."

"으, 괜찮아요. 저녁때까지는 돌아올 건데요, 뭐. 우리는 해변에 있거나 아저씨와 함께 있을 거잖아요, 안 그래요? 우리를 강간하거나 토막 내 죽일 건 아니잖아요. 안 그래요, 선장?"

나는 어깨를 으쓱한 뒤, 페인트칠하던 붓과 솔들을 정리하고 발동기를 꺼냈다. 나에게 이렇듯 전적인 신뢰를 보내오는 사람의 부탁을 어떻게 거절하겠는가? 나는 태양에 기도하면서 삶을 호흡하는 사람들에게 거절하는 방법을 몰랐다. 클라라가 매듭을 풀고 부두에 밧줄을 던지는 동안 나는 그 작은 발동기를 작동시켜 연속적으로 굉음을 냈다.

"사람들은 보통 그 왕밧줄을 배에 보관한단다."

"쳇, 선장이 편집증 환자가 될 일은 없겠군요."

클라라가 요트 뒤쪽에서 몸을 일으키더니 돛의 활대처럼 몸을 똑바로 펴고 섰다. 그러고는 키에 한쪽 맨발을 올리고 모르포 호를 운전했다. 마치 줄곧 그렇게 해온 것처럼. 클라라가 웃었다. 그 커다란 웃음소리가 부두 전체에 기쁨을 흩뿌렸다.

"나는 공중회전을 좋아해요."

밀짚모자를 쓴 어부 두 명이 우리 요트 옆을 가볍게 스치고 지나가자 클라라가 그들을 향해 허세를 부렸다.

부표들을 통과할 때 솔이 클라라의 바구니로 몸을 숙이더니 털뭉치 같은 것 두 개를 힘겹게 끄집어냈다. 하나는 흰색, 또 하나는 검은색이었다. 발톱을 세운 채 야옹거리는 놈들이었다.

"솔의 고양이들이에요."

클라라가 설명했다.

"어디서 빌린 거니?"

"고양이들이 솔을 따라왔어요."

클라라가 먼바다를 바라보며 말했다.

클라라가 옷을 갈아입으러 요트 밑으로 내려갔다. 그 애가 옷을 갈아입고 갑판에 다시 나타났을 때 나는 그 애에게 눈길을 주지 않을 수 없었다. 나 자신이 살아 있다는 느낌이 들었다. 짙은 색 원피스 수영복이 헌 스웨터와 구멍 난 청바지가 감추고 있던 모든 것을 드러내주었다. 그 애의 몸은 다 큰 처녀 같은 데는 전혀 없었지만 하늘이 바다 위에 펼쳐져 있는 것처럼 자연스럽게 그 애에게 어울리는 관능을 발산했다.

　파트리샤에 대한 추억이 아주 선명하게 떠올랐다. 모래 세례라도 받은 것처럼 목구멍이 따끔거렸다. 튜브로 된 선블록 크림이 홀에 널려 있었고, 클라라는 그것을 몸에 발랐다. 내 아내 파트리샤에게서 나던 향기가 바람에 흩날렸다.

　파출리(동인도산 꿀풀과 식물의 일종_옮긴이) 향기였다.

　모든 것이 보였다. 욕실의 밝은 조명 속에 드러난 그녀의 목덜미가 보였다. 정원의 햇빛 속에서 몸을 돌릴 때 그녀의 어깨에서 그 냄새가 났다. 침대 속에서 그녀는 내 욕망을 받아들이기 위해 내 몸에 허리를 찰싹 붙여왔다. 우리가 잠 속을 통과하는 동안 그녀의 손가락들이 내 몸 위에서 빠르게 움직였다. 몇 년이 흐르자 파출리 향기는 내 의식 깊숙이 끼어들었다. 그 향기 속에서 나는 집중 공격을 받았고, 자주 넋을 잃었다. 그녀가 떠난 후 나는 집 안을 성큼성큼 걸어 다녔고 술병들을 하나씩 차례로 해치웠다. 선택의 여지가 없었다. 그러나 재수 없게도 나는 배 밑바닥에 술병이 하나 있다는 사실을 잊어버렸다. 수류탄 하나가 거기서 나를 기다리고 있었다. 사람은 절대 자기 삶에서 지뢰를 완전히 제거하지 못하는 법이다.

　매일 아침 파트리샤는 어슴푸레하고 탐욕스러운 빛을 받으며 우리의 침대에서 철수하여 작업실로 갔다. 시간이 조금 지난 후 그녀는 커피 두세 잔을 마시고 벽만큼이나 커다란 캔버스들과 정면으로 맞섰다. 그녀는 솔이나 헝겊을 써서 로스코(Mark Rothko, 1903~1970.

러시아 출생의 미국 화가. 큰 화면에 두 개 또는 세 개의 색면을 수평으로 배열한 추상표현주의 화가로 널리 알려졌다_옮긴이) 방식으로 작업했다. 그녀는 얼룩진 자신의 작품 위에 무릎을 꿇고 기어 다니고, 물을 뿌렸다. 다른 한편으로 그녀는 수고와 몸짓이 테크닉만큼이나 중요하다고 생각하여 작품에 아크릴물감만큼이나 땀도 많이 쏟아 부었다. 그녀는 낮 12시 30분까지 그렇게 그림에 몸과 마음을 모두 바쳤다. 12시 30분은 골동품 상점에서 발견한, 하늘색 래커칠을 한 괴물이 몸을 부르르 떠는 시간이었다. 그 자명종은 육지와 바다를 갈라놓는 등대만큼이나 거칠게 그녀의 또 다른 삶의 공간인 집 안 전체에 울려댔다. 그녀에게 삶의 규칙은 신성했다. 아침이면 그림을 그렸고 오후에는 자신을 팔러 갔다. 자신의 육체가 아니라 작업 능력을.

그 자명종은 내게는 괴물 같았다. 한가한 낮 시간에 불현듯 울려 퍼졌기 때문이다. 이따금 파트리샤는 그 시간이 되기 조금 전에 자신의 노고에 만족하고는 내 은신처를 깜짝 방문하여 나를 놀라게 했다. 내가 고심하여 천체물리학 논문을 완성한 그 은신처.

"별들이 타오르는 데는 당신의 계산이 필요 없어. 하지만 내게 불을 붙이려면 당신이 필요해."

그녀는 이렇게 속삭이고는 자그마한 분홍빛 혀끝을 앞으로 내밀었다. 그녀에게는 중력의 법칙에서 나를 끌어내줄 다른 신호가 없었다. 그녀의 작업실에 깔아놓은 담요 위에서 금성이 희생되는 일이 많았다. 그녀가 거기서 자신의 넓적다리 사이에 나를 밀어 넣고 헐떡이게 하는 환상을 가졌던 것은 아닌지 의심스럽다. 그리고 그림 냄새. 바로 한두 발자국 옆에서 그림에 대한 그녀의 고통이 느껴졌다. 내가 몸을 비틀며 웃는 동안, 내가 그녀를 쾌락으로 이끄는 동안, 그녀는 파스텔을 생각했을까? 그런 일은 내게 매우 잘 어울렸다. 평소 우리는 얌전하게 육체를 섞는 편이었다. 하지만 거기서, 템페라와 용제 냄새 속에서 우리는 뜨겁게 타오르는 별 모양의 헬륨 불길 속으로 들어갔다. 외설적이고 감미롭고 음탕한 파트리샤는 내가 일찍이 생각지 못했던 좀 더 먼 곳으로 나를 데려갔다. 모든 것을 숫자로 예측할 수는 없다. 나도 잘 안다. 내가 놀라자 그녀는 재미있어했다. 그녀의 풍부한 쾌락 앞에서 나는 침묵했다. 우리가 절대적인 공허에서 다시 돌아올 때면 때때로 그녀는 이렇게 물었다.

"빅뱅 이전에도 뭔가가 존재했을까?"

괴물 같은 자명종이 그 시공간으로 우리를 추격했다. 자명종이 우리를 몇 번이나 방해했을까? 자명종이 나보다 먼저 울리자 그녀가 웃으며 말했다.

"당신은 너무 느려! 언젠가 우리는 개들처럼 궁지에 몰릴 거야."

그녀는 서툰 몸짓으로 내 몸을 떠밀고, 두 다리를 벌리면서 내 몸을 타고 넘었다. 내가 좋아하는 몸짓이었다. 부드럽고 슬픈 회한의 몸짓. 그 단순한 몸짓이 우리가 함께 보낸 수년 동안 쌓인 모든 사랑의 말보다 그녀의 사랑을 더 크게 설득시켰다.

그녀는 샤워기 밑으로 몸을 식히러 갔다. 거기서 몸에 튄 물감 얼룩을 문질러 닦고, 투피스, 하이힐, 벨트를 챙기고, 가슴을 추어올리고, 헤어 제품들을 발랐다. 간단히 말해 그녀의 차림새는 '일하러 가는 갈색 머리 바비 인형' 같았다. 그녀가 실제 세상의 궤도 속으로 들어가기 위해 진공 속으로 진입하는 우주비행사처럼 근심스럽게 나를 떠난 것은 바로 그때였다. 그때 그녀는 파출리를 잔뜩 발랐다.

그 자명종 소리, 그 짝짓기는 한 세계와 또 다른 세계의 경계였다. 우리를 먹여 살리지 못한 내 방정식들, 그리고 역시 아직 그러지 못하던 화가로서 그녀의 재능. 그날 오후 파트리샤는 밀린 청구서들을 해결해줄 뭔가를 찾으러 나가기로 했다. 파출리가 전적인 공모 속에서 우리가 함께 경험한 꿈과 현실의 경계를 암시해주었다.

팔꿈치를 한 번 쿡 찌르는 것처럼 그 모든 일이 일어났다. 미술 전람회 날. 그녀는 수프, 렌즈콩, 소시지, 슈크루트(양배추 절임_옮긴이)를 취급하는 사업가 오스카 뱅고의 넥타이에 샴페인을 엎질렀다. 금테 안경을 낀 쥐새끼 같은 그 대머리 남자는 대개 굶주리게 마련인 젊은 예술가들을 지원하는 재단 설립 건으로 그 행사에 참

석했다. 수프 상인인 그에게 그 일은 매우 참신하게 느껴졌다. 샴페인은 아직 증발하지 않았고, 오스카 뱅고는 파트리샤의 가슴과 두 눈에 반해 재단의 홍보부를 맡아달라고 했다. 나는 파트리샤가 꾸민 이력서를 검토했다. 돈이 되는 일이었다. 할 일이 별로 없었고 오전 시간도 자유로웠다. 물론 나로서는 반대였다. 나는 그 쥐새끼 같은 녀석의 속셈을 간파할 수 있었다. 전생에 나도 남자였으니까. 그러나 파트리샤는 그에게 좋다고 대답했다.

그때부터 그녀의 파출리 향기는 더욱 짙어졌다. 파트리샤는 우연히 오스카 뱅고가 그 냄새를 싫어한다는 것을 알게 되었다. 그래서 나를 안심시키기 위해 몸에 파출리를 더 많이 바르기 시작했다.

"당신도 알겠지만, 세상은 색깔과 냄새들을 통해 작동해. 나는 그를 멀리할 거야. 기분 좋지? 당신의 별들은 계속 조용히 반짝일 거야."

우리는 풀랭 곶의 측면에 있었다. 나는 피에르 블랑슈로 들어가기 위해 키를 잡았다. 그곳은 먼바다에 생겨난 일종의 분화구였다. 그곳은 하나의 띠를 이룬 채 파도와 조류 때문에 항상 거품에 둘러싸인 암초들의 보호를 받고 있었다. 어떤 사람들은 그곳이 거대한 괴물의 턱을 닮았다고 말한다. 겉으로 드러나지 않는 그 띠 뒤에,

그러니까 후경에 거대한 돌 더미와 바위들이 하나의 탑을 이루고 있고, 거친 파도들이 거기로 밀려와 울부짖으며 몸을 부딪쳤다. 하나뿐인 수로 안으로 들어가면 일단 위험에 둘린 좁은 지대를 통과하게 된다. 그리고 파도가 압도한다. 파도가 물러가기를, 물결이 그치기를 기다려야 한다.

우리는 그렇게 사람들이 부이유아르라고 부르는 기이한 장소에 다다랐다. 파도들이 원을 그리며 순환하고 있었다. 우리는 발동기로 요란한 소리를 낼 수 있고, 모든 방향으로 키를 돌릴 수도 있었다. 하지만 그래봐야 아무 소용이 없을 것이다. 파도의 소용돌이는 작은 배 따위는 아틀라스가 포세이돈을 위해 크레이프를 부치는 것만큼이나 마음대로 갖고 논다. 배가 제자리에서 한 바퀴 돌았고, 파도들이 밀려와 갑판을 적셨다.

"꼭 경마장을 한 바퀴 도는 것 같네요."

모르포 호가 부글거리는 파도 거품에서 벗어나는 모습을 보면서 클라라가 안도의 숨을 내쉬었다. 그리고 내게서 키를 다시 빼앗았다.

"아직 끝난 게 아니야. 이제 왼쪽으로 가야 해……."

"아저씨 미쳤어요? 거기는 낭떠러지잖아요!"

"아니야. 거긴 수로야. 낭떠러지는 더 왼쪽으로 가야지. 이렇게 수로 중앙에 있으면 안 돼."

"알았어요. 알았으니까 신경질 내지 마세요."

클라라가 믿지 못하는 표정으로 말했다.

수로를 통과했다. 바람 때문에 구멍이 뚫리고 깎인 마지막 바위들이 스쳐 지나가고, 우리는 마침내 피에르 블랑슈의 숨겨진 비경들 한가운데로 나왔다.

"나쁘지 않네요."

클라라가 한숨을 쉬며 말했다.

"여긴 천국이야."

"과장하지 마세요!"

"이곳의 이름이 천국이라고."

가운데 있는 비현실적인 함수호 한가운데에 바위 몇 개가 놓인 해변이 펼쳐져 있었다. 그 모습이 애리조나의 붉은 낭떠러지나 마다가스카르의 침상(針狀) 결정들을 연상시켰다. 그런 연상을 할 정도로 지질 구조가 특이했다. 쉼표 모양의 붉은색과 황갈색 석회질, 높이가 10미터쯤 되고 너비는 겨우 몇 걸음밖에 안 되는, 바람에 의해 모양이 정돈된 작은 언덕 하나. 그 옆에는 길고 호리호리한 초승달 모양의 바위가 있었다. 인접한 바위 두 개의 양쪽 끄트머리가 하늘과 다시 만나면서 우리의 눈앞을 지나갔다. 주변에는 무수한 작은 섬들이 파편처럼 흩어져 부속 섬들을 이루고 있었다. 투명한 물을 통해 들여다보이는 섬들의 헛바닥이 무한한 색조로 일렁이는 보석 같은 색채와 조화를 이루었다.

"아아아아아아아!"

클라라가 다시 숨넘어가는 소리를 냈다.

물속에 동물들이 있었다. 물속 1미터 깊이에 거무스름한 형체가 일렁였다. 또 다른 형체가 튀어 올라 처음의 형체를 따라잡았다. 우리 배 아래쪽에 있는 것만 열 마리쯤 되었다. 녀석들은 우리를 환영이라도 하듯 차츰 고리 모양을 형성했다. 어떤 녀석들은 움직임을 멈추고 모르포 호로 다가와 쿵쿵 냄새를 맡았다. 그런 다음 끽끽 울며 다시 떠났다.

물개들이었다.

수십 마리의 물개 중 어떤 녀석은 해변에서 장난을 치며 놀고 있었다. 수염을 허공으로 치커든 채 신기하다는 듯 우리를 쳐다보면서. 또 다른 녀석은 윤이 나는 진한 빛깔의 날씬한 근육질 몸으로 배 주변을 돌며 놀았다. 이유는 알 수 없지만 피에르 블랑슈의 이 후미진 곳은 녀석들의 피난처였다. 해마다 여름이면 검은 눈에 수염이 난 그 녀석들이 와 있었다. 녀석들은 성대한 먹자판을 벌여 비늘 있는 물고기들을 게걸스럽게 먹어치웠다. 녀석들이 고기잡이용 그물에 구멍을 내고 엄청난 양의 멸치를 먹어치웠지만 어부들은 내버려두었다. 전설에 따르면 고대 페니키아 사람들이 그 물개들을 데려왔다고 한다. 녀석들은 몸을 곧추세워 작은 만과 정박지들을 탐험하고 배들을 에스코트했으며 해안을 따라 항해사들을 안내하면서 작은 상어 흉내를 냈다. 그리고 사람들은 바다표범들이 안개 사이를 통과하여 길 잃은 선원들을 데려왔다고 중얼거렸다.

"저기에 바다표범들이 있어요."

클라라가 쉰 목소리로 말했다.

"물개야. 귀가 있잖아."

"쳇……."

나는 발동기를 껐고 모르포 호는 천천히 닻을 내렸다. 솔이 나를 도와주었다.

닻을 내리는 것과 동시에 클라라가 물에 뛰어들었다. 그래서 두 번 소리가 났지만 암벽들은 한 번만 메아리를 돌려보냈다. 클라라는 에메랄드빛 바다를 가로질러 헤엄치더니 숨을 멈추고 잠수를 하며 벌써부터 장난칠 생각을 했다. 클라라는 숨을 쉬기 위해 물 위로 올라왔다가 다시 물속으로 사라지기를 여러 차례 반복했다.

솔은 클라라가 숨을 가다듬기 위해 조망대에 매달리는 모습을 물끄러미 바라보았다. 하지만 어느새 날이 저물기 시작했다. 시간이 늦은 걸까? 축제는 끝났다. 물개들이 벌써 우리를 내버려두고 먼바다로 헤엄쳐가고 있었다.

"아저씨 때문이에요."

클라라가 불평했다.

"내가 뭘?"

"아저씨의 존재…… 아니, 농담이에요. 아저씨도 봤겠지만, 나를 이 밑으로 밀어 넣고 살짝살짝 건드리면서 재미있어하는 녀석이 하나 있어요. 아저씨, 이 물개들이 어디로 가는 것 같아요?"

클라라는 내 대답을 기다리지 않고 다시 물속으로 들어갔다. 나도 물속으로 들어갔고, 우리는 헤엄을 조금 쳤다.

모르포 호로 돌아오면서 나는 솔이 수영을 하지 않았음을 깨달았다. 솔은 조종석에 웅크리고 있었다. 마치 안전한 곳에 대피하고 싶은 것처럼. 나는 솔에게 다가가 물에 들어가자고 했다. 바로 그때 솔이 큰 소리로 고함을 지르기 시작했다.

"싫어! 물 싫어! 물 싫어!"

나는 영문을 몰라 눈으로 클라라를 찾았다.

"솔이 상태가 안 좋아요?"

클라라는 이렇게 말하고는 물속에 머리를 담그고 거품을 일으킨 뒤 다시 사라졌다.

"클라라, 이제 돌아갈 시간이야. 어서 올라와. 뱃머리를 돌릴 테니."

클라라가 내 말에 따라 아무 말 없이 배 위로 올라왔다. 클라라는 젖은 몸을 말리고 마실 것을 찾았다. 나는 닻을 올리고 발동기를 다시 작동시켰다. 사위가 어두워지자 후미진 이곳은 무시무시해 보였고, 오래 머무르지 않는 게 좋을 것 같았다. 모르포 호는 이미 수로로 접어들었고, 클라라는 젖은 몸을 수건으로 감싼 채 내 옆에 앉아 코를 킁킁거리며 바닷물 냄새를 맡았다.

"아저씨, 화났어요?"

"왜?"

"내가 아저씨한테 엉터리 이야기를 해서요……."

"그런데 솔은 수영 안 하니?"

"솔은 수영 못 해요……."

"뭐?"

클라라는 곁눈질로 내 눈치를 살피고는 먼바다로 시선을 돌렸다.

"물을 싫어해요. 왠지 모르지만 물이 저 애를 화나게 하거든요. 심각한 일이죠. 저 애는 차가운 물체와 접촉하는 걸 못 견뎌요. 특히 액체요……. 액체하고 접촉만 하면 머리가 돌 것처럼 굴어요!"

"네가 처음에 말한 것과는 다르구나."

"그렇게 말해야 아저씨가 우릴 데려와줄 것 같았어요."

피에르 블랑슈의 미로가 우리를 무사히 놓아주었다. 부이유아르조차 이번에는 장난처럼 아주 쉽게 빠져나왔고 모르포 호도 비교적 방향을 잘 잡았다. 우리는 다시 먼바다로 나왔다.

클라라가 불쑥 말했다.

"아저씨, 우리 좀 더 여기 있을까요?"

"뭐라고, 클라라?"

"봐요! 나쁘지 않잖아요, 안 그래요?"

그 애 말이 맞았다. 바다는 온통 붉은 일몰에 잠겨 있었다. 하늘은 연보라색 빛줄기를 길게 내뿜고 일렁이는 파도가 그 빛줄기를 천천히 들이마셨다. 나는 밸브를 잡아당겨 발동기를 껐고 모르포 호는 바다 위를 조용히 미끄러졌다.

"아저씨도 곧 알겠지만, 저 애는 숨을 거예요."

클라라가 끊어 뱉듯이 말했다.

"숨어?"

"솔 말이에요."

2분도 지나지 않아 원반처럼 둥근 태양이 힘이 다하여 짙은 빛깔로 물들어갈 때 '타자'가 선실 안으로 들어갔다. 아무 말 없이, 그러나 어쩔 줄 모르는 얼굴로. 마치 태양이 바다 속으로 삼켜지는 모습이 보기 싫은 것처럼.

"아마도 우리는 녹섬광(綠閃光)을 보게 될 거예요."

"무슨 이야기를 하는 거니?"

"해가 질 때 나타나는 초록색 섬광이요. 하지만 그런 현상은 드물게 일어나죠. 가만히 앉아서 기다린다고 볼 수 있는 게 아니에요. 시간을 잘 맞춰 그 자리에 있어야 해요."

"불공평하구나."

"불공평하죠."

"아저씨는 선생님인가요?"

"왜?"

"항상 설명하는 투로 말하니까요. 아저씨는 아저씨가 아는 모든 것을 다른 사람들도 알았으면 하는 것 같아요. 장황한 훈계 같다고나 할까."

"나는 천체물리학자란다. 아니, 천체물리학자였단다."

"그것도 선생님 아닌가?"

"천체물리학자는 세상이, 성운(星雲)들이, 별들이 어떻게 만들어졌는지 알고 싶어 하지. 그래서 그런 것에 대해 질문을 한단다."

"어쨌든 선생님이랑 비슷하네요. 나는 질문을 좋아하지 않아요. 질문을 해봐야 달라지는 건 없으니까요. 그리고 선생님들은 자기들이 원하는 것만 가르쳐요. 이를테면 로켓이 어떻게 달에 도달하는지 계산하려면 수학을 많이 알아야 하잖아요?"

"참 똑똑하구나, 클라라. 하지만 세상일은 그리 간단하지 않아."

"쳇, 아저씨는 바보예요. 그건 더 이상 무슨 말을 해야 할지 모를 때 하는 말이잖아요."

클라라의 눈동자가 환하게 밝아졌다. 한 손에 쥐고 있는 새끼 고양이를 내게 던질 기세였다. 클라라가 장난을 쳤다.

"할켜, 아저씨를 할켜!"

폭풍우를 몰고 오는 먹구름만큼이나 변덕스러운 마음.

"이 새끼 고양이들에게 이름을 붙여줬겠지?"

"아뇨. 이 고양이들은 이름이 없어요. 왜 모든 것에 이름이 있어야 하죠?"

우리 앞에 펼쳐진 하늘은 연보랏빛이었고 이내 완전히 어두워져 별들이 비 오듯 쏟아졌다. 물고기들이 거기 시럽 같은 하늘 속에서 헤엄칠 수 있을 것 같았다.

그 재앙이 몰고 온 소리를 나는 절대 잊지 못할 것이다. 먹을 것을 찾아 춤추듯 덫 안에 기어들어간 생쥐들 위로 덫이 닫힌 듯한 대소동. 부엌의 찬장에서 냄비들이 모두 떨어져 내린 것 같은 야단법석. 그런 요란한 가운데에도 나는 특별한 일을 하지 않았다. 그저 배를 다시 출발시키고 싶었을 뿐이다. 나는 발동기를 켰다. 발동기에서 요란한 소리가 나서 어안이 벙벙했다. 한 번 더 시도했다. 이번에는 잔뜩 경계하는 몸짓으로 시동장치의 밧줄을 당기고 또 당졌다. 발동기는 초라한 딸꾹질을 두어 번 뱉어내고 검은 연기구름을 토해냈다. 그 뒤에는 아무런 반응이 없었고, 마침내는 아무런 소리도 나지 않았다. 나는 열두 번쯤 악착스럽게 시도해보았다. 마치 미친 사람처럼. 시간이 흐르자 확신이 점점 증발하여 날아가버렸다. 마침내 나는 깨달았다. 이 고철 더미가 꼼짝할 생각이 없다는 것을. 휘발유를 먹는 이 고물은 다시 움직이지 못할 것이다.

클라라는 여전히 태평한 표정으로 다시 해보라고 했다.

"내가 한번 해볼까요, 아저씨? 모르는 거잖아요, 초심자의 행운 말이에요!"

그 애도 두세 번쯤 몹시 애를 썼다. 그러다가 난간에 팔꿈치를 부딪힌 그 애는 내려앉는 어둠 속에서 비명을 지르고 말았다. 우리는 말없이 가만히 있었다. 내 실수였다. 당황하지 말고 즉시 정신을 차려야 했다. 불안하긴 하지만 일단 닻을 내려야 했다. 우리는 아직 좁은 수로 앞, 수심 20미터가 되지 않는 얕은 여울에 있었다.

그러나 나는 기계적인 권태에 정신이 혼미해졌는지, 혹은 똑똑한 척하고 싶었는지 이것저것 되는 대로 시도해보았다. 승강구 덮개를 열고 계속 고집을 부리면서 배가 고장 난 이유들을 머릿속에 모조리 나열해보았다. 사실을 말하면 발동기에 대한 나의 지식은 우주왕복선에 대한 지식과 대동소이했다. 점화 플러그, 그리고 포인트. 발동기에 대해 내가 아는 것은 이게 다였다. 20분쯤 지난 후,

나는 검은 기름 속에 손가락을 집어넣고 그다음에는 발동기 여기저기를 두드려보는 것 외에는 아무것도 하지 못한 채 덮개를 다시 덮었다. 발동기 줄을 다시 당겨보았다. 여전히 아무런 움직임도 없었다. 나는 가느다란 그 줄에 매달려 악착같이 힘을 썼지만 소용없었다. 아무 일도 일어나지 않았다. 고요함을 깨뜨리는 단속적인 잡음 한 번, 번득임 한 번 없었다.

바로 그 순간, 내 안에서 희미한 경보신호가 울렸다. 공포가 나를 덮쳤다! 나는 배가 고장 났을 때 해야 할 일을 하기 위해 급히 달려갔다. 닻을 내려야 했다. 나는 배 앞쪽으로 쏜살같이 달려가 받침대에서 닻을 끌어내리고 닻에 매달린 사슬을 바다에 뒤죽박죽으로 내던졌다. 강철 사슬이 아우성을 치며 바다 밑으로 사라졌다. 사슬은 그렇게 30미터쯤 전속력으로 가라앉았다. 황혼 속에서 닻줄이 뱃머리 부근에 번득임을 뱉어냈다. 겁에 질려 우왕좌왕하느라 손가락 하나가 으스러졌다.

쿨럭.

요동이 일어 모르포 호의 용골에서 갑판까지 관통했다. 닻의 추락이 갑작스레 뚝 멈췄다. 사슬이 끄트머리까지 완전히 풀렸다.

"닻이 바닥에 닿았어요?"

클라라가 억양 없는 목소리로 걱정스럽게 물었다.

아니었다. 닻은 계주(繫柱, 밧줄을 매는 갑판의 기둥_옮긴이)에 걸렸다. 사슬 끄트머리에 매달린 쇠갈고리는 아무것도 건드리지 않고 물속에서 추처럼 흔들리고 있었다.

나는 배 뒤쪽의 트렁크에 들어 있는 밧줄을 전부 꺼내 즉시 내게 건네 달라고 클라라에게 소리쳤다. 나는 선실에서 고개를 내민 솔을 떠밀고는 배에 있는 밧줄을 전부 이어 붙여 닻의 길이를 늘렸다. 족히 50미터는 되는 18번 밧줄 한 사리, 마룻줄(돛이나 깃발을 올리는 데 쓰는 줄_옮긴이), 시트(돛 아랫귀를 펴서 묶는 밧줄_옮긴이), 그리고 클라라가 화장실 뒤에서 찾아낸 전선 10길(길이의 단위. 1길은 약 1.6 미터_옮긴이). 매듭들을 간신히 다 묶자 모든 것이 물속으로 사라졌다. 이제는 할 일이 없었다. 길이가 늘어나긴 했지만 닻은 여전히 바닥에 닿지 않았다. 수심이 100미터도 넘는 것 같았다.

"이런 빌어먹을!"

하지만 세상엔 머저리들을 위한 약간의 너그러움이 존재하는 걸까? 갑자기 밧줄이 당겨지더니 닻이 바닥에 닿았다.

"야호!"

클라라가 외쳤다.

그러나 희망은 다시 빗나갔다. 뱀이 움직이는 듯한 가벼운 마찰음이 들리더니 '풍덩' 하는 무딘 소리가 우리를 배반했다. 밧줄들을 이은 매듭이 어딘가에서 풀렸고 닻은 배에서 떨어져버렸다. 이제 우리는 망망대해의 손아귀에 들었다.

우리는 배가 고장 나 먼바다를 표류했다. 그래서 어쨌다고? 우리에게 위험이 닥칠까? 나는 아무것도 알지 못했다. 바다에서 나는 소리들은 감미로웠고, 저녁의 신선함이 안개를 녹이며 밤을 별들이 가득한 크리스털로 바꾸었다. 이제 무엇을 해야 할까? 얼마 전 나는 모르포 호의 갑판에 아무것도 놓아두고 싶지 않아서 잡동사니들을 모두 치워버렸다. 그래서 모르포 호에는 라디오도 없고 전깃불도 없었다. 조난을 알릴 때 쓰는 불꽃신호기는 조금 남아 있었지만 지도도 없고 위치측정을 위한 자나 컴퍼스도 없었다. 다행히 커피를 끓이거나 빛을 밝히는 도구들은 있었다. 커다란 20리터들이 석유통도 있었다. 그것으로 얼마 동안은 버너와 램프를 사용할 수 있을 것이다.

두려움을 숨기기 위해 나는 클라라에게 램프 사용법을 알려주었다. 유리 덮개를 천천히 들어올리고 심지에 불을 붙이는 법을. 클라라는 배 앞쪽으로 나를 따라오더니 눈에 잘 띄는 뱃머리에 램프를 매달았다. 램프 불빛이 추처럼 흔들려 주변의 바다로 퍼지면서 꿀 빛깔의 후광을 만들어냈다.
“자, 이렇게 대낮처럼 불을 밝혔으니 사람들의 눈에 잘 띌 거야.”
나는 나 자신을 안심시키기 위해 말했다.

클라라는 좀처럼 안심하지 못하는 것 같았지만 두려움을 짐짓 숨겼다.

"그럼 이제 뭘 하죠?"

"우린 크루즈 여행을 온 거야. 먼바다에서 지내는 하룻밤?"

"아저씨는 이 상황을 그렇게 봐요?"

"내 말 잘 들어봐, 클라라. 상황이 조금 급작스럽고 예기치 않게 돌아간 것에 대해선 미안해. 하지만 바다가 잠잠하니 걱정하지 마. 너는 솔과 함께 좀 쉬도록 해. 내가 불침번을 설 테니까. 조만간 배가 지나가다 우리를 볼 거야."

"내가 잘못해서 이렇게 된 건 아니죠, 아저씨?"

"내가 언제 그렇게 말하던?"

"하지만 아저씨 얼굴을 보니 꼭 내가 잘못한 것 같아서요!"

"어쨌든 항해를 하기로 결정한 건 나다, 클라라. 간이침대로 가서 비스킷을 먹고 잠을 청해보렴. 바다에서는 잠이 잘 온단다. 파도가 요람처럼 몸을 흔들어주거든."

"그럼 아저씨는요?"

"갑판에서 기다리다가 배가 지나가면 램프로 신호를 보내야지."

"하지만 아저씨는 오래 버티지 못할 거예요. 곧 잠이 들 거라고요."

"너무 피곤하면 너를 깨울게. 솔을 배 앞쪽의 큰 간이침대로 데려가렴."

"솔을 배 앞쪽으로, 솔을 배 앞쪽으로."

솔의 목소리가 들려왔다. 솔은 이미 간이침대에 누워 있었다.

"……그리고 클라라 너는 가방과 구명조끼들이 뒤죽박죽으로 쌓인 곳을 좀 파헤쳐봐. 그러면 누울 만한 공간이 생길 거야."

"난 안 졸려요. 그러니까 고양이들이나 돌볼게요. 고양이들한테 줄 만한 먹이가 있을까요? (화물창과 서랍을 뒤지는 소리) 예스, 튜브에 든 우유가 있네요. 멋져요……. 아, 배에 먹을 것이 많네요. 아저씨, 혹시 식료품 밀수입 같은 거 해요? 이 정도면 굶어 죽을 일은 없겠네요, 안 그래요? 렌즈콩에 소시지에 고기 통조림까지. 이거 전부 아저씨 혼자 먹을 거예요? 전쟁이라도 날까 봐 두려워요?"

"내 아내가 마련한 거야. 그녀는 배에 뭔가 부족한 걸 싫어했거든. 그녀는 아주 오랫동안 보존되는 물건들을 모르포 호에 가득 채우곤 했어."

"아줌마가요?"

"솔에게 뭐 좀 갖다줄래?"

"네, 지금 과자를 꺼내는 중이에요. 그런데 아줌마는 어디 있어요?"

"클라라, 내가 이야기 하나 해줄까."

"쳇, 또요? 들어보나마나 시시한 이야기겠죠, 뭐."

“나비 이야기란다.”

“음…… 아무 이야기도 안 듣는 것보다는 낫겠네요. 곧 갈게요.”

클라라가 갑판으로 다시 나와 가장 높은 쪽에 두 발을 올리고 머리를 뒤로 한 채 몸을 길게 뉘었다. 별에서 반사된 빛이 클라라의 눈 속에서 흔들렸다.

“아주 오래전에 인도의 왕국에서 일어난 일이지. 그 왕국의 왕은 자기 딸에게 신랑을 구해줘야겠다고 생각했단다.”

“아, 그게 아니죠. 인도의 왕들은 사위에게 옜다, 하고 딸을 줘버리죠!”

“왕은 지혜로운 사윗감을 구하기 위해 자신이 고심해서 만든 수수께끼의 해답을 찾아내는 젊은이에게 딸을 주겠다고 나팔을 울려 백성들에게 공표했단다.”

“그럴 줄 알았어요. 옛날이야기는 항상 그런 식이니까요, 안 그래요?”

“이야기 좀 하자, 클라라? 그 왕궁에는 커다란 홀이 있었는데 그 벽은 수십만 송이의 꽃으로 장식되어 있었지. 사실 진짜 꽃은 아니고, 진짜 꽃으로 착각할 만큼 정교한 그림이었어. 왕국의 가장 훌륭한 화가들이 그린 그림이었단다. 왕은 발표했지. 그 그림 속에 진짜 꽃 한 송이가 숨겨져 있다고. 그 수많은 가짜 꽃 속에 진짜 꽃 한 송이가 섞여 있다고.”

클라라가 말했다.

"그 진짜 꽃을 찾아내는 게 바로 수수께끼라는 데 내기를 걸게요."

"맞았어."

"그리고 공주는 아무도 진짜 꽃을 찾아내지 못하기를 바랐 겠죠?"

"잘 아는구나. 하지만 공주는 결국 결혼식을 치르게 되었어."

클라라가 끼어들었다.

"이상해요. 사람들은 그런 이야기는 잘도 지껄여대면서 아마조네 스들이 완력으로 남자들과 결혼하는 이야기는 잘 하지 않잖아요."

"하던 이야기를 계속할까, 아니면 여성 해방에 대해 토론을 벌 일까?"

"하던 이야기를 계속해요, 마초 아저씨. 이 청중은 아저씨의 이 야기를 경청할 테니까요."

"수십 명의 구혼자가 왕궁에 나타났지. 그중엔 부유한 사람도 있 고 가난한 사람도 있었어. 그들은 몇 주 동안 두 눈을 부릅뜬 채 벽 화를 조사했단다."

"하지만 그들은 진짜 꽃을 찾아내지 못했겠죠."

"바로 그거야. 왕국에서 가장 훌륭한 젊은이라고 평가받던 그 구 혼자들은 그 끔찍한 벽화를 뚫어져라 조사하며 몇 달을 보냈고, 결 국 포기했단다. 왕족들, 명문가의 자제들, 부유한 상인들이 모두 조롱을 받으며 떠났어. 그때부터 왕국에는 그 수수께끼가 도저히 풀수 없는 왕의 음모라는 소문이 퍼졌지. 이런 말까지 생겨났단다. '신기루 같은 수십 만 송이의 꽃보다는 못생긴 시골 아가씨가 더 매력적이다.'"

"그때 마음씨 착한 청년이 나타났죠……."

"맞아, 클라라. 그럼 그 청년이 진짜 꽃을 어떻게 찾았는지도 말해보겠니?"

"쳇…… 청년이 나타나는 것쯤은 나도 알아요. 중요한 건 세부죠!"

"그래, 맞다. 그 견습 재단사가 마침내 왕궁에 도착했단다."

"재단사요! 옛날이야기에는 항상 재단사가 나오는군요!"

"재단사 청년은 값비싼 나무 상자를 하나 가져왔단다. 청년은 왕궁의 홀에 들어가더니 그 나무 상자의 뚜껑을 열었어. 그러자……."

"그러자?"

"상자 속에서 나비 한 마리가 날아올랐단다. 10초 후 그 나비는 진짜 꽃 위에 올라앉아 열심히 꿀을 모았지."

"음, 나쁘지 않네요. 아저씨 이야기요."

클라라가 웃었다.

"하지만 속임수 같아요. 그 이야기가 뜻하는 게 뭔지 전혀 모르겠어요. 교훈도 없고요. '우리는 항상 자기보다 어리석은 바보를 필요로 한다' 가 교훈인가요?"

"이 이야기는 일종의 우화야. 외관의 허울에 대해 이야기하고 있지."

"왜요?"

"때때로 궁금한 적 없니? 아무것도 없다면 이 세상이 어떤 모습일지 말이야."

"그런 적 없는데요. 세상에 아무것도 없다고요? 그렇다면 사람들이 죽겠죠. 그럴 것 같아요."

"지구도 없고, 바다도 없고, 배도 없고, 너도 없고, 아무것도 없는 거지. 오직 공허뿐인 거야……."

"잠깐만요. 그러고 보니 몇 번인가 내가 어둠 속에, 저 멀리 우주에 혼자 있다고, 그리고 세상과 만물이, 혹성들과 태양이 사라졌다고 상상한 적이 있어요."

"그랬더니?"

"그런 상태에서도 내가 여전히 생각을 하거나 말을 할 수 있을지 궁금했어요."

"브라보, 그거 괜찮은 질문이네……."

"무슨 질문이요?"

"왜 세상엔 아무것도 없지 않고 뭔가가 존재하는가."

"으으, 골치 아파!"

"이를테면 나비는 너와 다른 현실 속에 산단다. 나비는 사물을 너와 다르게 보지. 나비의 세상 속엔 벽화가 존재하지 않아. 그들에게 양분을 제공하는 진짜 꽃만 존재하지. 반면 너의 세상 속엔 벽화가 존재하고 그 벽화가 너에게 현실을 감추지."

"그런 걸 아는 게 무슨 소용이 있는데요?"

"우리를 안심시켜주고 죽음에 대한 공포를 없애주지. 우리가 세상을 받아들이도록 도와주고."

"알겠어요. 하지만 아저씨, 나비에 너무 집착하는 거 아니에요? 모든 것을 나비와 연관시키잖아요."

"나비가 나에게 도움이 되거든. 대부분의 사람들은 삶이 커다란 책략과 결정들에 좌우된다고 생각하지. 결혼을 한다거나 일을 그만둔다거나 파티를 연다거나 장모님이 돌아가신다거나. 하지만 진실은 사람들이 흔히 생각하는 것과 반대란다."

"반대요?"

"엄청난 재앙과 커다란 고통이 하늘에서 갑자기 떨어지는 일은 매우 드물어. 사람들은 자신의 행동을 통해 자기 삶을 결정한단다. 매순간 조금씩, 아주 작고 무수한 붓질을 통해."

"다행이네요."

"바이올린을 처음 배우는 사람이 수년 동안 무수히 활을 움직여 연주하는 법을 배우듯이 우리의 일상 속에 수없이 축적된 결정들과 대수롭지 않은 행위들이 우리의 삶을 조직하는 법이야. 눈에 보이지 않는 가벼운 그것들이 핵심이 되는 골조를 구성하기도 하고 해체하기도 한단다.”

“그러면 행복과 고통은 누가 준비하죠? 사실 이걸 한번도 생각해 본 적은 없어요. 내 말은 우리가 행복을 얼마나 실현할 수 있냐는 뜻이에요. 만일 내가 항구에서 아저씨에게 말을 걸지 않았다면……．”

“조용한 밤에 귀를 기울이면 소리가 들릴 거야. 그들의 작고 빠른 움직임은 네 마음속 깊은 곳에서 멈추지 않는단다. 나는 그것을 ‘나비들의 음모’ 라고 부르지.”

기쁨에 찬 클라라의 웃음소리가 감미로운 밤하늘에 길게 메아리쳤다.

밤 12시가 되었다. 클라라는 끝내 선실로 내려가지 않았다. 그 애는 갑판 위에서 내게 몸을 붙이고 졸음을 참다가 결국 내 무릎에 쓰러져 잠이 들었다. 색이 진한 클라라의 머리카락이 내 무릎에 펼쳐지고, 빛이 나는 피부는 가느다란 후광에 둘러싸였다. 나는 조심스럽게 클라라의 몸을 받쳐주었다. 클라라의 입술이 어둠 속에서 움직였다.

“세상이 존재하지 않는다면 아저씨는 대체 누구죠?”

나는 클라라를 선실에 옮겨 누인 뒤 수건과 물감이 묻은 스웨터를 덮어주었다. 그런 다음 생각에 잠겨 다시 갑판으로 올라갔다. 파도는 계속 우리와 어긋났다. 낯익은 풀랭 등대의 불빛이 한 시간도 더 전에 암흑에 삼켜졌다. 멀리 있던 배들이 발하던 불빛도 침묵 속에서 점점 더 멀리 미끄러졌다. 우리는 썰물을 타고 먼바다로 나아갔다. 나는 확신도 없이 램프를 떼어내 구조신호를 보낼 채비를 했다.

모르포 호 뒤쪽에서 찰랑거리는 소리가 나는 것 같았다. 돌고래가 숨을 쉬러 나온 걸까?

나는 스테인리스 조망대 너머를 램프로 비추어보았지만 처음엔 아무것도 보이지 않았다. 엉뚱한 곳을 살펴보았던 것이다. 그곳에서 그리 멀지 않은 곳에 그림자가 하나 보였다. 마침내 녀석의 정체가 밝혀졌다. 작은 물개 한 마리가 배 뒤쪽의 티크 널빤지에 길게 누워 있었다. 어린 물개였다. 램프 불빛 속에 보이는 두 눈이 마치 보름달 같았다. 녀석은 나를 보고도 겁을 먹지 않았다.

파트리샤가 있을 때는 주로 낮에 잠깐씩 요트를 사용했다. 파트리샤는 배가 돛에 바람을 받으며 흔들리는 것을, 배가 미끄러지며 파도를 따라잡는 것을 몹시 좋아했다. 욕망이 우리를 사로잡아 멀리 있는 섬들을 향해 나아가게 했다면 상황은 복잡해졌을 것이다.

쾌속선을 타고 항해를 떠나기 전날 밤이면 파트리샤는 몹시 흥분했다. 그녀는 무의식적으로 그리고 걱정스럽게 배의 후미진 곳들에 통조림, 파스타, 잼, 소시지 등 엄청난 양의 식료품을 꼭꼭 채워 넣었다. 마치 우리가 오랫동안 바다를 두루 편력할 것처럼. 불확실한 영역에서 정신을 잃지 않는다는 확신이 거의 없는 상태에서.

"사람 일이란 알 수 없는 거야."

내 빈정거리는 눈빛을 보고 그녀가 대답했다. 그녀는 커다란 텐트, 말뚝, 침낭도 실었다. 모르포 호의 간이침대에서 잔다는 것은 말도 안 되는 일이었다. 항해는 파트리샤에게는 해변의 캠핑과 같았다. 나는 그녀의 생각을 인정했다. 쾌속선의 내부는 요트와는 전혀 달랐다. 요트의 식당 테이블보다 더 좁은 식당으로 가려면 기둥 머리의 둥근 장식을 피해 가까스로 내려가야 했다. 그리고 호화롭게 꾸며진 갑판의 대들보 아래에 가까스로 앉을 수 있었다. 배 앞쪽에 있는 간이침대는 아이들이 쓰기에도 작았다. 뒤쪽에 있는 간이침대 두 개는 훨씬 더 기만적이었다. 그 옆에는 사람들이 광주리 관이라고 부르는 상자들이 길게 놓여 있었다. 앉을 공간이 너무 좁아 배가 옆질을 해도 몸이 움직이지 않았고, 숨을 쉬려면 몇 센티미터밖에 되지 않는 코앞의 공간에 만족해야 했다. 거기에 물이 스며들어 방울방울 떨어진다는 사실을 덧붙여야 할까? 딱 한 번 파트리샤가 폐쇄공포증을 억누르고 배에서 잔 적이 있었다. 그런 경험을 한

후 그녀는 다시는 자기에게 그런 형벌을 주지 말라고 일주일에 한 번씩 나에게 다짐을 받았다.

　배가 삐걱거리더니 램프가 꺼졌다. 그러자 주변의 플랑크톤들이 하늘의 별보다 더 밝게 반짝였다. 나는 일어나서 미끄러지듯 배 뒤쪽으로 걸어가 소변을 보았다. 나를 짓누르는 어둠 속에서 오줌 줄기가 빛의 궤도를 그렸다. 파도 소리가 내 귀에 들려왔다. 이 혹성이 우리의 배가 되기를 내가 욕망한다면 우리는 태양으로 뱃머리를 향한 채 하늘에 점점이 퍼진 저 다이아몬드 레이스 위를 항해할 것이다. 우리는 어떻게 선택을 해야 할까? 별이 총총한 어느 목적지를 향해 나아갈 것인가? 수평선 위에 있던 수많은 성운이 나에게 쏟아져 내렸다. 파트리샤, 당신 대체 어디 있어? 당신의 애무가 내 꿈들의 집합소였는데? 우리가 함께 게걸스럽게 먹어치울 것들이 아직도 많이 남아 있는데? 규칙도 없고 목적도 없었던 우리 애정의 흔적이 아직도 많이 남아 있는데?
　고양이 한 마리가 다가오더니 나를 쳐다보며 울었다. 지금 몇 시지? 별자리들이 자정이라고 말해주었다. 제기랄, 손목시계의 유리가 부서졌다. 발동기를 소생시키려고 안간힘을 쓸 때 부서진 게 틀림없었다.

나는 소스라쳐 깨어났다. 한동안 나는 아무것도 모르는 것처럼 밤하늘과 밤바다를 바라보았다. 깜박 졸았나? 별들이 하늘에서 한 번 더 움직였다. 새벽 2, 3시쯤 된 것 같았다. 하늘에서 반짝이는 별들은 우리더러 왜 여기에 있냐고 묻는 듯했다. 하지만 그런 것쯤은 상관없었다. 나는 후회가 되었다. 잠을 자지 않고 동정을 살피겠다고 수없이 다짐했는데. 바로 그때 잠이 확 깨면서 기분 나쁜 공포가 내 등골을 스쳤다. 일단은 기다려야 했다. 지금으로서는 그 어떤 방책도 소용없었다. 항해란 바다를, 그 분노를, 그리고 그 배반의 타격까지도 두려워하는 것, 그 피로를 경계하는 것이다. 항해는 또한 자신이 갈 길을 구상하는 것, 목적지를 욕망하는 것이다. 얼굴에 세게 부딪혀오는 바람을 맞으며 돛을 내리는 것, 시간의 거대한 힘에 맞서 키를 잡고 방향을 틀고 자신에게 유리하게 항로를 돌리는 것이다. 가만히 앉아서 기다리는 일을 제외한 모든 것이다. 그러나 뗏목이 되어버린 모르포 호 위에서 나는 꼼짝 않고 기다리는 것 외에는 할 수 있는 일이 아무것도 없었다. 아니, 나는 거짓말을 하고 있다. 내 두려움은 단지 무기력에 기인하는 것은 아니다. 그렇다면 내일 우리는 어디에 있게 될까? 가여운 나는 나 자신과 언쟁을 벌였다. 나는 별들의 그림자가 움직이는 모습을 조용히 관찰했다. 그 대목에서 의심이 생겨나 내 안에서 점점 커졌다. 조용히 나 자신에게 욕설을 뱉어봤지만 소용없었다. 그 의심은 나를 떠나지 않았다.

이성은 우리가 구조될 수밖에 없다고 말했다. 우리는 해안에서 거우 3~5킬로미터 떨어져 있을 뿐이니까. 젠장! 배들이 연이어 나타났다. 마치 행진하듯이. 배들의 불빛이 수평선 위로 지나갔다. 그 작은 만은 배들이 빈번히 지나다니는 곳이다! 조만간 누군가 와서 우리 배를 밧줄로 끌고 갈 것이다. 그 반대의 경우를 상상하거나 가정하는 것은 너무나 어리석은 일이다. 시간 문제였다. 이미 우리는 밧줄에 매여 끌려가는 것이나 다름없었다. 자, 그 사람들에게 술이나 한잔 사주자.

"하지만 누가 널 걱정하겠어?"

작은 악마의 신랄한 목소리가 내 안에서 빈정거렸다.

'겁쟁이'에 '패배주의자'인 그 자아는 고등학교 이후 모습을 드러내지 않았다. 그런데 그 성가신 난쟁이 요정이 이제 와서 불쑥 나타나 내 약점들을 애써 확인해주고 의심의 아궁이에 석탄을 밀어 넣었다.

"불쌍한 녀석…… 아무도 너를 걱정하지 않을 거야. 그들은 네가 멀리 떠났다고 생각할 거야. 너는 그들이 걱정하기도 전에 흔적도 없이 사라질 거야."

내 안에서 대답하는 소리가 들렸다.

"천만에! 우린 이대로 사라지지 않을 거야! 클라라와 솔의 부모님들이 걱정할 거고, 결국엔 사람들을 시켜 수색할 거야……"

“그래? 하지만 이 아이들이 너와 함께 있다는 걸 누가 알지?”

“어부들! 어부들이 우리가 바다로 나오는 걸 봤어! 그들은 소아 이상 성욕자가 아이 두 명을 낡아빠진 배에 태우고 도망쳤다고 생각할 거야. 분명히 사람들이 이미 우리를 찾고 있을 거야. 지난밤에 수색을 시작했을 거라고.”

“그게 말이 돼? 이쪽 항구는 실종 사건이 여간해선 일어나지 않아. 잘하면 2, 3주 후에나 네가 말한 어부들이 너에 대해 이러쿵저러쿵 이야기하겠지. 그때쯤이면 네 배는 그린란드에 있을 거고, 네 뼈는 인적 없는 해변에서 하얗게 마르기 시작할 거야!”

나는 아연실색한 채 우두커니 앉아 있었다. 아주 작게 시작된 두려움이 점점 부풀어 올랐고, 이제는 공갈 협박이 따로 없었다. 작은 물방울이 이제는 강물이 되었다. 원칙은 냉혹하다. 무분별한 생각을 막아보려고 안간힘을 쓰자 그런 생각들이 오히려 기승을 부리고 급격히 팽창했다. 겁쟁이가 집게발을 다시 조였다.

“설사 사람들이 구조하러 온다고 해도 그들을 어떻게 믿어? 더러운 녀석들이 밧줄을 던져주기 전에 배 값의 3분의 1이나 절반쯤을 사례비로 요구할지도 모르지.”

그렇다. 틀림없이 그럴 거라는 생각이 들었다. 나는 신경이 날카로워졌다. 내 안의 어두운 그림자들을 흩어버리기 위해 나는 일어나서 램프에 석유를 채우고 다시 불을 붙였다.

나는 잠시 자리를 떴다. 이제 잠든다는 것은 말이 되지 않았다. 잠은 휴식 없는 이 잠수 속에서 내 의식을 탈취해가는 호흡 정지나 다름없기 때문이다. 나는 눈을 뜬 채 멍하니 있었다. 그러자 과거가 수면으로 올라와 먼바다에서 지새우는 불확실한 밤 속에 섞여들었다. 나는 지하실로 통하는 계단에 있었다. 문 하나가 어느 방을 향해 반쯤 열려 있는데 거기서 거짓말의 냄새가 풍겼다. 노란 조명 속에서 나는 그곳이 우리의 여름 집 욕실임을 알아보았다. 내게서 세 걸음쯤 떨어진 곳에서 뭔지 모를 커다란 물체를 든 그림자 하나가 파트리샤의 등 뒤로 몰래 접근했다. 나는 소리를 질러 알리고 싶었다. 그러나 내 입술 밖으로는 아무런 소리도 새어나오지 않았다. 내 두 다리가 나를 지탱하지 못하고 꺾여버렸다. 찢어질 듯한 비명 소리가 났다. 파트리샤였다. 금속으로 된 커다란 물체가 그녀의 두개골을 부쉈다. 그녀를 덮친 망치가 나에게까지 뜨뜻한 피를 튀겼다. 공포는 다른 곳에, 내 팔에 존재했다. 내가 팔로 그녀를 내리치는 모습이 거울을 통해 선명히 보였다. 그녀를 학살한 사람은 나였다. 그렇다, 바로 나였다. 내가 그녀의 사랑스러운 머리를 망치로 부수고 있었다. 숨이 막혔다. 그리고 나는 깨어났다. 모르포호의 선체에 몸을 기댄 나는 목구멍에서 위장까지 불에 타는 듯 뜨거웠고, 한쪽 뺨은 시큼한 토사물에 파묻혀 있었다. 먼바다 한가운데에 메아리로 걸린 내 목소리는 아직도 악몽 속을 헤매고 있었다.

아래쪽 선실에서 부스럭거리는 소리가 났다. 클라라가 내 고함 소리를 들은 걸까? 그날 밤 이후 그 악몽의 장면을 내가 얼마나 여러 번 보았던가. 클라라는 선실 밖으로 나오지 않았다. 그 애는 반쯤 잠이 깨었다가 다시 잠들었을 것이다. 2년 전부터 끊임없이 찾아와 나를 비난하는 이 공포를 어떻게 제거하지?

화물선들의 불빛을 살펴보느라 지쳐버린 나는 수평선을 응시했다. 파도가 우리를 큰 배들이 다니는 항로 쪽으로 실어갔다. 비행장보다 밝게 불을 밝힌 유조선들이 보였고, 육중하고 어두운 윤곽의 상선들도 보였다. 그중 한 척이 우리 옆으로 가까이 지나갔다. 금빛 조명으로 불을 밝힌 '코알라' 라는 이름을 해독할 수 있었다. 열린 현창을 통해 키타라의 탄식 소리가 새어나왔다. 인도 구자라트 주에서 불리는 단조로운 노래였다. 다른 배가 우리 바로 옆을 지나갔다. 거의 우리를 가볍게 스치면서. 트롤선의 헐떡임이 모르포 호를 너무나 세게 진동시켜서 마치 내 엉덩이가 그 미친 디젤기관의 한가운데에 얹혀 있는 느낌이었다. 나는 배의 가장 높은 부분에 발끝으로 선 채 팔을 최대한 높이 쳐들어 램프를 한 번 더 크게 휘둘렀다. 그러나 이 외진 대서양에 떠 있는 배들은 모두 눈이 먼 것 같았다. 혹은 우리에 대항하여 자기들끼리 동맹을 맺은 것 같았다. 철판으로 된 괴물들도 낡은 낚싯배들도 모두 우리를 무시했다.

그때 하늘 한쪽이 연보랏빛으로 물들기 시작했다. 곧 해가 뜨리라는 징후였다. 그와 동시에 선실에서 콧노래가 들려왔다. 솔이 선실에서 기어 나오고 있었다. 솔은 계단을 두 단 기어 올라왔고, 이내 어리둥절해하는 그 애의 긴 얼굴이 쑥 드러났다. 그 애는 나를 알아보지 못한 채 내게 눈길을 주었다가 주변을 한 바퀴 쓱 둘러본 뒤 하늘을 쳐다보았다. 그 애의 목이 황새처럼 비틀리더니 배 뒤쪽을 향했다. 그러더니 갑자기 비명을 내뱉었다.

"아, 부싸아아앙한 사람들!"

"솔?"

"부싸아아앙한 사라아아암들, 저기에……."

"뭐라고?"

솔은 만족스러운 표정을 짓더니 나를 쳐다보지도 않고 다시 모습을 감추었다. 그 애가 식당의 테이블 밑을 뒤지는 소리가 들렸다. 잠시 후 솔이 다시 나왔다. 이번에는 새끼 고양이 한 마리를 손에 들고 있었다. 솔이 다가오더니 침대 머리맡에 기대듯 내게 등을 기대고 앉았다. 솔은 고양이의 머리를 아래로 한 채 고양이를 잡은 손에 힘을 주었다. 고양이가 솔을 할퀴고 몸부림을 쳤지만 솔은 신경 쓰지 않았다.

붉은 원반이 수면 위에 모습을 드러내자 솔이 말했다.

"아, 해다!"

나는 클라라와 그런 것처럼 솔과도 잘 지내야 한다고 나 자신을

타일렀다. 솔은 내게 몸을 기댄 채 잠이 들었고 나는 그 애를 쓰다
듬으려는 내 손을 제지했다. 왜 이렇게 마음이 불편한 걸까? 보통
사람들과 다른 이 아이의 특성이 거추장스러워서일까? 해가 뜨면
서 공기가 따뜻해졌다. 이 '화성인' 덕분에 내 불안도 흩어졌다. 나
는 숨을 크게 내쉬었고 상황이 되어가는 대로 한번 더 나 자신을 내
버려두었다. 이번에는 자제하지 않았다.

　나는 녹초가 된 채 조종석에서 잠을 깼다. 해가 이미 중천에 떠올
랐고 모르포 호는 부두에 있을 때보다 조용히 흔들리고 있었다. 나
는 조종석에서 일어나 기지개를 켠 다음 배 앞쪽으로 몸을 돌렸다.
눈동자 한 쌍이 따라붙었다. 클라라였다. 클라라의 눈이 지나치게
번득였다. 그제야 나는 클라라가 가방을 흔들듯 나를 흔들어 깨웠
음을 깨달았다. 클라라의 모습은 즉시 내 배를 딸지, 아니면 좀 더
기다릴지 망설이는 사마귀를 연상시켰다.
　"괜찮아?"
　이 소리가 내 목구멍 속에서 부정확하게 울렸다. 그와 동시에 우
리 사이에 어떤 변화 같은 것이 생겨났다.
　클라라가 말했다.
　"아저씨는 나 때문에 이렇게 됐다고 말하고 싶죠? 내가 바다에

나오자고 졸라서 이렇게 됐다고."

"아니야, 클라라…… 나는……."

"나도 알아요. 아저씨는 형편없어요. 선장으로서 말이에요. 바로 그게 아저씨의 잘못이죠."

그 애의 목소리가 나를 아프게 때렸다.

"흐음, 그거 아침 인사로 생각해도 되겠니?"

"마음대로 생각해요. 어차피 아저씨는 바보니까요."

"우리는 오늘 저녁에 항구로 돌아갈 거야, 클라라. 걱정하지 마. 우리는 안전해. 낡아빠지긴 했어도 이 배는 꽤 좋은 배야. 소풍이 조금 길어진 것뿐이야."

"내가 걱정한다고 누가 그래요? 어쨌든 아저씨 때문에 사람들이 우리를 찾아낼 때까지 하루 종일 바다에서 어슬렁거리게 생겼잖아요! 아저씨가 할 수 있는 일은 아무것도 없고요, 안 그래요?"

"하지만……."

"우리 엄마한테는 아저씨가 잘 이야기할 거죠? 별 뜻 없이 우리를 소풍에 데려갔다고 말이에요. 우리 엄마가 아저씨를 잘 봐줄 거예요. 하지만 우리 엄마는 편안한 사람은 아니에요."

"알았어, 네 말대로 할게. 하지만 내 말도 좀 들어봐……."

클라라가 외쳤다.

"싫어요! 아저씨가 내 말을 들어요! 난 아저씨에게 꼭 말해야겠어요. 이건 솔에게 아무 도움이 안 된다고요."

"솔에게, 솔에게……."

배 안 어딘가에서 솔이 콧노래로 흥얼거렸다.

"아저씨, 그래도 휴대전화는 가져왔겠죠, 안 그래요? 아무리 형편없는 휴대전화라도 이 궁지에서 벗어나게 해줄 테니까요. 아저씨는 이제 정말 지쳤잖아요!"

"클라라, 진정해. 나는 이 상황을 충분히 이겨나갈 수 있어."

하지만 클라라는 내가 손에 뜨거운 물이라도 부은 듯 더욱 펄펄 뛰었다.

"그 말을 어떻게 믿어요? 아저씨는 지금까지 바보짓만 했잖아요!"

"클라라……."

"아저씨, 장님이에요? 주변을 좀 봐요. 아무것도 없잖아요. 이젠 해안도 안 보여요. 배는 고사하고 배 꽁무니조차 안 보인다고요!"

성난 고슴도치와 대화하느니 버너와 대화하는 게 더 쉬울 것 같았다. 주방으로 내려가던 나는 솔이 배 앞쪽의 간이침대에 누워 두 다리를 선실 천장에 댄 채 늘어져 있는 것을 발견했다. 내가 나타나자 솔이 되뇌었다.

"아저씨는 할 말이 없어요."

그런 다음 그 애는 비틀스의 노래를 흥얼대기 시작했다. 조지 해리슨의 노래 같았다.

"그녀에게는 나를 사로잡는 무언가가 있어(Something in the way she woos me)."

당신은 이렇게 말했지, 조지.

나는 분을 가라앉히기 위해 부지런히 움직이며 버너를 준비했다. 버너에 석유를 더 넣고 청동으로 된 작은 펌프의 상태를 확인했다. 그 와중에 듣기 흉한 외마디 소리를 냈고, 위험을 무릅쓴 채 식당 의자 아래의 식료품 상자에 눈길을 던졌다. 아, 성모 마리아여. 식료품에 대해서는 클라라의 말이 옳았다. 초만 있다면 촛불을 밝혀 성스러운 파트리샤와 그녀의 병적인 불안을 찬양할 텐데. 여러 번 여름을 보내는 동안 식료품 더미가 거기에 가득 쌓였다. 그것들이 내게 추파를 던졌다. 통조림, 비스킷, 말린 과일, 소시지, 퓌레, 국수 그리고 너트 초콜릿이 가득 쌓여 있었다. 맥주도 상자째로 있었고, 그 옆에는 소금 간을 한 아몬드와 올리브가 있었다. 허리띠를 조이면 몇 주 정도는 어떻게든 버틸 수 있을 것이다. 나는 그 식료품 더미를 향해 중얼거렸다.

"이봐, 우리는 오래 끌지 않을 거야."

마음이 조금 누그러졌다. 식수는 얼마나 남았지? 나는 바닥 문을 들어올려 식수를 확인하고 안심했다. 거기 있는 식수로 당분간은 버틸 수 있을 것 같았다. 식수는 적어도 200리터는 보관되어 있었다.

나는 생전 처음으로 파리를 때려잡는 데 성공한 아이처럼 의기양양해져서 테이블 위에 전리품 몇 개를 줄지어 늘어놓았다. 비스킷, 씨 없는 건포도, 향료가 든 빵과자였다. 냉동건조 커피 한 주전자도 빼놓지 않았다. 아, 아니다. 모든 것이 완벽할 수는 없다. 그것은 디카페인 커피였다. 파트리샤의 또 다른 괴벽. 커피 아닌 커피를 마시는 것. 뭐, 좋다……. 나는 버너에 불을 붙이기 위해 석유 몇 방울을 심지에 적신 뒤 관 모양의 구멍을 예열하면서 내 안도감을 클라라와 나누려 했다.

"클라라, 아침 식사를 준비했어. 메뉴가 뭘까? 오렌지 주스? 베이컨?"

"아저씨는 돌았어요. 자나 깨나 먹을 것만 생각하죠? 아저씨는 지금 우리가 개떡 같은 상황에 처해 있다는 걸 정말 모르겠어요?"

"그래, 그리고 너는 예인선이 어서 우리를 데려가기를 바라지."

내가 주전자에 물통의 물을 옮겨 부으며 말했다. 배를 채우고 나면 기분이 나아질 것이다…….

편두통 혹은 피로 때문일까? 클라라의 버릇없는 태도가 신경에 거슬렸다.

"……너의 그 슬픈 표정을 없앨 수만 있다면 얼마나 좋겠니!"

그러자 클라라는 회오리바람으로 돌변했다. 정말이다.

"나를 가만히 놔둬요. 그 입 좀 다물라고요!"

클라라가 일어나더니 테이블의 불안정한 부분을 탁 소리가 나게 두드리면서 울부짖었다. 테이블에서 경첩 하나가 빠져나왔다.

잠시 후 클라라는 내 사정거리에서 벗어나기 위해 배 앞쪽으로 갔다. 그 애는 모르포 호에서의 첫 번째 식사에 손도 대지 않았다.

정오가 많이 지나지 않아 내 머릿속은 다시 백야처럼 하얘졌다. 나는 발동기를 마지막으로 확인해보기로 했다. 바마코(말리의 수도 _옮긴이)에서 말하는 '나무를 쓰러뜨리기 위한 마지막 도끼질'이었다. 혹시 이 도끼질 한 번에 이 고철 더미가 다시 움직일 수도 있지 않을까? 글쎄, 어떨지……. 발동기를 한 번 회전시키는 것만으로도 석유램프의 흐릿한 불빛에 비친 난장판에 감탄사가 나왔다. 금속 덩어리가 색깔을 바꾸었다. 회색 강철이 갈색으로 변했다. 기계에 불이 붙어버렸다. 나는 배 뒤쪽의 조망대로 가서 고개를 푹 숙이고 몸을 기댔다. 햇빛이 비치는데도 몸이 떨렸다. 내 생각들은 로빈슨 크루소를 향해 도망치고, 정확히 어디인지 알 수 없는 태평양 상공을 날고, 메두사 호의 뗏목에 내려앉고, 라르센 선장(Carl Anton Larsen, 1860~1924. 노르웨이의 포경선 선장. 열네 살에 배를 타기 시작해

1885년 포경선 제이슨 호의 선장이 되었으며 로스 해에서 숨을 거두었다_옮긴이), 일명 '바다 늑대'의 포경선에 올라탔다. 나는 봉바르에서 신비의 섬(프랑스 소설가 쥘 베른이 1875년에 발표한 동명 소설에 나오는 태평양의 섬_옮긴이)까지 한번 더 미끄러지듯 나아갔다. 나는 무아트시에(Bernard Moitessier, 1925~1994. 프랑스의 항해가_옮긴이)와 함께 수다를 떨었다. 그동안 그의 배 조슈아 호의 뱃머리는 부지런히 바다를 열었다. 나는 내가 좋아하는 그들 생존자들을 모두 호출했다. 그리고 그들에게 털어놓았다.

"이봐, 우리는 정말로 난처한 상황에 빠진 것 같아."

크루소가 미소를 지으며 말했다.

"쯧쯧…… 게다가 궁지에서 벗어나기 위해 그 고철 덩어리에 의지했고?"

"그래, 맞아, 이 친구야."

"포기하지 마! 두려움이 오히려 자네를 죽일 테니까, 이 어린애 같은 친구야. 갈증과 굶주림이 덮쳐오기 전에 광기가 자네를 먼저 위협할 거야."

그가 나를 격려했다.

자네 말이 맞아, 크루소.

“노! 노가 필요해요!”

갑자기 클라라가 큰 소리로 외쳤다.

클라라는 이삿짐센터 직원처럼 야단법석을 떨며 선실 안으로 뛰어 들어갔다. 그리고 갑판에 다시 나타나더니 널빤지를 내 눈앞에 들이밀었다.

클라라가 호통을 쳤다.

“이걸 노로 쓸 수 있을 거예요. 자, 아저씨, 빨리 움직여요!”

클라라가 선실로 다시 사라졌다. 잠시 후 클라라는 내 눈앞에 다시 나타나 갈고리 장대를 휘둘러댔다. 정확히 말하면 반으로 잘린 갈고리 장대였다.

“이 낡아빠진 배에는 노로 쓸 만한 게 이 형편없는 장대뿐이에요?”

클라라는 신경질을 냈다.

나는 클라라가 시키는 대로 널빤지 끄트머리에 드라이버로 구멍을 몇 개 뚫어주었다. 그런 다음 어디서 나왔는지 모를 가는 끈으로 갈고리 장대에 널빤지를 묶었다.

나는 클라라를 관찰했다. 클라라는 급조한 ‘노’를 물에 담그기 위해 배를 바닥에 깐 채 우현에 엎드려 있었다. 클라라가 내게 적의에 찬 시선을 던졌다. 그래서 나도 배의 좌현에서 냄비를 들고 그 애를 따라했다.

우리는 그렇게 바다 한가운데에서 노를 저었다. 그러나 모르포 호는 제자리에서 뱅글뱅글 돌기만 할 뿐이었다. 안간힘을 쓴 덕분에 마침내 모르포 호가 몸을 부르르 떨고 움직이기 시작했다. 그러나 속도는 한심할 정도로 느렸다. 바다에서 물방울이 뽀르르 올라왔고, 우리는 지친 나머지 힘차게 놀리던 팔을 멈추었다. 클라라가 울부짖었다. 클라라는 투창을 던지듯이 노를 멀리 내동댕이쳤다.

그 일이 일어났을 때 아이들은 졸고 있었고, 나는 작은 여송연(필리핀의 섬에서 나는 엽궐련. 향기가 좋으며 독하다_옮긴이)을 손에 든 채 갑판 위에 멍하니 서 있었다. 스스로 건강을 망치는 고약한 로익에 맞서 파트리샤가 반기를 들었을 때 그녀가 미처 찾아내지 못했던 마지막 여송연. 배 한 척이 수평선 위에 조용히 모습을 드러냈다. 기껏해야 작고 검은 점 하나였지만 여름 공기 속에 너무나 또렷이 모습을 드러냈기 때문에 오후 끝 무렵의 낮게 깔린 햇빛을 받으며 뱃머리에서 하얗게 빛나는 거품을 즉시 알아볼 수 있었다. 트롤선이었다. 거기 탄 어부 한 명이 위쪽에서 똑바로 우리에게 덤벼들었다.

나는 2, 3초 후에야 상황을 이해했다. 나는 어부를 피해 급히 몸을 굴리며 목이 터져라 소리를 지르고 팔을 흔들어댔다. 왁스칠을 한 커다란 돛을 끄집어내 갑판을 마구 두드리고 탁탁 소리를 내며 펄럭였다. 클라라가 어두운 눈빛으로 그런 나를 바라보았다.

그다음에 일어날 일을 예상했어야 했다. 어부는 가버렸다. 단 1초도 지체하지 않고 모르포 호에서 100미터도 안 되는 거리에서 그냥 지나가버렸다. 허리를 구부린 채 일에만 열중하는 선원들을 우리가 식별할 수 있을 만큼 충분히 가까운 거리였다. 방수제를 입힌 그들의 바지가 햇빛에 반짝였다. 트롤선이 일으킨 파도 때문에 모르포 호가 춤을 추듯이 요동을 쳤다. 우리는 분노에 사로잡혔다. 그러나 트롤선은 이미 멀어져간 뒤였고, 우리는 트롤선의 고물만 하릴없이 바라보았다.

"더러운 놈들!"

내가 고함을 질렀다.

그는 우리를 봤다. 틀림없이 봤다. 그러나 키잡이가 뱃머리를 돌려버렸다. 이제 끝났다. 트롤선은 수평선에 점 하나로 남았다.

몇 년 전에 이런 일이 있었다. 샌프란시스코 앞바다에 폭풍우가 일어 요트의 돛대가 부러지고, 돛이 찢어지고, 키가 부서졌다. 요트에 타고 있던 가여운 중국인 청년은 발동기를 갖고 있지 않았고, 결국 다섯 달 동안 바다에 표류했다. 요트는 파도에 이리저리 휩쓸렸다. 녹슬고 더러워진 요트의 잔해는 골든게이트에서 수천 킬로미터 떨어진 멕시코 먼바다에서 발견되었다. 요트 안에는 해골처럼 바싹 마른 사람이 있었다. 놀랍게도 그는 아직 숨을 쉬고 있었다.

그저께 내 친구 물개가 마지막 고기잡이를 마친 후 우리 주변에서 잠시 헤엄을 쳤다. 물개는 여러 차례 원을 그리고는, 지금 제정신이냐고 묻는 듯 지느러미를 가만히 흔들었다. 그런 다음 우리를 내버려두고 수평선을 향해 똑바로 헤엄쳐갔다. 눈에 보이지 않는 해안을 향해. 우리는 바다에서 사흘을 보냈고, 여전히 고립되어 있었다. 하늘에 새 한 마리가 나타났다. 우리가 길을 잃었다는 의미였다. 아직은 세상과 가깝지만 이미 너무 멀어졌다. 배 위의 분위기는 침울했다. 나와 클라라의 관계는 씹었던 껌을 다시 씹는 것 같았다. 클라라는 침묵 속에 틀어박혀 있었다. 첫날 아침 걱정하는 클라라에게서 나는 겁에 질린 도마뱀의 분노를 보았다. 그 애의 눈빛과 침묵이 분노를 발산했다. 그 애의 혈관에는 이미 한 방울의 명석함도 남아 있지 않았다. 그 애는 나를 미워하면서 불안과 걱정에 시달리고 있었다. 절대 굴복하지 않는 것이 그 애의 방식이었다. 그 애는 여러 번 나에게 태클을 걸고, 성난 눈빛으로 나를 쏘아보았다. 거의 도발에 가까울 정도로. 그 애의 아주 사소한 몸짓도 나를 향한 독기를 품고 있었다. 나는 그 애의 피뢰침을 보호하는 사람, 그 애가 두려움을 배출하는 필수 불가결한 대상이었다. 그 애는 내 간이침대를 바닷물에 잠기게 하고, 내 안경을 깨뜨리고, 석유통을 활짝 열어 방치했다. 오늘 아침에는 자기 접시에 가득 담긴 쌀을 뱃전 너머로 천천히 부어버렸다.

"난 아저씨 요리가 싫어요."

그 애는 경직된 턱과 어두운 잿빛 눈으로 내 설교를 들었다. 우리의 대결은 유치했다. 시간이 흐름에 따라 그것은 참호전처럼 변질했다. 내가 침착성을 잃으면 우리는 서로 외면하며 시간을 보냈다.

거의 온종일 클라라는 가능한 한 내게서 멀리 도망치기 위해 배 앞쪽으로 모습을 감추고 항해에 관한 책들을 읽는 데 몰두했다. 클라라는 네모 함장과 노틸러스 호에 쫓겨 콘티키 가장자리를 떠돌아다니고, 사우스조지아 섬과 남극 반도의 폭풍설 속에서 새클턴(Ernest Henry Shackleton, 1874~1922. 영국의 남극 탐험가_옮긴이)을 구조했다. 그다음 책은 선반에 있었다. 바운티 호에서 일어난 반란(영국 전함 바운티 호에서 일어난 반란 사건으로 해양사에 가장 유명한 선상 반란으로 기록되고 있다. 1789년 4월 남태평양의 타히티 앞바다에서 선장 윌리엄 블라이의 편집광적 학대에 못 이겨 선원들이 반란을 일으켰다_옮긴이)에 관한 책이었다. 선장들에게는 좋지 않은 책이었다. 나는 클라라가 그 책을 다 탐독할 때쯤이면 구명보트나 예인선으로 나를 끌고 가지 않을지 궁금했다. 아마도 클라라는 크리스천 플레처(Christian Fletcher, 1764~1793. 바운티 호 반란 사건을 이끈 우두머리_옮긴이)가 태평양 한가운데에 블라이 선장을 버리기 위해 작은 구명보트의 밧줄을 자를 때와 같은 웃음을 터뜨릴 것이다.

내가 클라라의 방드리유(투우사가 쓰는 짧은 창으로 여러 색상의 리

본이 달려 있다_옮긴이) 공격을 얼마나 버틸까? 그러나 겁을 먹고 배에 틀어박힌 사람은 클라라였다.

'우리 모두 견딜 수 있을 거야.'

나는 생각했다. 좀비로 변해가는 나만 빼고. 내가 불침번을 선 지 벌써 사흘 밤이 지났다. 나는 말할 수 없이 피곤했다. 힘이 완전히 빠져버린 것 같았다. 기진맥진한 가운데 인생의 부침, 절망과 행복이 이해되었다. 그리고 이것들도 알았다. 믿을 수 없을 만큼 대단한 속도로 퍼지는 증오심, 악천후 속에서 며칠간 실패한 항해를 하며 매트리스 밑에 칼을 숨겨둔, 잠을 이룰 수 없을 정도로 증오심에 불타는 소녀. 우리의 불안감을 해소하려면 방법은 하나뿐이었다. 피를 보려고 혈안이 된 그 소녀를 하선시켜야 했다.

그날 하루 동안 나는 두세 번 갑판 위를 뛰어다녔다. 운동 삼아 스트레칭과 팔굽혀펴기를 조금 하고 물건들을 배 앞쪽으로 옮겼다. 어떻게든 움직여야 했다. 시간에 일관성을 부여하기 위해. 움직이지 않고 가만히 앉아 빛과 그림자에 욕설을 퍼부으며 정신적으로 지치지 않기 위해.

운동을 한 그 시간이 내가 보낸 유일하게 좋은 시간이었다. 솔이 냄새를 맡은 게 틀림없었다. 솔은 자기만의 방식으로 다른 사람들의 소리를 듣고 있었다. 내가 체조를 시작하자 그 애가 선실에서 나와 만족스러운 늙다리 감독관 같은 얼굴로 내 모습을 게걸스럽게 지켜보았다. 한번은 나와 합세하여 내 몸짓을 열심히 흉내 내기까지 했다. 손을 맞잡고 빙빙 도는 쌍둥이 곡예사.

솔은 훨씬 더 기꺼이 클라라를 흉내 냈다. 나는 그 모습을 지켜보았다. 솔은 클라라가 책 읽는 모습을 지켜보는 걸 좋아했고, 간이침대 위의 클라라 옆에 앉아 잔뜩 찌푸린 클라라의 표정을 흉내 내는 걸 좋아했다. 그런 다음 그 애는 선반 위에서 책을 한 권 집어 들었다. 항상 똑같은 책이었다. 그 책은 이내 솔의 것이 되었다. 포켓 판형의 두꺼운 백과사전이었다. 몹시 두꺼워서 종이로 된 벽돌이나 다름없었다. 어제 클라라가 갑판으로 나왔을 때 솔은 여전히 그 책에 파묻혀 있었다. 세 시간 후 솔은 여전히 그 책을 탐독하고 있었다. 똑같은 리듬으로 쉴 새 없이 페이지를 넘기고 단 한번도 책에서 고개를 들지 않았다. 그것은 불가능한 일이었다. 아무도 그렇게 빠른 속도로 책을 읽을 수는 없었다. 그런 척할 수 있을지는 몰라도. 적어도 나는 그렇게 생각했다. 저녁 식사 때까지는.

기름에 튀긴 정어리 스파게티는 구역질 날 정도로 형편없었다. 클라라는 간이침대에 누워 한사코 나를 보지 않은 채 비스킷 조각을 우물우물 씹었고, 솔은 음식을 깨작거리면서 백과사전을 계속 열심히 넘겼다. 가슴이 답답해진 나는 침묵을 흩뜨리고 아이들의 무관심에 항의하기 위해 고양이들에게 말을 하기 시작했다.

"고양이들아, 너희들이 알지 모르지만, 때때로 사람들은 어리석게도 큰 대가를 치르고 먼바다로 나온단다. 드넓은 바다…… 요오드를 함유한 공기…… 그 평화. 바다는 세상의 광기들에서 멀어지기에는 이상적인 장소지. 먼바다에 대한 사랑 때문에 위험을 무릅쓰고 항해를 해. 이것이야말로 운명의 반어법이 아닐까? 응?"

바로 그 순간 내 맞은편에 앉아 있던 솔의 눈동자 속에 개똥벌레들이 들끓기 시작했다. 스파게티 국수 가락들이 접시와 솔의 입술 사이에 걸려 있었다. 솔은 나를 쳐다보며 책을 테이블 위에 탁 소리 나게 내려놓았다. 눈꺼풀이 배의 현창처럼 열려 있었다. 솔의 입이 벌어졌다.

"반어법. 소크라테스는 학생들이 자기 안에 이미 갖고 있던 해답을 발견하게 하는 산파술이라는 기술을 통해 반어법을 유명하게 만들었다. 그는 청중을 당황하게 만들었고, 무지나 감탄을 가장함으로써 그들로 하여금 당시 통용되던 상식 밑에 감춰진 진실을 인정하게 했다……."

"솔, 괜찮니?"

"……아리스토텔레스는 수사학에 반어법을 도입했다. 그러나 그의 용법은 17세기까지 교회의 비난을 받는다. 몽테뉴와 볼테르는 기성 질서와 편견에 이의를 제기하기 위해 그것을 사용했다."

솔이 그 대목에서 멈추었다. 입에 브레이크를 단 것처럼, 그리고 시작할 때처럼 급작스럽게. 나는 머릿속을 스쳐 지나가는 생각을 확인하기 위해 테이블에 놓인 백과사전을 천천히 집어 들고 반어법에 관한 항목을 찾아보았다. 내 생각이 옳았다. 솔은 백과사전에 나온 반어법에 관한 항목을 그대로 암송했다. 마치 사진을 찍듯 암기한 뒤 그것을 낭송했다. 있는 그대로, 쉼표 하나 틀리지 않고.

"솔, 너 단어들을 가지고 놀고 싶니?"

나는 다시 한번 해보라는 말을 어떻게 해야 할지 몰라 솔에게 물었다.

"놀아, 놀아."

한 시간 동안 수십 개의 항목에 대해 질문하고 메스로 벗겨내듯 정확한 암송을 들은 뒤 마침내 나는 결론을 내렸다. 이 금발 소년은 텔레비전 퀴즈쇼에 나가면 백발백중 1등을 할 거라고. 솔의 암기력은 그 정도로 완벽했다.

"나는 1881년 11월 28일 빈에서 유대인 실업가의 아들로 태어났다. 나는 스무 살에 처음 『은의 현 』이라는 시집을 발표했다. 나는 로맹 롤랑의 친구이며 여행을 몹시 좋아했다. 나는 전기와 소설, 희곡으로 유명하다. 내 가장 유명한 작품은……."

삐익!

"정답은 1926년에 발표된 『감정의 혼란』의 저자 슈테판 츠바이크입니다."

솔 혼자였다면 출생일 대목에서 곧바로 버저가 울렸을 것이다. 그랬다. 그 애의 신경세포는 잔디 깎는 기계의 속도로 기능했다. 항목 하나를 툭 던지면 그에 대한 설명이 자동적으로 흘러나왔다.

"대서양."

"신화에서 대서양은 지구를 한 바퀴 도는 강이었다. 대서양은 대지 가이아와 하늘 우라노스의 아들로서 오케아노스라고 불렸다……."

나는 갑자기 의심에 사로잡혀 선반의 책 더미를 살펴보았다.

"솔, 내가 너의 능력을 완전히 확신할 수 있도록 백과사전 말고 다른 책도 외우는지 보여줄래?"

솔이 입 안에 든 스파게티를 씹으며 대답했다.

"……내가 외우고 있는 다른 책의 한 대목을 들려줄게요. 조나단이 돌들에게 이야기하는 대목이에요."

나는 조용히 입을 다물고 초조한 마음으로 기다렸다. 이윽고 솔은 『갈매기 조나단』의 한 대목을 단어 하나 틀리지 않고 정확히 암송했다.

나는 흥분에 사로잡혀 다른 책 한 권을 되는 대로 펼쳐들고 낭독했다.

"멀리 떨어진 어느 외딴 곳에서, 춤추는 불꽃이 발하는 빛 속에서, 나는 엄청난 액수의 화폐 더미를 발견했다……."

"……그리고 네모난 금괴 더미도."

로버트 루이스 스티븐슨의 『보물섬』이었다.

"이제 그만해. 책을 전부 외우면서 밤을 꼬박 새울 수는 없잖아."

클라라의 목소리였다.

"클라라, 너도 아니? 이 아이는……."

"아저씨는 자폐아에 대해 한번도 들어본 적이 없어요? 그들은 암산을 하고, 한번 들은 음악을 그대로 연주하고, 전화번호부를 마치 사진으로 찍은 것처럼 기억해요. 하지만 그 내용이 무엇을 뜻하는지는 이해하지 못하죠. 전혀, 아무것도."

그러나 나는 여전히 놀라움을 털어낼 수 없었다. 나는 다시 솔의 얼굴을 보며 말했다.

"레오나르도 다 빈치."

"빈치, 빈치…… 화가, 조각가, 엔지니어, 음악가, 건축가, 해부학자, 물리학자 혹은 발명가. 르네상스 시대의 중요한 아이콘. 그는 유럽 전역을 여행하며 자신의 학문을 실천했다……."

클라라가 빈정거렸다.

"쳇, 아저씨와 솔의 레퍼토리는 엄청 지겹네요."

나는 계속 주변을 살펴야 했다. 눈부신 수평선을 계속 감시해야 했다. 한낮에는 소금기와 타는 듯한 햇볕 때문에 주방의 행주를 가져다 머리를 감싸고 허벅지와 어깨를 덮어 화상을 막았다. 처음에는 베두인족, 그다음에는 에스키모가 되었다. 눈을 위해서는 임시변통으로 안경을 준비했다. 눈 부분에 칼로 얇은 틈을 낸, 마분지로 만든 마스크였다. 이누이트에 관한 다큐멘터리에서 본 적이 있었다. 정말 효과가 있었다. 나는 우리가 처한 상황에 조금씩 적응하기 시작했다. 우리가 자청해서 잠시 여기에 머무는 것처럼. 보기에 그다지 좋지는 않지만 가장 괜찮았던 아이디어는 '차양'을 치는 것이었다. 나는 배 뒤쪽의 조망대와 배 앞쪽 사이에 놓아둔, 페인트가 묻은 돛을 당겨 펼쳤다. 그 돛이 갑판의 절반을 덮어 소중한 그늘을 만들어주었다. 물론 높이가 너무 낮았다. 돛대가 없었으니까. 덕분에 선실에서 빠져나오려면 네 발로 기어야 했다.

벌써 나흘째였다. 내가 제대로 잠을 잔 첫날이기도 했다. 아주 달콤하고 기분 좋고 제대로 된 긴 휴식이었다. 나는 여전히 달빛 아래 갑판에서 내 회한들과 교섭하면서 망을 보았다. 그리고 대여섯 시간쯤 잠을 잤다. 깨어보니 고양이들이 돛에 기어올라 돛에 맺힌 이슬을 핥고 있었다. 나는 외로움을 느꼈다. 하늘에 커다란 물고기의 형상이 나타났다. 비행기였다. 해는 수평선 뒤쪽으로 모습을 감추었다. 하늘에 장밋빛 광채가 어렸다. 기우는 햇빛 때문이었다. 하지만 나는 햇빛과 아무 상관이 없었다. 배에는 오렌지 주스와 물렁물렁한 크루아상이 있었다. 클라라가 선실의 창을 열었다. 양말 냄새가 났다. 우리의 미지근한 꿈들이 코코넛 제도를 향해 도망쳤다.

커피를 만들러 아래로 내려가자 새로운 놀라움이 나를 기다리고 있었다. 솔이 간밤에 석유램프의 어렴풋한 빛 속에서 알 수 없는 글들을 사방에 잔뜩 적어놓았다. 대체 어떻게 한 걸까? 나는 횃불의 일렁임 속에서 자신의 동굴에 그림을 그리는 네안데르탈인 같은 그 애의 모습을 상상해보았다. 솔은 내 수성펜과 내가 통조림에 날짜를 적는 데 쓰는 큼직한 마커를 사용한 듯했다. 용골에서 천장까지 모르포 호의 내부 전체에 해독하기 어려운 글자들이 빽빽이 적혀 있었다. 선실 전체가 뜻을 알 수 없는 혼성어에 덮여 있었다. 몽골어와 줄루어 사이쯤에 위치하는 미지의 그래픽아트. 그 애만의 언어.

글자들에 뒤덮였다고 말하는 것만으로는 충분치 않았다. 구석진 곳까지 빠뜨리지 않고 살펴보았지만 예외가 없었다. 모르포 호는 용골에서 승강구 덮개까지 미지의 언어가 빽빽하게 적힌 한 권의 책이었다. 검은색, 붉은색, 파란색의 아라베스크가 주변을 온통 휘어 감고 있었다. 아주 작은 물건, 이를테면 나뭇조각, 계단, 밧줄까지 예외가 아니었다. 이쪽에는 가는 선들이 있고 저쪽에는 점들이 있었다. 한순간 나는 호리호리한 체격에 얼굴을 찌푸린 호피 인디

언에게서 해방된 웬 남자의 모습을 보았다고 생각했다. 다음 순간 그 남자는 저쪽으로 헤엄쳐 가더니 구름 혹은 뱀이 되었다. 그는 나에게 속하지 않은 세상 속으로 사라져버린 느낌이었다.

솔이 그 기호들의 세계 한가운데에 앉아 있었다. 이마에 수성펜을 묻힌 채 몹시 기쁜 표정으로. 자신의 작품을 끈기 있게 교정보는 사람처럼, 혹은 혼돈의 위대한 조직자로서 자신의 작품을 가만히 응시하면서. 클라라가 이 아이를 좋아할 만도 했다.

내가 물었다.

"이거 네가 그런 거니, 솔?"

"그런 거니, 솔."

바보 같은 반응. 나는 지도를 펼쳐놓는 탁자 위에 넘쳐나는 글자들을 지우기 시작했다.

"그냥 내버려둬요."

클라라가 간이침대에서 뒤도 돌아보지 않고 말했다.

우리가 배를 타고 바다에 나온 지 아직 일주일도 되지 않았다. 그렇지만 하루에도 수천 번씩 과연 우리가 어떻게 될지 궁금했다. 우리의 희망이 모르포 호보다 먼저 침몰할 것인가? 파란 바다에 삼켜져? 아, 내 마음에 쏙 드는 결말은 이것이다. 우리의 배가 점 하나가 되어 사라진다. 주변의 색깔 속으로 녹아든다. 그리고 짠! 아무것도 남지 않는다. 하늘로 증발되고 승화된다.

두려움조차 남지 않는다. 걱정할 필요는 없다. 우리는 단지 승객일 뿐이니까. 바로 이런 이유 때문에 내가 별들을 자주 관찰하는 것이다. 별들은 나를 현재의 나 자신으로 돌려보낸다. 이 세계에 존재하는 보잘것없는 유령인 나를 안심시키는 내 나름의 방법. 시간이 아무것도 아니라면 공허를 두려워할 필요가 있을까? 이교의 신 아인슈타인, 그리고 그 숭배의 언어. 상대성. 우리는 살아 있다. 그리고 모든 피조물이 그렇듯이 우리의 피는 시간에서 나온다. 운동, 사고, 세계. 어느 카운터 위에 내던져진 소여(所與)들의 꾸러미. 시간은 삶에 대한 우리의 환상일 뿐, 다른 그 무엇도 아니다. 시간은 존재하지 않는다. 그 자체로서도. 그런데 아인슈타인은 왜 자신이 언어를 이끌어내야 한다고 생각했을까? 당신이 그의 입장이 되어보라. 그는 이해했지만 이해받지 못했다. 그는 우리에게 무한에 대해 이야기했지만 사람들은 수학만을 이해했다. 복잡하다. 그렇지 않은가? 두려움 없이 세상을 바라보는 것 말이다. 텔레비전 속에 눈이 내리는 모습을 계속해서 바라보고, 우리가 세계의 중심이라고 계속 꿈꾸자.

어쨌든 제기랄, 빛과 수평선을 피해, 하늘과 내 피를 빼는 망망대해를 피해 이 작고 낡은 배 밑바닥에서, 이 작은 선실에서 숨을 돌

리는 것이 좋은 일이기를. 이제 나는 무(無)와 무한 사이에 존재할
수 없다. 나는 생각들을 통제해야 한다. 생각들을 그러모아야 한
다. 방심하면 생각들은 온갖 방향으로 내달리니까. 기다리고 바라
야 한다. 하지만 무엇을? 자, 나는 달빛 속에서 나에게 인사하는 먹
구름을 좋아한다. 또는 밤을 흩어놓고 어딘가에서 사람들이 나를
갈망한다고 말해주는 새벽의 작고 파란 손들을.

　이번에는 잠이 나를 덮쳐왔다. 생리적인 현상이었다. 뒤쪽으로
휜 날카롭고 가느다란 수십 개의 이빨을 가진 아나콘다의 공격처
럼. 아나콘다는 한번 사람을 물면 놓아주지 않는다. 잠이 나를 몹
시도 갈망했다. 하지만 눈을 떠야 했다. 눈을 뜨고 버텨야 했다. 계
속 불침번을 서야 했다. 말할 수 없이 고통스러워진 나는 다시 밖으
로 나갔다.

　나는 잠을 쫓기 위해 몸을 꼬집고 뱃전에 머리를 마구 부딪쳤다.
잠을 자면 안 되었다. 빌어먹을. 나는 서 있으려고, 조종석에 똑바
로 서 있으려고 애썼다. 이런 상황에서 잠을 잔다는 것은 말도 안
되는 일이다, 안 그런가? 그걸 말이라고! 나는 기진맥진한 채 깨어
있었다. 허리에 심한 타박상을 입은 채. 내가 의식이 있기는 한 건
가? 꿈 때문에 정신이 반쯤 나갔나? 알 도리가 없었다. 수평선이 우

윳빛 안개 속에 감춰져 있었다. 그러나 내 눈에는 잘 보이지 않았다. 내가 잠들었는지, 아니면 깨어 있는지 너는 알고 있니?

조심해. 당신은 안 좋은 때를 맞이하게 될 거야. 당신의 폐를 밤의 액체로 채워.

나는 갈피를 잃었다.

홍분했다.

진정했다.

홍분했다.

잠들었다.

그리고 깨어났다.

가볍고 부드러운 소음이 계속 들려왔다. 망각에서 되돌아온 일종의 호흡. 울림 없는 음색. 그 소리는 잠시 지속되었다. 이윽고 내 심장이 미친 듯이 펌프질을 했다.

그 소리가 말했다.

"나 여기 있어."

내가 외쳤다.

"아무래도 상관없어. 너는 분홍빛 젖과 침투성이의 주둥이를 가진 홀스타인 암소가 모르포 호에서 뒹구는 꿈을 꿨잖아!"

"내 말을 자르지 마, 로익……."

"무슨 말을? 누구의 말을?"

“아무 말도 하지 말고 거기 있어, 로익. 우리의 상상의 혹성에. 그리고 나를 되찾아.”

나는 일어나서 갑판 위를 걸었다. 그러나 목소리는 계속 나를 찾아냈다.

“거기……”

파트리샤였다. 그 소리는 또렷하게 들렸고, 나는 착란을 일으키고 있었다. 흥분한 나는 성냥에 불을 붙였다. 그러나 성냥 세 개는 오렌지색 미광이 내게 대양을 보여주기도 전에 밤 속에 익사해버렸다. 순간 슈라우드(돛대 꼭대기에서 양 뱃전에 쳐서 돛대를 고정시키는 밧줄_옮긴이)에 파트리샤가 서 있는 것 같았다. 두려움이 내 척추에 박혔다. 다음 순간 나는 그 목소리가 어디서 들려왔는지 깨달았다. 모르포 호 주변에서 파도가 춤을 추고, 십여 마리의 작은 돌고래들이 헤엄을 치고 있었다. 나를 에스코트하는, 그리고 내가 파트리샤 생각만 한다고 쑥덕대는, 몸에서 윤기가 나는 작은 천사들.

어떤 신조가 이 비전에 부합할까? 클라라와 솔은 내게 몸을 꼭 붙이고 있다. 클라라의 머리카락과 솔의 눈. 세상에 대한 공포와 절대적 무의식. 얼음과 불. 이 두 아이는 파트리샤의 두 모습처럼 느껴졌다. 망망대해에서 길을 잃은 채 낡고 작은 배 안에 던져진 파트리샤의 분신들. 요령 있게 행동해야 했다. 클라라의 두려움과 술이 빠져 있는 다른 세상. 외따로 떨어진 나만의 지대로 이어지는 도로 는 그 애들과 멀리 떨어져 있었다. 비밀의 천막 아래에서 나는 시인 들이 삶을 믿지 않는다고 중얼거리면서 그 사실을 납득했다. 그들 은 삶을 너무도 잘 지각한다. 고통스러운 영혼들의 삶. 우리의 낮 은 부글부글 끓는 용암들로 가득 차 있었고, 진부한 고통은 파출리 냄새 속에서 파트리샤의 그림과 치고받는 싸움을 일으켰다. 권태 와 불안. 무슨 일인가 일어날 듯한 심상치 않은 분위기. 파트리샤 는 내가 예술에 대해 이야기하는 것을 탐탁해하지 않았다. 예술이 아름답다고, 예술이 현실의 사막을 가려준다고 말하는 것을 탐탁 해하지 않았다. 우리의 화산이 무시무시하게 불탈 때, 삶에 대한 그 녀의 두려움이 내리막길을 치달을 때 그녀의 공포는 차이에서 비 롯되었다. 실크처럼 부드러웠던 나의 여전사는 술만큼이나 세상에 낯선 존재가 되었다.

파트리샤의 양면성을 잊지 않기 위해 나는 나만의 만트라(브라만 교의 주문_옮긴이)를 만들었다.

1. 네 아내는 두려움과 자신감을 모두 갖고 있다.

2. 너는 그녀가 사랑하는 이방인이다. 하지만 그녀는 네가 아니다.

3. 생각에 골몰하지 말고, 산꼭대기와 계곡에 벼락이 치는 것을 구경하자.

나는 나 자신을 일종의 기지로 만들었다. 나는 요동을 피해 파트리샤를 망원경으로 관찰했다. 그리고 세상에 대한 내 퍼즐이 불완전한 채 남아 있을 거라는 생각이 차츰 내 머릿속에 떠올랐다. 그녀의 별자리를 보여주는 내 지도에는 퍼즐조각이 항상 모자랄 것이다. 그래서 뭐 어쨌다고? 이것이야말로 중요한 사실이다.

"로익 리엘 씨, 사람은 기억력만 가지고 모든 것을 알 수는 없습니다. 잃었던 기억이 돌아오면 우리는 '이런!' 하고 말하죠. 하지만 그뿐입니다."

어머니가 수소문해준 정신과 의사 노르베르가 이렇게 말했다. 그리고 내가 상담비를 지불하는 순간 그는 그 지폐를 바스락거리며 어물거렸다. 많은 돈을 내면 잃어버린 기억의 조각들이 내게 돌아오리라는 사실을, 그는 내 무의식에 알리고 싶었던 것 같다. 하지만 나는 다시 그를 만나러 가지 않았다. 내가 이야기할 때 그가 이중턱을 만든 채 졸았기 때문만은 아니었다. 만일 그가 내게 미니스

커트나 캔버스와 관련된 힌트를 주었다면, 다시 말해 내가 기억의 회상록을 재구성하도록 파트리샤의 흔적을 암시했다면 나는 그의 말을 알아들었을 것이다. 마지막 퍼즐 조각, 궁극의 위대함, 살과 피, 나는 그것을 발견해야 한다. 그런 다음 땅으로 다시 내려가야 한다.

2년 전부터 내 기억상실이 매일같이 나를 모래언덕으로 이끌었다. 언제나 같은 장소였다. 내 머릿속에는 지난밤의 영화가 반복해서 상영되었다. 또렷하고 좀 이상한 영화. 결말이 없는. 하지만 해가 지면서 바다에 폭풍우가 밀려오고, 내 장딴지는 온통 모래투성이가 되었다. 내 머릿속의 영화에 나온 미지의 내 모습이 보인다. 그가 자동차 주변을 샅샅이 뒤진다. 그가 온통 녹이 슨 피스타치오 빛깔의 차가운 포드 라이트밴의 트렁크를 연다. 그가 트렁크 깊숙이 나무 상자를 놓아둔다. 그리고 누군가가 그를 부른다. 그는 뒤를 돌아본다. 검은 머리카락과 검은 눈이 모래언덕 발치에서 손짓한다. 그녀다. 구불구불한 모래 오솔길이 뚜렷하게 보인다. 길 가장자리에는 신비로운 덤불이 둘렸다. 그가 해변을 향해 뛰어 내려간다. 파트리샤가 검은 머리를 풀어헤친다. 햇빛이 그녀의 머리카락에 반사된다. 그녀는 그를 기다린다. 그녀는 그를 부서지는 파도 쪽으로 데려간다. 그들은 소금기가 밴 파도 속에 넘어진다. 그녀가 그를 자기 몸에 찰싹 밀어붙이고 사지가 떨릴 때까지 그의 몸을 힘껏 끌어안는다. 하얀 파도 위에 빛이 아직 남아 있다. 그들은 쉬이 세상을 잊는 피조물처럼 자기들의 쾌락을 휘저어 섞는다.

몸이 차가워진 그들은 작은 만을 향해 헤엄친다. 바람이 육지에서 불어오고, 바다는 잔잔하다. 그 잔잔한 물속에서 그들은 그가 기억하는 단어들과 조우한다.

"나는 별들이 눈이었으면 좋겠어. 그 눈들이 우리를 관찰했으면. 누구인지는 모르지만 이 모든 걸 참 잘도 창조했어, 안 그래?"

"만일 당신이 여신이라면 세상을 어떻게 창조하겠어?"

놀라움과 웃음. 그녀는 거기서 헤어 나오지 못한다.

"당신은 내가 세상을 창조하길 원해? 난 그러고 싶지 않아."

"재미로 하는 얘기니까 그냥 상상해봐."

"좋아······. 나라면 혹성을 하나 창조할 것 같아. 암석과 모래로 된 어머니 혹성. 이 언덕만큼이나 모랫결이 고운."

"그 혹성에 생명이 태어나?"

"아니. 그건 아니야······."

"왜?"

"그러면 안 되는 이유라도 있어?"

"그 혹성 얘기를 계속해봐. 거기서 무슨 일이 일어나는데?"

"당신네 학자들은 문제가 있어. 시간이 그냥 흘러가도록 절대 내버려두지 않거든. 음, 그 혹성에서는 성스러운 비극이 일어나. 두

민족이 치열하게 전쟁을 벌이지.”

“그래서?”

“그들의 전쟁으로 중요한 일이 결정돼.”

“무슨 일?”

“승자가 누구냐에 따라 세상이 무한 혹은 유한이 돼.”

“아, 그 오래된 논쟁!”

나는 무한을 믿지 않는다. 학자들은 시 한 구절을 들을 때마다 시인들을 마치 페스트처럼 경계한 플라톤을 떠올린다. 예술가들이 세상을 창조하도록, 혹은 세상을 지배하도록 내버려둔다면 세상은 혼돈이 되어버릴 것이다.

“내가 세상을, 세상의 규칙을 만들어낼 수 있을까?”

“물론이지. 사람들이 형이상학, 마법, 연금술, 종교를 버린 지 몇 세기가 지나긴 했지만.”

내가 조심스럽게 말했다. 마치 막 나를 삼키려는 표범에게 이야기한 것 같았다.

“내가 세상에서 사라진다면 얼마나 좋을까? 그리고 당신이 나를 다시 만나기 위해 지옥으로 가야 한다면? 그러면 당신은 어떻게 할까? 주술의 힘을 빌리지 않을까?”

“그렇게 생각해?”

“당신이 눈에 보이지 않는 것을 전혀 믿지 않는다면 어떻게 될까?"

　나는 결국 내가 엘리베이터에 올라 '지옥'이라고 적힌 버튼을 누를 거라고 말하지 않는다. 음표 하나가 모자란다. 그들은 자동차로 가서 몸을 말리고 아무 말 없이 옷을 갈아입는다. 그들 사이에 바보 같은 침묵이 흐른다.

　같은 날 저녁 내 오랜 친구이자 사진작가인 피터 블레이즈가 사진전을 열었다. 샌프란시스코와 한적한 이 항구 사이에 정착한 피터는 기묘한 나무들을 찍은 사진집의 출간을 자축하기 위해 그 사진전을 준비했다. 그의 사진은 「내셔널 지오그래픽」에도 실렸다.

　나는 초조함에 몸을 떨었다. 피터의 집에서 나는 새틴을, 그녀의 적갈색 머리카락을, 호박색 등을, 에메랄드빛 눈을 다시 보게 된다. 나는 딱 한번 새틴과 외도를 한 적이 있다. 나는 그 버클리 아가씨가, 어느 화요일 밤 소살리토의 바에서 피터가 소개해준 발랄한 그 여성 철학자가 파트리샤 때문에 더욱 빛을 발한다는 사실을 알고 있었다. 새틴은 멀리 있는 과실, 매력적인 이국의 고장이었다. 커다란 돛을 잔뜩 부풀린 채 즐거운 새들이 지저귀는, 탐험되지 않은 대륙의 순결한 해안에 발을 들이고 싶은 욕망이 내 안에서 샘솟았다. 나는 순결하고 신비로운 이끼 냄새 속으로 몇 발자국 걸어 들어갔다. 고등학교 이후 내게 여자는 오직 파트리샤뿐이었다. 나는 그녀와 함께 성장했다. 포옹들, 사랑의 말들, 둥글게 썰린 채 사진에 포착된 우리의 시간들. 묵시록, 종말…… 그것들은 행복을 움켜쥐고 거기서 머리카락을 조금씩 뽑아낸다. 현명한 양치기 개가 매일 밤 안전한 언덕으로 모아들이는 게으른 가축 떼를 위태롭게 한다. 미지의 비탈길에서 가축 떼를 위태롭게 한다. 도처가 피난처 같을 때 우리가 인생의 맛을 느낄 수 있을까? 더러운 화학자여, 썩 꺼져라. 네 오른손에는 설탕이 있다. 왼손에는 과염소산염이 있다. 시간이 얼마나 더 남았을까?

뭔가 요란하게 삐걱거리는 소리가 들린다. 포드 자동차다. 파트리샤는 폭풍처럼 몰아치는 광기에 사로잡혀 있다. 엔진이 울부짖는다. 휘발유 냄새와 부르릉거리는 소리. 그리고 포드 자동차가 질풍처럼 길을 달려간다. 우리의 관계가 망쳐진 순간이다. 그녀는 알아챘다. 나는 이제 그녀의 궤도에 있지 않다. 나도 알아차린다. 화산 폭발 직전에 고양이들이 화산 속에서 부글거리는 용암 소리를 듣는 것처럼. 그녀는 알아챘다.

늦은 시간. 공사장을 따라 달리던 우리는 피터의 집 앞에 자동차를 세운다. 방심한 나는 주차하다가 기둥에 부딪혔다.

"당신, 거기 생각하지? 아니야?"

그녀가 놀렸다. 우리는 여름 끝 무렵의 가벼운 공기 속으로, 사진전을 기념하기 위해 정원 잔디에 모여 웅성대는 초대 손님들 속으로 섞여들었다. 젊은 사람들, 예술이나 사진을 공부하는 대학생들,

기자들, 그리고 친구들이 있었다. 피터가 초대한 사람들은 대부분 우리에게는 낯선 사람들이었다. 다행히 몇몇 얼굴들은 항구에서 본 기억이 있었다. 농어 낚시꾼 새미와 맨해튼에서 온 모델 주디스. 손에 못이 박히고 미소가 찬란한 새미는 센트럴 파크를 내려다보는 기분이었을 것이다. 타오르는 허영심에서 살아남은 여자.

새틴은 아직 도착하지 않았다. 그녀가 거기 있었다면 나는 느꼈을 것이다.

빛나는 흰색으로 다시 칠한 오래되고 거대한 건물 담벼락에는 화려한 인쇄물이 걸려 있었고, 작은 초록색 램프들이 아프리카, 아시아, 그리고 피터가 나무와 인간의 초상을 포착하러 갔던 툰드라의 사진들을 비춰주었다. 과일, 수액, 나무껍질, 뿌리, 지의류, 균류. 인류는 숲의 피조물이다. 생존의 문제. 나무들, 나무들이 내뿜는 산소, 나무들이 맺는 열매, 목재, 나무들이 만들어내는 부식토가 없었다면 문명은 절대 뿌리를 내릴 수 없었을 것이다.

파트리샤가 새끼 염소를 안고 키 작은 가시나무 아래 잠든 목동의 사진 앞에서 걸음을 멈추었다. 그녀는 아마존의 칡 채집꾼들에 관심이 있었다. 숲에서 방황하는 인디언들은 칡 줄기에 들어 있는 물을 마시면서 생명을 부지한다. 그리고 대화의 시간. 나는 토론과 논쟁에 지쳐 정원 한쪽으로 걸음을 옮겼다. 식탁에는 장식 촛대, 유리잔, 작은 화덕들이 줄지어 놓여 있었다. 갑자기 하늘에 화려한 포탄들이 터져 섬광을 발했다. 항구에서 축제가 벌어졌다. 요트들이 모여 불꽃놀이를 벌이고 있었다. 나는 여기서 도망쳐야겠다고 결심했다. 셔츠 속에 샴페인 한 병을 슬그머니 밀어 넣고 입에 컵을 문 뒤 사다리를 기어올랐다. 허리에 충격이 몇 번 전해져왔지만 나는 무사히 물탱크가 있고 자갈이 깔린 테라스에 도착했다. 멀리 보이는 항구에는 반짝이는 요트 수십 척이 탐조등과 로켓탄의 불빛을 받으며 작은 깃발을 장식한 채 줄지어 서 있었다. 항구의 검은 물에 불빛들이 반사되어 마치 보석처럼 반짝였다. 나는 한기를 느낄 때까지 오랫동안 움직이지 않고 가만히 서서 그 광경을 감상했다. 새틴은 틀림없이 나를 찾아낼 것이다. 나는 거짓말을 했다. 그녀를 기다리지 않는다고. 나는 눈을 감고 지붕 위를 성큼성큼 걸었다. 눈만 감으면 나를 습격하는 재앙들을 볼 수 없을 것처럼.

　나는 이미 과음 상태였다. 발밑에서 자갈들이 삐걱거렸다. 하지만 나는 뒤를 돌아보지 않았다. 그녀가 허공 가장자리에서 내 어깨를 잡았다. 강렬한 향수 냄새와 검은 실크 드레스가 찰싹 달라붙은 우리의 육체 주변에서 나부꼈다. 나는 한마디도 입 밖에 내지 않았다. 내 등과 배에 열기가 전해졌다. 환희에 대한 그 약속. 내 팔이 내려와 마침내 그녀의 허리를 스치듯이 감싸 안았다.

　"당신이 원할 때."

　그녀가 내 귓불에 대고 중얼거렸다. 그녀의 따뜻한 숨결이 느껴졌다.

나는 강물 한가운데에서는 침묵이 기쁨을 연장한다고 항상 생각했다. 나는 아무 대답도 하지 않고 내 안에서 스며 나오는 액체 상태의 비탄을 맛보았다.

"안녕, 로익. 샴페인은…… 당신이 원할 때."

나는 돌아서서 그녀를 바라보았다. 그녀는 난간 위에 균형을 잡고 올라앉아 있었다. 드레스를 걷어 올려 맨다리를 드러낸 채. 우리는 허공 위에 있었다.

"떨어지면 어쩌려고."

내가 그녀에게 술잔을 건네며 중얼거렸다.

"사는 것? 그건 천 번 죽는 거야. 당신네 프랑스 시인이 그렇게 말했을걸? 아니야?"

그녀는 아주 가까이에서 내 무릎을 자극했다. 나는 얼어붙어버렸다. 마치 소살리토(미국 캘리포니아주 서부에 있는 도시_옮긴이)에 있는 것 같았다. 내 안에 욕망 말고는 아무것도 없는 상태로. 나는 아무것도 결정하지 않은 채 술잔을 아래로 떨어뜨리며 그녀를 포옹했다. 내 손가락들이 진한 빛깔의 드레스에 파묻혔다. 그녀가 일어나서 나를 끌어당겼고, 우리는 서로를 애무했다. 나는 호흡을 멈춘 채 에어컨 소리를 들었다. 에어컨은 자신의 임무를 수행하며 목이 쉬어라 뜨거움과 차가움의 균형을 맞췄다. 세상의 열 균형. 엔트로

피(열량과 온도에 관계되는 물질계의 상태를 나타내는 열역학적 양의 단위
_옮긴이). 나는 파트리샤를 사랑했고 새틴을 유혹했다. 우주의 법칙
들은 스스로 왜곡된다. 그 법칙들에는 제한조건이 있다. 법칙의 검
증을 중단시키는 조건들. 나는 파트리샤를 잃는 위험을 무릅쓰고
새틴을 욕망했다. 잉걸불 위를 걷는 것만큼이나 감미로운 그것이
왜 아무것도 아닌가? 외설스러운 행동이 내 목을 지나는 혈관을 고
동치게 했다. 마치 그녀가 나를 삼키는 것 같았다.

　　고통은 없었다. 소리도 없었다. 다만 그 희열에 대한 마지막 스케
치만 남아 있을 뿐. 그리고 나서는 아무것도 없었다.
　　사실 우리는 바닷가의 표류물들을 보고 해수면과 맑은 하늘을
식별한다. 지옥의 동굴에서 에덴동산의 어렴풋한 빛을 감지하는
것처럼. 어쨌든 내가 공장의 건축가라면, 신의 작업 반장이라면 회
한을 아름다운 시선으로 바라보며 사물들의 궁전을 건축했을 것이
다. 좋다, 회한과 후회는 우리의 경험을 강조한다. 그렇다, 삶에 대
한 환상은 그곳에서 무너진다. 내가 기억하는 것은 이게 전부다.
귓가에 욕설들이 희미하게 남아 있고 몸에 손톱으로 할퀸 상처들
이 있지만 우리가 어떻게 테라스에서 떨어졌는지는 알 수 없었다.
욕설과 손톱으로 할퀸 상처들이 우리를 테라스에서 밀어냈나? 아

마도 나는 알 것이다. 그러나 그 기억은 흔적 없이 묻혀버렸다. 내가 수술을 받고 사흘 후에 피터가 자신의 기억을 내게 주입했다. 나는 병실에 누워 있었다. 창문 밖에는 안개비가 가늘게 내리고 있었다. 내 침대 위에는 두툼한 종이봉투가 놓여 있었다. 피터가 가져온 봉투였다. 종이봉투의 말없는 공격. 그러나 나는 그것을 해독하지 못했다. 피터가 음절 하나하나에 방점을 찍어가며 말했다.

"끝났어."

"뭐가?"

"너희 두 사람…… 너희들 지붕에서 떨어졌어."

"새틴은 괜찮아?"

"새틴이 문제가 아니야, 로익."

"방금 너희 두 사람이라고 말하지 않았어?"

"파트리샤 말이야."

"파트리샤? 파트리샤가 아니고 새틴이었는데…….”

"로익…… 새틴은 아주 잘 있어. 새틴이 모든 걸 이야기해줬어. 새틴은 떨어지지 않았어. 유감이야, 친구."

"파트리샤는?"

"파트리샤는 죽었어, 로익."

사람들은 며칠 동안 나를 억지로 재웠다. 일명 화학적 혼수 상태.

몇 주 뒤 벤조디아제핀과 프로작의 힘을 빌려 나는 지붕 위에서 우리에게 일어난 일을 새틴이 경찰들에게 뭐라고 설명했는지 알게 되었다. 피터가 새틴이 한 말을 자신의 버전으로 각색하여 들려주었다. 그의 설명을 듣기가 괴로웠다. 파트리샤는 테라스 가장자리에서 비틀거렸고, 난간에 매달리려 안간힘을 썼다고 했다. 하지만 난간이 부러져버렸다. 나는 자갈 위에 추락했고, 파트리샤는 잔디밭 쪽으로 튕겨나갔다. 그녀는 거기에 사뿐히 내려앉았어야 했다. 5미터는 그렇게 높지 않으니까. 그러나 거기에는 석공들이 세워둔 말뚝이 있었다. 녹슨 철근이 들어 있는 콘크리트 막대기들이.

파트리샤는 머리카락을 푼 채, 몸에 콘크리트 말뚝이 꽂힌 채 한 시간 넘게 단말마의 고통에 시달렸다. 파티의 혼잡을 뚫고 마침내 응급구조대가 도착했을 때는 그녀가 이미 생을 포기한 뒤였다. 차마 아무도 그녀를 콘크리트 말뚝에서 빼내지 못했다.

그 뒤로 나는 피터와 한번도 마주치지 않았다. 그가 나를 피했고 나도 어쩔 도리가 없었다. 최악의 일은 그때 우리, 그러니까 새틴과 내가 강렬한 쾌락을 경험하고 있었음을 피터가 안 것이다. 피터는 내게 경멸감을 느끼는 것 같았다. 그는 파트리샤가 지붕에서 굴러 떨어졌을 때 나와 새틴이 한 일에 대해 가차 없는 시각을 갖고 있는 듯했다. 피터는 늘 파트리샤와 내 사이를 질투했다. 내 느낌이 그랬다. 새틴은 잔잔한 호수 같던 우리 부부에게 그가 던진 조약돌이었다.

나는 새틴을 만나고 싶었다. 우리 세 사람이 지붕 위에서 무슨 이야기를 했는지, 대체 무슨 일이 일어났는지 알고 싶었으므로. 매일, 아침부터 밤까지 피가 뚝뚝 떨어지는 콘크리트와 철근 조각이 머릿속에 출몰하는 것을 견딜 수 있는 사람은 없다. 내 의문에 대한 대답으로 새틴은 예일대 출신의 엉터리 변호사를 내게 보냈다. 그 변호사는 땀을 뻘뻘 흘리며 현관 깔개 위에 우뚝 서 있었다. 그는 내 코밑에 봉투를 하나 들이밀었다. 그 안에는 새틴 뒤락 양이 이 주제에 대해 그 누구와도 이야기하기를 원치 않는다는 사실이 명기되어 있었다.

"특히 로익 리엘 씨와는 이야기하고 싶지 않다더군요. 바로 당신 아닙니까?"

일주일 후 나는 소살리토의 부교를 성큼성큼 걷고 있었다. 나는 나무로 된 어느 집 앞에서 망을 보았다. 음산한 겨울비 속에서 그렇게 며칠 밤을 보냈다. 내가 그녀의 입에서 정말로 무슨 말을 듣고 싶은 것인지는 알 수 없었다. 그녀는 거짓말을 했을까? 고맙게도 내 죄를 덮어주려고? 대학교수인 그녀는 매우 똑똑하고 논리적이었으므로 침묵을 지키는 게 낫다고 판단한 것 같았다. 추문이 얽힌

비극이 일어났고 사방에서 사람들이 쑥덕거렸다. 사회에서 매장되지 않으려면 말을 하지 말아야 한다. 가여운 로익, 그를 괴롭히면 안 된다. 그녀는 속으로 이렇게 생각했을 것이다. 비굴함과 연민.

우리의 관계를 눈치챈 내 아내는 불시에 우리를 덮쳤다. 그게 전부다. 우리는 격한 언쟁을 벌였고, 내가 그녀를 밀었다. 내가 그녀를 죽였다……. 내게 더러운 놈이라고 외치는 새틴의 목소리를 어떻게 하면 들을 수 있을까? 갈대 피리로 고문할까? 그러나 비겁한 나는 그녀의 집 앞에서 초인종조차 누르지 못했다. 결국 나는 초조감에 과자를 너무 씹어댄 나머지 턱에 아픔을 느끼며 내 고물차의 무미건조한 냄새 속에 멍하니 앉아 있었다. 일주일 후 경찰들이 내 고물 폰티악을 둘러싸더니 그 어리석은 짓을 중단시켰다. '이웃들'이 경찰에 신고한 것이다. 그들은 내가 도둑인 줄 알았다. 내가 도둑질을 할 기세였기 때문에. 다음 날 저녁 경찰들이 내게 수갑을 채워 퍼시픽 드라이브 파출소로 데려갔다. 새틴이 정식으로 고소했기 때문이다. 나는 형사 놀이를 할 입장이 아니었다. 나는 새틴에 대한 접근금지명령을 받았다.

피터는 집을 팔았고, 나는 천체물리학이라는 내 진로와 가까스로 얻은 연구원 자리를 버렸다. 그리고 항구에 있는, 낚시꾼의 오두막에서 살게 되었다. 달리 어디로 가겠는가? 무슨 일을 하며 지내냐고? 아무 일도 안 한다. 소논문을 쓰고 이런저런 책들을 살펴봤을 뿐이다. 아이들에게 별들에 대해 설명해주고 혹성들의 사진을 찍었다. 화성에 생명체가 있을까? 이런 주제로 잡담을 나누기도 했다. 자신의 비겁함을 곱씹으면서 인생을 허비하고 싶어하는 사람은 없을 것이다. 하지만 그녀를 죽인 것은 바로 나였다.

언제나 똑같다. 꿈들 말이다. 우리는 그 속에 빠져 공포에 떨며 도망치고 싶어 한다. 우리는 도망치길 원한다. 그러나 꼼짝 못하고 여기에 머물러 있다. 한쪽 발을 섬망 속에 담그고 한쪽 팔을 현실 속에 담근 채. 하지만 꿈이라는 것이 대체 무엇인지 내가 어떻게 알겠는가? 나는 잠에서 깨어나면서 힘겹게 온 힘을 다해 몸을 들어올렸다. 눈을 감은 채, 몸에 멍이 들 위험을 무릅쓴 채. 내 팔이 허공을 쓸었고, 내 주먹이 털로 덮인 물렁물렁한 덩어리에 부딪혔다.
“야옹.”
이번엔 마구 휘두르는 발톱이 매우 사실적으로 느껴졌다. 이름 없는 새끼 고양이 중 한 녀석이 소란을 부린 것이다. 녀석은 침을 뱉고는 배 앞쪽으로 뺑소니를 쳤다. 가슴이 쿵쾅거리고 회한 때문에 숨쉬기 힘든 나를 거기에 혼자 둔 채.

높은 파도가 마치 요람을 흔들듯 모르포 호를 흔들었지만 나는 요동을 느끼지 못했다. 저 위에서 반짝이는 불씨들이 춤을 추는 것 같았다. 한밤중의 별들은 얼음처럼 차가웠다. 그 별들은 우리에게 꿀을 바르고 내일을 약속하는 반짝이는 일몰과는 아무런 상관이 없다. 아니다. 밤 한가운데에서 한쪽 눈이 열릴 때 별들은 차갑다. 거의 위협적이다.

나는 하품을 한 뒤 일어났다. 언제나처럼 허리 왼쪽에 통증을 느끼며. 커피가 미칠 듯이 마시고 싶었다. 우리는 매일 생각 없이 목구멍에 음식을 밀어 넣는다. 화합하고 함께 어울리는 기쁨들의 지루한 반복. 목주에 진주알 하나가 모자란다 해도 우리는 깊이 생각하지 않고 다음 단계로 넘어간다. 하지만 깊은 허무 속에서 씁쓸한 한 잔의 생각이 내 신경을 드라이버로 마구 뚫어댄다.

나는 세 계단을 내려갔다. 다리에 뭔가 차가운 것이 닿더니 따끔하게 무는 느낌이 들었다. 빌어먹을! 배 안에 물이 15~20센티미터 정도 찰랑거렸다. 어두워서 장딴지에 닿는 느낌으로 수심을 상상할 뿐이었지만 머릿속으로 모든 것을 파악할 수 있었다. 상황은 명백했다. 나는 속으로 생각했다. 배 밑에 물이 차서 고양이들이 한밤중에 갑판으로 나온 거라고. 그리고 다음 순간 우리가 침몰하고 있다는 생각이 들었다.

"클라라! 솔!"

나는 울부짖으며 정신없이 램프를 찾았다. 며칠 전부터 우리는 밤에 불을 켜지 않고 지냈다. 석유가 충분치 않았기 때문이다. 어디에 구멍이 뚫렸는지 알아내고 펌프를 찾으려면 램프가 필요했다. 하지만 램프가 대체 어디에 틀어박혀 있지? 젠장! 나는 여기저기 몸을 부딪치며 어둠 속을 더듬었다. 소음이 들려왔다. 사방에서 온갖 물건들이 흔들렸다. 그럼에도 내 귀에는 그 소리가 들렸다. 바닷물이 꾸르륵거리며 배 안에 스며드는 소리. 배 아래쪽 깊숙한 곳에서 들려오는 것 같았다. 하지만 도대체 어디지?

"우리 침몰하는 거예요?"

클라라의 목소리였다. 클라라는 걱정스러워했지만 침착했다. 정말이지 굉장한 아가씨였다. 반짝 비치는 빛 속에서 나는 순간 파트리샤를 보았다. 그녀도 저랬을 것이다. 나무랄 데 없고 완전무결한. 클라라가 단호하게 손짓을 하며 조용한 목소리로 물었다.

"좋아요. 이제 어떡하죠?"

"아직 시간이 있어, 클라라. 일단 불빛이 필요해. 그것만 있으면 응급조치를 해서……."

나는 팔꿈치까지 물에 담그고 손으로 배 바닥을 훑었다. 뭔가가 다른 쪽 팔에 닿았다. 클라라가 내민 램프였다. 나는 최악의 경우를 상상하고 램프를 비췄다. 모르포 호는 3분의 1 높이까지 물이 차 있었다. 모터에서 흘러나온 기름과 종이 등 잡다하고 불결한 잡동사니들이 검은 물 위를 둥둥 떠다니고 있었다. 나는 배 밑바닥에서 펌프를 꺼내 설치했다. 그리고 레버를 어떻게 조작하는지 클라라에게 알려주었다. 그러나 곧 필터가 막혀버렸다. 몇 번의 시도 끝에 나는 펌프로 물 퍼내는 것을 포기했다.

"클라라, 물이 어디에서 흘러드는지 찾아야겠어. 물의 흐름이 손에 느껴질 거야……."

시커먼 물속에 두 팔을 담근 채 우리는 배 바닥을 샅샅이 훑었다. 솔이 영문을 모른 채 우리를 따라했다. 그렇게 몇 분이 흘렀다. 내 안의 소심한 남자가 커다란 망토를 펄럭이면서 모르포 호를 버려야겠다고 내 귀에 속삭이기 시작했다. 아직은 10분쯤 시간이 남아 있었다. 하지만 그 이상은 아니었다.

"테이블 밑이에요."

클라라가 외쳤다.

그 애 말이 옳았다. 테이블 기둥 옆에서 작게 거품이 일고 있었다. 나는 부글거리는 곳에 손가락을 갖다댔다. 바로 거기로 바닷물이 흘러들어오고 있었다. 나는 그 부근을 손으로 더듬었다. 물이 턱까지 차올랐다. 손에 느껴지는 것으로 미루어 구멍은 지름이 3, 4센티미터쯤 되는 것 같았다. 나는 그 구멍에 스펀지 조각을 끼워 넣고 포크 끄트머리로 행주도 쑤셔 넣었다. 그런 다음 자그마한 널판을 못으로 박아 고정시켰다. 내가 구멍을 메우는 동안 아이들은 물을 퍼내기 시작했다. 솔이 갑판 위에 있었고, 클라라가 솔에게 양동이를 건네주었다. 솔이 양동이에 담긴 물을 바다에 버렸다. 클라라가 어떻게 솔을 가르쳤는지 알 수 없었지만 아무튼 그렇게 하니 효과가 있었다. 수위가 한결 낮아졌다.

클라라가 나를 쳐다보지도 않고 말했다.

"이 배, 꽤 괜찮은 배라고 하지 않았어요? 그런데 이 난장판은 대체 뭐죠?"

내가 대답했다.

"내일이면 다 정리될 거야. 괜찮아질 거야."

넓고 어두운 하늘 아래 길게 누우니 여러 생각들이 서로 충돌했다. 그것은 좋은 징조였다. 아직은 기회가 있었다. 그런데 저 빌어먹을 구멍은 대체 어떻게 생긴 걸까? 뭔가에 부딪혔나? 하지만 이 속도라면 설사 뭔가에 부딪힌다 해도 작은 새우에 곱사등조차 만들어줄 수 없을 것이다. 오늘 밤엔 배를 밀어주는 미세한 바람 한 줄기 없다. 우리는 마치 섬처럼 움직이지 않고 가만히 있었다. 아무것도 저 저주받을 구멍을 설명해주지 못했다. 아무것도. 일각(一角) 돌고래에 대한 환상이나 흉측한 괴물에 대한 환상조차도.

주변이 워낙 어두워서 나는 클라라가 선실에서 나오는 것을 보지 못했다. 어느 순간 옆에 그 애가 있는 것을 간신히 알아차렸다.

그 애가 워낙 꼼짝 않고 가만히 있었기 때문이다. 눈의 흰자위만 유독 번들거렸다. 사냥꾼의 매복보다 더 긴 기다림 후에 그 애의 입술 사이로 하얀 치열이 드러났다. 그 애는 머리가 돈 사람을 대하는 듯한 인내심을 갖고 나에게 말을 걸었다.

"혹시 전에도 한 적 있어요?"

"뭘?"

"그 바보 같은 짓거리요."

"무슨 말을 하고 싶은 거니, 클라라?"

"아저씨는 맛이 가고 있어요. 우리 중 한 명이 그런 게 아니라면 그 구멍이 왜 생겼겠어요? 그런데 나와 솔은 그런 구멍을⋯⋯."

"클라라, 그러니까 내가 배에 구멍을 뚫었단 말이니? 우리가 침몰하도록?"

"네, 나는 그렇게 생각해요. 내가 그렇게 말하고 있잖아요."

"내가 왜 배에 구멍을 뚫니?"

"그걸 내가 어떻게 알아요? 아저씨는 정상이 아니라니까요. 발작을 일으킨 환자, 뭐 그런 거죠⋯⋯."

"그러니까 넌 내가 미쳤다고 생각하니?"

"아저씨는 바다 한가운데에서 발동기를 망가뜨렸어요. 그리고 이젠 배에 구멍까지 뚫었고요. 이 행동들엔 일정한 경향이 있죠. 아저씨는 자신을 통제하지 못해요. 내 눈엔 그렇게 보여요. 아저씨는 감시를 받아야 해요. 지금부터 내가 아저씨를 감시하겠어요!"

"클라라……."

그 애의 눈과 치열이 어둠 속으로 사라졌다. 그 애는 나타날 때처럼 소리 없이 증발해버렸다.

고양이들이 아이들 옆에서 놀고 있다. 고양이들은 갑판 위에 날아와 비틀거리는 새 한 마리를 쫓고 있다. 깃털 하나를 뽑자 새는 기진맥진하여 도망쳤다. 그다음에는 새로운 놀이가 시작되었다. 솔과 클라라는 나를 피해야 한다는 생각에 좁디좁은 선실 안에서 어떻게든 내게 등을 돌렸다. 지난밤 클라라가 내게 기어왔다. 그 애는 선잠이 든 적을 감시하는 사람처럼 나를 염탐하기 위해 다가왔다. 그리고 오늘 아침 주방 서랍에서 칼들이 모조리 사라졌다.

"내가 바다에 던져버렸어요."

클라라가 대답했다.

"던져버렸다고?"

"아저씨, 아저씨는 지금 정상이 아니에요! 어느 날 갑자기 퓨즈를 끊어버릴 수도 있고, 그걸 나나 솔에게 뒤집어씌울 수도 있어요."

"네가 상황을 과장하는 것 같지 않니?"

"아뇨. 난 내가 무슨 말을 하는지 잘 알고 있어요. 난 아저씨의 글을 읽었어요. 저기, 저 검은 책 말이에요. 아저씨는 지금 미쳐간다고요.”

클라라는 화도 내지 않고 그렇게 말했다. 심지어 연민의 표정을 살짝 보여주기까지 했다. 부드럽게 미소를 짓고 고개를 갸웃거리며 환자를 보살피는 의사의 눈길. 현실을 부정하고자 해도 존재하는 것은 결국 보이는 법이다. 나는 심장의 고동을, 흡연의 욕구를 느꼈다. 콜레스테롤 덩어리인 양배추 절임을 곁들인 소시지를 씹으면서. 내가 계속 결백을 주장하면 클라라는 나를 감금할지도 모른다. 클라라가 생각하는 것이 바로 그것이다. 그 애는 두려움 때문에 나를 미치광이 죄인으로 믿게 되었다.

오늘 바다는 거칠지 않을 것 같다. 바다는 우리에게 오락거리를 제공했다. 깜짝 놀랄 일이라고 감히 말할 수 있었다. 그 일은 정오경에 열기로 꼼짝 않던 바다 위에서 일어났다. 내가 솔 그리고 고양이들과 함께 열기에 헐떡이며 갑판의 덮개 밑에 늘어져 있는데 클라라가 갑자기 뱃머리에서 몸을 일으켰다. 클라라는 한 손을 모자 챙에 올리고 주변을 유심히 탐색했다.

내가 물었다.

“뭐라도 보여, 클라라?”

클라라는 수평선에서 눈을 떼지 않은 채 대답했다.

"점 하나요……. 하지만 움직이지 않아요……."

우리는 서둘러 그쪽으로 달려갔다. 냄비, 널판, 양동이 등 노 대신 사용할 수 있는 모든 물건이 갑판 위에 놓여 있었다. 도중에 나는 그 애의 은신처를 지나갔다. 클라라는 주방의 칼들을 바다에 던져버리지 않았다. 칼들은 거기에 있었다. 클라라의 매트리스 밑에 반쯤 몸을 숨긴 채 줄지어 늘어서서 빛을 내면서. 나는 우뚝 선 채 그 칼들의 날을 바라보았다.

클라라가 말했다.

"아저씨, 왜 가만히 있어요? 노 저으러 온 거 아니에요?"

클라라는 왜 칼들을 숨겨뒀을까? 하지만 나는 이 의문을 목구멍 속에 감추고 노를 저었다. 내 생각은 태양 아래를 선회했고, 우리는 계속 노를 저었다. 열심히 그리고 부산스럽게. 하지만 현실은 냉혹했다. 배는 너무 느렸다. 우리의 팔보다 파도의 힘이 더 세기 때문일까? 하지만 그런 것은 중요하지 않다. 이제 우리의 보물이 가까이에 있다. 우리의 팔이 미치는 거리에 비스듬하게 바다에 파묻힌 채 바닷물을 겨우 헤치면서. 클라라가 "영차" 하고 힘을 썼다. 클라라는 힘을 쓰지 않는다고 나를 나무랐다. 지옥 같은 몇 시간이었다. 하지만 아직도 멀었다. 우리가 어떻게 그렇게 오랫동안 노를 저을 수 있었을까? 마침내 도착했다. 우리는 직선들로 이루어진 거대한 잿빛 물체 앞에 있었다. 녹슨 자국 밑에 '코린'이라고 오렌지색으로 기다랗게 씌어 있었다.

"또 다른 난파선인가?"

클라라가 빈정거렸다.

심장이 두방망이질치고 온몸이 녹초가 되었다. 우리는 바다 위에 떠 있는 거대한 금고에서 몇 길 떨어져 있었다. 커다란 컨테이너였다. 사람들이 물건을 실을 때 사용하는 컨테이너. 짐을 싣기도 하고 내려놓기도 하는, 인간들이 다른 인간들과 교환할 물건들을 가득 실은 강철로 된 물건.

우리에게 운명이라는 것이 예비되어 있을까? 우리는 조용히 그 괴물에게서 벗어났다. 우리는 숨을 죽이며 노를 저어 컨테이너 주변을 한 바퀴 돌았다. 건너편에 문이 있었다. 그 문은 거친 파도를 향해 반쯤 열려 있었다. 아마도 물에 빠질 때부터 그랬던 것 같다. 어딘가에서 폭풍우가 그 강철 상자를 화물선 갑판에서 끌어낼 때. 모르포 호가 강철 컨테이너에 찰싹 달라붙자 쿵 하고 장중한 소리가 났다.

"이런, 아무래도 비어 있는 것 같아요."

클라라가 말했다.

우리는 컨테이너의 문을 힘겹게 들어올려 활짝 여는 데 성공했다. 컨테이너 안은 검고 음산했다. 클라라가 아무 말 없이 컨테이너 위로 올라갔다. 내가 말렸지만 소용없었다. 클라라는 활짝 열린 문을 통해 컨테이너 내부로 사라졌다. 우리는 한동안 속을 끓여야 했다. 마침내 다시 모습을 드러낸 클라라의 눈은 희망이 가득했다.

"물건이 꽉 차 있어요……."

컨테이너가 균형을 잃고 불안정하게 기우뚱했고, 나는 몸을 떨었다.

"당장 나와, 클라라!"

"장난해요? 이 안에 물건이 엄청 많다고요. 꼭 알리바바의 동굴 같아요."

"바바!"

솔이 외쳤다.

"파파?"

강철 컨테이너가 메아리를 돌려보냈다.

예기치 않게 식량을 발견한다면 물론 고마운 일이다. 과일, 채소, 파스타, 심지어 형편없는 통조림까지도 우리를 황홀하게 할 것이다. 우리에게는 입에 넣고 씹을 만한 변변한 음식이 더는 없었으니까. 파인애플 통조림이 내 눈앞에 떠다녔다. 왜 하필 파인애플 통조림이지? 희망에 찬 염원들이 내 마음을 사로잡았다. 컨테이너 안에 식량은 물론 발동기와 계류기구가 있을지도 모른다. 그러면 우리는 모르포 호에 필요한 물품을 갖춘 뒤 어디론가 출발할 수 있을 것이다.

우리는 한동안 거기에 머물렀다. 환상에 사로잡힌 채.

"클라라, 일단 상자를 한두 개만 꺼내봐. 그러면 그 속에 무엇이 들었는지 알게 될 거야. 하지만 너무 깊숙이 들어가지는 마."

클라라가 상자들을 모르포 호 갑판에 던지기 시작했다. 솔이 탄성을 질러댔다. 클라라는 모르포 호의 갑판으로 훌쩍 뛰어오르더니 상자들에 붙은 접착테이프를 신속히 떼어냈다. 첫 번째 상자에 든 물건은 별로 대단치 않았다. 나는 다른 상자를 뜯었다. 우리가 지른 기쁨의 탄성들은 실망스러운 한숨으로 변했다. 클라라가 다른 상자들을 뜯기 시작했다.

10분 후 빈 상자 수십 개가 바다에 떠다녔다. 우리 노략질의 결과물이었다. 솔이 갑판에 앉아 엉뚱한 물건들을 하늘로 던지며 놀았다.

"이 정도면 클럽을 차릴 수 있을까요?"

클라라가 투덜거렸다.

"그래. 초청장 있는 사람만 입장이 가능한 섹스클럽."

"좋아요. 날 아프게 해봐요, 아저씨."

클라라가 채찍을 손에 들고 선정적인 포즈를 취했다.

우리 주위에는 코르셋, 슬립, 소매 없는 외투, 고무 장화, 인공 음경, 수갑, 펜치 그리고 재갈이 한 다스씩 널려 있었다. 가죽과 라텍스로 된 콘돔, 온갖 종류의 송곳과 펜치들. 마치 성도착자들의 슈퍼마켓 같았다. 내 손 안에 '피부에 자국을 남기지 않는 최고로 부드러운 끈' 하나가 들려 있었다. 상자 겉면에는 독일어가 씌어 있고, 콘돔으로 된 가슴을 가진 빨간 머리 여자가 중국 서커스 곡예사 같은 자세로 다리를 구부려 목에 갖다 붙인 채 앉아 있었다. 여자 옆에는 건장한 남자 두 명이 있었고, 그 뚱뚱한 여자는 황홀경에 빠져 입술을 둥글게 오므리고 있었다. '부드러운 끈' 의 사용설명서 같았다. 좋다, 적어도 끈 몇 개는 확보했다. 사람을 묶는 것 말고 다른 일에 사용할 수 있을까?

"마조히스트 여자들에 대해 들은 적이 있어요."

클라라가 그 상자를 보면서 한숨을 쉬었다.

"아, 그런 타입들이 존재하지. 그런 경우 성행위에 문제가 생기고, 그래서 사람들이 신기한 기구들을 사용하는 거야."

"나는 오히려 지배하는 걸 좋아하는데."

"나도 그럴 거라 짐작했다, 클라라."

"아저씨가 이해할지 모르지만 난 뱀피렐라(미국의 만화가 포러스트 J. 애커먼이 1969년에 발표한 뱀파이어 만화의 여주인공_옮긴이) 역할 아니면 다 싫어요. 나는 채찍으로 남자의 엉덩이를 쓰다듬고 싶어요. 반대로 남자의 채찍을 참아내는 것은 생각할 수도 없는 일이죠! 자, 아저씨 사이즈네요."

털북숭이 재킷을 내밀며 클라라가 말했다. 그 재킷은 코끼리와 누(아프리카 산 영양_옮긴이) 사이에 위치하는, 아직 알려지지 않은 동물의 털로 만든 것 같았다.

"고맙구나, 클라라. 사실 난 레이스와 실크를 좋아하지만."

클라라가 문을 활짝 열고는 컨테이너에서 다시 나왔다. 격렬한 부글거림과 함께 컨테이너 안으로 바닷물이 빠르게 흘러들었다. 솔은 분홍색 전기 안마기에 열중해 있었다. 안마기 끄트머리에 장착된 빨간 불이 레이더처럼 욕망을 좇아 지직거렸다.

"솔은 내버려둬요. 그냥 놀고 있는 거예요."

클라라가 말했다.

우리가 끈 한 무더기와 함께 건져낸 물건들은 '코린'의 유일한 보물들이었다. 솔의 전기 안마기는 며칠 후 부서져버렸다.

바다에서 17일을 보냈다. 이제 상황을 직시할 때가 아닐까? 우리가 어디쯤에 있는지 막연하게나마 위치를 알 수 있다면 얼마나 좋을까. 물론 지도 탁자의 서랍 안에 오래된 GPS가 있긴 하다. 아, GPS, 그것은 멋진 일격이 될 것이다. GPS의 버튼을 누른다. GPS는 저 위에서 움직이는 위성 대여섯 개의 궤도를 냄새 맡는다. 29초쯤 후 GPS는 확신의 축포를 쏠 것이다. 우리가 있는 곳의 위도, 경도,

고도가 밝혀질 것이다. 하지만 내 GPS에는 건전지가 없다. 전기장비가 든 오렌지색 상자도 며칠 전 배에서 내려놓았다.

배 밑바닥을 뒤지다가 나는 오래된 물건 하나를 찾아냈다. 라디오 수신기였다. 나는 그 라디오를 잊고 있었다. 그것이 초록색 광채를 발한다. 라디오는 5분 동안 해양 기상대 마리 피에르의 별 같은 목소리를 조금씩 토해낸다.

"기압과 파도가 높아지겠습니다. 어제 알려드린 바와 같이 항구에 머무르는 게 좋겠습니다……. 먼바다도 소란스럽겠습니다."

마리 피에르의 목소리가 아직도 내 귀에 쟁쟁하다. 날카로우면서도 꿀처럼 감미롭고 실크처럼 부드러운 목소리. 그 목소리만 들으면 호르몬이 분출한다. 방탕한 베를렌보다, 최고의 여배우보다. 마리 피에르가 나를 긴장시킨 것만은 아니다. 그녀는 내게 아이디어를 주었다. 나는 작은 발전기를 분해하고, 거기서 선들을 뽑아내고, GPS의 선을 이으며 오후 시간을 보냈다. 왜 안 되는가? 그렇게라도 GPS가 작동하면 얼마나 좋을까? 저녁이 다가오자 GPS에서 믹서 소리가 났다. 아무것도 아니라고? GPS에는 익살스러운 불빛도 들어오지 않고 소리도 나지 않았다. GPS를 작동시키는 일은 끝장났다. 눈치챘는가? 걸핏하면 스위스 칼과 전선을 뽑아드는 맥가이버에게 말하고 싶다. 그렇게 해서는 절대 기계가 다시 작동하지 않는다고. 그들이 우리에게 허풍을 떤 것인가?

그날 저녁 식사 전에 클라라가 선수를 쳤다. 클라라는 한마디 말도 없이 슬그머니 들어와 솔 맞은편에 앉았고, 나는 다시 한번 석유 버너를 가지고 고군분투해야 했다. 평상시와는 다른 일이었다. 몇 주 전부터 클라라는 내게서 멀리 떨어져 조심스럽게 음식을 먹었다. 날씨가 허락하면 갑판 위에서 먹기도 했다. 그런 클라라가 다가와 우리와 합류했다면 뭔가 생각이 있어서일 거라고 나는 짐작했다. 다시 말해 나는 한바탕 난리가 날 거라고 짐작했다. 클라라의 눈은 어두웠고, 얼굴은 딱딱했다. 안면근육이 너무나 경직되어 있었다.

참고 기다리기 위해 일단 각자 정어리 반 마리를 먹었다. 솔은 자기 접시의 기름을 핥아먹었고, 클라라는 아무 말 없이 기다렸다. 대놓고 화를 내지는 않았지만 우리 사이에는 구름이 잔뜩 끼어 있었다. 식사가 끝났다. 나는 삐걱거리는 소리를 내며 간이침대를 정리한 뒤 다시 항해일지를 읽었다. 모르포 호에서 침묵은 우리의 운명이 되었다. 멍하니 정신을 놓고 있는 솔과 클라라의 불신하는 눈빛 사이에서 나는 어찌할 바를 몰랐다. 이 상황을 견디려면 눈을 마주치지 않아야 했다. 나는 클라라가 주저하는 것을 느꼈다. 무슨 말을 해야 할지 고민하는 듯했다. 마침내 클라라가 침묵을 흩어버렸다.

"아저씨도 알겠지만 난 신경 안 써요!"

"뭘?"

"이게 아저씨 잘못이라는 거요……. 내 말은 우리가 한 배를 탔다는 뜻이에요, 아닌가요? 우린 이 궁지에서 빠져나가야 해요……. 내가 화를 내봐야 해결되는 건 없겠죠."

"맞아, 클라라. 아무것도 해결되지 않아."

"하지만 경고하는데 아저씨, 조심해요. 솔도 나도 건드리지 마세요! 건드리지 않겠다고 약속해요!"

"클라라, 한번 더 말하는데 나는 너희들에게 아무 짓도 하지 않았다! 대체 왜 그런 생각을 하게 된 거니?"

"어서 약속하세요."

클라라의 염려가 피부에 느껴졌다. 내가 악몽에 시달리는 걸 클라라가 들은 걸까? 내가 파트리샤를 죽인 꿈을 꾸며 울부짖는 소리를 들은 걸까? 클라라의 눈이 불신과 경계심을 잔뜩 띠었다. 그 애는 자신의 말에 무게를 실었다. 그리고 유일한 해결책으로 나에게 휴전을 제안했다. 방어수단을 마련해놓은 일시적 평화. 하지만 클라라는 내 결백을 조금도 믿지 못했다.

"약속해요, 아저씨. 약속만 하면 돼요!"

"뭘 약속해?"

"솔을 건드리지 않겠다고요."

"왜 솔이지?"

"내 나름의 이유가 있어요."

"무슨 이유? 이건 당치 않아. 내 말을 들어보렴, 클라라. 지금 약속을 한다 해도 내가 정말 너희를 살해하려는 미치광이라면 너희들은 나를 막을 수 없을 거야."

"어서 약속해요!"

"알았다. 그게 도움이 된다면 아니, 네가 안심이 된다면 너희들을, 솔과 너를 절대 건드리지 않겠다고 약속하마……."

"솔과 너를."

솔이 되뇌었다.

캘린더…… 나는 항해일지에 적힌 날짜들로 만족할 수도 있었을 것이다. 하지만 그것은 별것 아닌 것 같았다. 진짜 캘린더는 시간에 낙인을 찍어야 한다. 스위스 뻐꾸기시계의 바보 같은 울음소리와는 아무런 관련도 없다. 나는 매일 끌로 시간을 새기고 싶다. 돌을 깎아 황소의 눈처럼 커다란 덩어리들을 출현시키고 싶다. 모래시계 속에 흐르는 것, 그것은 방울방울 흐르는 우리의 피다. 그렇게 우리의 삶들이 지워진다, 그렇지 않은가? 그리하여 우리는 도처에서 캘린더를 본다. 그것은 하늘에 용감히 맞서기 위한, 우리는 야만인이 아니고 무의 거처도 아니라고 공손하게 말하기 위한 진정한 토템이다. 그것이 모르포 호에서 지내는 나날들과 우리에게 남아 있는 것들을 헤아리게 해줄 것이다. 그 숫자가 어디서 멈출지는 모르지만. 하지만 좋다, 나에게는 지지가, 후원이 필요하다. 나는 배 안을 뒤지고, 위경련을 일으키고, 초조함과 긴장감에 시달렸다. 그리고 나는 빵 자르는 도마를 찾아냈다. 선실에 솔이 서투른 글을 잔뜩 적어놓았기 때문에 선택의 여지가 없었다. 솔이 빵 자르는 도마는 깜박 잊은 듯했다. 그 나무 도마는 우리가 바다에 빼앗긴 나날들을 모조리 새길 수 있을 만큼 하얗다.

의심 많은 클라라가 나무 도마를 들볶는 나를 물끄러미 바라보았다. 나는 거기에 수성펜으로 시간을 표시할 칸들을 그렸다. 도마 가장자리에는 우리, 그러니까 클라라와 솔 그리고 나의 실루엣을 그려 넣었다. 그리고 고양이들도. 나는 미신을 믿었으므로 어린 시절 크리스마스의 추억들을, 판지로 된 대림절(크리스마스 전 4주간_옮긴이) 장식물을 떠올렸다. 나는 그 조그맣고 포동포동한 아기가 하느님의 아들이라고 덮어놓고 믿지 않았다. 내 눈이 반짝였다. 숙숙 소리를 내는 비치 샌들을 신고 부두를 걷던 파트리샤의 눈만큼이나 빛이 났다. 그녀는 바의 조그만 웨이터가 항상 건네주던, 원뿔 모양으로 접은 종이 봉지 속의 굵은 피스타치오를 먹고 있었다. 삶에 대한 그녀의 기쁨은 너무나 컸고, 그녀가 입은 아주 조그맣고 검은 쇼트팬츠 속에서 그녀의 엉덩이는 터질 것만 같았다.

나는 그 토템을 지도 탁자 위에 수직으로 매달았다. 그곳이 눈에

잘 띄는 귀빈석이었다. 나무판은 솔의 수성펜이 닿지 못하는 그곳
에서 마치 추처럼 흔들렸다. 어쨌든 안심이 되었다. 이 작은 나무
판은 우리가 목적지에 몇 시에 도착할지는 모르지만 좋은 기차에
타고 있다고 말해주는 것만 같았다.

클라라가 불평했다.

"난 반대예요. 이 나무판은 괴상해요. 마치 우리가 지하 감옥에
갇힌 죄수들 같잖아요. 못으로 벽에 날짜를 새기는 대신 이 달력에
기록하겠다고요? 이것으로 내 입을 막아보려고요?"

바다에 가벼운 동요가 일었다. 만일 우리가 바캉스를 떠나온 거
라면 파도의 어루만짐을 기분 좋게 음미했을지도 모른다. 어둡고
두터운 밤 속에서 우리는 그 움직임을 간신히 감지할 수 있었다. 바
다가 숨을 쉬었고, 우리는 그 숨결 위에서 춤을 추었다. 그것은 산
꼭대기의 얼음, 우에드(북아프리카 사막지대에 생기는 일시적인 강_옮
긴이)의 열기, 별들의 광채, 빗방울의 투명함처럼 나를 주변과 화해
시켰다. 나는 뼛속 깊이 상념에 젖어들었고, 그 상념 속에서 모든
것이 잔잔해졌다. 거짓말. 침몰하도록 자신을 내버려두는 사람은
없다. 무지개를 위해서라 하더라도. 내 피부에 유려함이 느껴졌다.
그리고 하늘을 가로지르는 멀고 가까운 세상들의 번득임. 나는 도

취한다. 감사합니다. 세상 끝에 있는 듯한 기분 좋은 심장의 두근거림. 현기증이 나를 사로잡았다. 아직 태어나지도 않았는데 벌써 잊혀진 느낌. 그리고 조금 위로받은 느낌. 도취시키는 일은 모두 가까이에서 일어난다. 하지만 그 일이 사물의 느린 행진 속에 기록되지 않는다면 아무것도 의미가 없다.

클라라가 다가와 내 옆에 앉았다. 그 애도 반짝이는 별들을 올려다보기 위해 목을 뒤로 꺾었다. 우리는 침묵 속에 넋을 잃었다.

클라라가 단어 하나하나를 또박또박 뱉어냈다.

"도저히 이해가 안 돼요."

"무슨 말이니?"

"아저씨 말이에요. 아저씨의 발작."

"내가 무슨 말을 하길 바라니? 대체 무슨 착각을 하는 거야?"

"나를 안심시키려고 그렇게 말하는 거죠?"

"사람은 자신의 손으로, 자신의 눈으로, 자신의 목소리로 전설을 지어내는 법이지……."

"무슨 뜻인지 이해가 안 돼요!"

"플라톤은 세상을 아는 데는 두 가지 방법이 있다고 했지. 증거를 통해 알 수도 있고, 상상을 통해 알 수도 있어. 둘 모두 강력한……."

나는 꿈을 꾸고 있다고 생각했다. 내가 클라라와 이런 '마술적인' 논쟁을 벌이는 것을 파트리샤가 듣는다면 눈물을 흘리며 웃을 것이다.

"플라톤?"

"고대의 철학자야. 무슨 뜻인가 하면, 만일 네가 이미 생각을 정했다면 내가 너를 이성으로 설득할 수 없다는 거지. 나는 이미 싸움에서 졌어."

"헛소리가 아니에요, 아저씨. 아저씨는 우리를, 솔과 나를 원망하죠. 하지만 아저씨의 발작 증세는 수시로 나타나요. 아저씨의 항해일지에서 그걸 읽었어요. 그런데 말이에요, 모든 걸 그렇게 적어놓는 건 미친 짓이에요. 꼭 편집증 환자처럼……."

"내가 너에게 무슨 말을 할 수 있겠니."

"난 아저씨가 말해주면 좋겠어요. 대체 어떻게 그런 생각을 했죠?"

"대체 왜 그런 걸 묻는 거니, 클라라?"

"잘 모르겠어요……. 솔직히 말하면 때때로 난 아저씨와 굉장히 가깝게 느껴져요. 하지만 다음 순간엔 아저씨가 엄청 두려워요. 정말이에요."

"그래, 중요한 건 '두려움' 이지. 저 바다가……."

"그런 식으로 빠져나가지 마세요. 난 바다가 아니라 아저씨가 두려워요."

"나를 통제하는 것이 더 힘들어 보여서겠지. 반면 바다는 바람의 법칙에 종속되고."

"아저씨는 되는 대로 아무 말이나 하고 있어요."

"클라라, 두려워하지 마. 우린 이 궁지에서 벗어날 거야. 그러니 일단은 진정하고 조용히 있어. 두려움 같은 건 가둬두고 말이야."

클라라가 다시 팽팽하게 긴장하고 불만스러워하는 것이 느껴졌다.

클라라가 말했다.

"어쨌든 난 아저씨와 이 문제에 대해 계속 이야기할 거예요."

나는 바닷물을 큰 양동이에 한가득 퍼서 목덜미에 부었다. 샤워는 무기력에서 빠져나오기 위해 내가 애용하는 치료제였다. 이봐, 정신 차려. 넵투누스와 건배하고 우울함에서 빠져나와. 나는 권태를 깨뜨리기 위해 매일 아침 잠에서 깨어나면 배를 다시 움직이려고 애를 썼지만 좋은 방법을 찾아내지 못했다. 2, 3일 전부터 몸 상태가 좋지 않았다. 나는 정신이 안개 속을 방황하는 가운데 간신히 앉아 있었고, 열 때문에 기진맥진했다. 몸에 통증이 느껴졌다. 처음에는 배의 옆질 때문에 몸이 팅겨나가 윈치(요트의 돛을 올리는 데 쓰는 기구_옮긴이)에 엉덩이를 부딪쳐서 그런 줄 알았다. 꽁무니뼈에 타는 듯한 통증이 느껴졌다. 그러나 그 고통은 결국 지나갔다.

시간이 지나자 한결 통증이 가라앉았다. 그러다가 오줌을 누러 갔을 때였다. 나는 바다에 떨어지지 않으려고 무릎을 꿇고 오줌을 누었다. 바다 위로 피가 섞인 소변이 떨어지는 것이 보였고, 나는 사태가 심각함을 깨달았다. 이런 멍청이! 그것은 최초의 위험신호였다. 사실 컨테이너를 발견하기 며칠 전부터 위험이 느껴졌다. 그 느낌이 계속 되풀이되었다. 하지만 내가 이 상황에서 무엇을 할 수 있을까? 나는 나 자신을 안심시켜야 했다. 잠시 후 단지 물이 부족해서 그런 거라는 데 생각이 미쳤다. 다시 통증이 찾아왔을 때 나는 물을 몇 모금 삼켰다. 그러자 통증이 줄어들었고 더는 걱정되지 않았다.

하지만 오줌을 눌 때마다 모르포 호 뒤쪽에 붉은 얼룩이 떨어졌고, 더는 증상을 무시할 수 없음을 깨달았다. 결석(結石)이 내 허리와 방광 사이 어딘가에 구멍을 낸 것 같았다. 구멍은 점점 커졌다. 그 구멍 때문에 고생을 하리라는 사실을 납득하기 위해 병원을 떠올릴 필요는 없었다. 나는 깨달았다. 내가 '유리한 고지'를 빼앗겼음을. 결석은 나와 함께 노는 것을 몹시 좋아했다. 나는 이미 신장통을 경험한 바 있다. 그런 지 몇 년이 되었다. 파트리샤는 병을 고치지 않으면 침실을 따로 쓰겠다고 나를 위협했고, 종이 위에 알 수 없는 글자들을 휘갈기며 뻐겨대는 의사한테로 나를 끌고 갔다. 나는 의사들을 싫어한다. 의사들이 내 몸 상태에 대해 설명하며 겁을

주기 때문에. 나를 안심시켜주는 의사가 한 명이라도 있었다면 나는 그의 집에 양초를 배달해주는 서비스를 신청했을 것이다. 의사는 별다른 설명도 없이 다짜고짜 나를 욕조 속에 넣었다. 욕조 주변에는 간호사들이 서 있었다. 10초 후 내장이 급강하하고 신체 일부가 전위(轉位)되는 느낌이 들었다. 내 허리에 통증을 일으킨 고약한 결석. 초음파가 그것에 앙갚음을 해주었다.

좋다, 모르포 호에서 비뇨기과 병원을 찾아내기는 힘들 것이다. 그래, 유일한 치료제는 물일 것이다. 비축된 물을 게걸스럽게 삼키고 시원하게 오줌을 누는 거다. 통증 때문에 내 배를 가르고 싶다는 욕망을 느끼기 전에 이 고약한 결석을 수몰시켜야 한다. 흐리멍덩한 정신으로 나는 물통 속에 찰랑거리는 물을 다시 측정해보았다. 잘하면 20리터는 될 것 같았다.

우리는 모든 것을 각오했다. 심지어 조약돌 하나에 모욕을 받는 것까지. 내가 완전히 끝장나지 않았음을 증명하기 위해 오늘은 키를 수리하기로 했다. 며칠 전부터 키가 삐걱거렸다. 파도가 칠 때마다 그 삐걱거림이 배 전체를 관통해 우리를 미치게 했다. 키의 쇠와 나무를 분해하면 될 것이다. 하지만 그것은 모르포 호의 영혼을 뽑아내는 일이다. 키가 분해된 배는 영혼이 없는 배나 마찬가지 아닌가?

키의 심봉(心棒)은 족히 1미터는 되는 금속 축이다. 그 안의 강철이 오른쪽으로 비틀려 있었다. 그 때문에 마찰이 생기고 삐걱거리는 소리가 난 것이다. 심봉에 힘을 가해 비틀면 괜찮아질 것 같았다. 한 손으로 힘을 가해봤지만 소용없었다. 그다음에는 냄비로 내리쳐보았다. 하지만 강철이 워낙 두꺼워서인지 성공하지 못했다. 나는 그쯤에서 단념하고 간단한 응급조치를 취했다. 오래된 도르래 몇 개와 컨테이너에서 가져온 끈이 윈치 역할을 해주었다. 다음으로 밧줄, 나는 밧줄을 심봉에 묶고 천천히 꼬았다……. 그러자 삐걱거리던 소리가 그쳤다. 나는 이 간단한 응급조치에 만족하는 내가 샴페인을 마시는 빌 게이츠보다 더 행복하다고 확신했다.

다행히 아이들은 갑판에 없었다. 내가 눈을 들자 그것이 보였다. 그것은 수평선에 커다랗고 진한 얼룩을 만들어냈다. 격렬하게 광풍을 동반한 채 거품을 일으키는 진한 파란색 얼굴이 우리를 향해 다가왔다. 마치 바다 위에 빠르게 펼쳐지는 구름의 그림자처럼. 그랬다. 돌연 폭풍우가 다가왔다. 돛이 없는 모르포 호는 급하게 기울어지면서 바람의 채찍질에 응답하고, 불시의 공격에 반발했다. 무거운 물통이 흔들거리고 깃발이 마구 펄럭였다. 바다 한가운데에 깊이가 족히 2미터는 되는 구덩이가 파이고 부글거렸다. 바다가 이렇게 짧은 시간에 거칠어지는 것을 나는 한번도 본 적이 없었다.

어떡하지? 우리에겐 돛도 발동기도 없었다. 즉흥적으로 대처할 수밖에. 처음 밀려온 거대한 파도 때문에 모르포 호가 위쪽으로 들어올려졌다가 다시 내려왔다. 배가 미처 똑바로 서기도 전에 두 번째, 세 번째 파도가 줄을 지어 몰려왔다. 배에 10리터쯤 되는 물벼락이 쏟아졌다. 솔과 클라라는 지난번의 경험 덕분에 침착하게 대처했다. 훌륭한 선원인 그 애들은 아무 말 없이 물을 퍼내기 시작했다. 양동이에 재빨리 물을 채워 조종석에 찬 물을 비워냈다. 이제는 배가 춤을 추지 않았다. 사방으로 흔들리기만 할 뿐이었다. 급작스럽고 격렬한 복귀의 움직임. 나는 모르포 호가 더듬거리는 것을, 자세를 잡기 위해 애쓰는 것을 느꼈다. 파도는 대개 배의 측면을 공격하고는 옆으로 미끄러지면서 바다로 떨어졌다. 별로 우아하지는 않았다. 모르포 호는 파도의 공격을 교묘히 피했다. 아주 잘 피했다.

그렇게 하루 낮밤이 지나갔다. 문제는 폭풍우였다. 시간이 갈수록 폭풍우는 점점 거세졌다. 우리는 바닥에 몸을 엎드린 채 멈추지 않고 물을 퍼내야 했다. 공복감이 느껴졌지만 감히 물 퍼내는 걸 멈출 수도 없었다. 있는 대로 짜증이 났다. 시큼한 땀 냄새가 우리를 떠나지 않았다. 우리가 언제까지 버틸 수 있을까? 우리는 폭풍우에 시달리면서 문을 굳게 닫은 채 여러 날 동안 선실 안에 머물렀다. 아직은 우리를 지탱해주는 모든 것에 몸을 기댄 채 견디고 있었지만, 만일 우리가 여기서 포기한다면 모든 것이 무너질 거라는 느낌이 들었다. 선실은 무차별적으로 삐걱거렸고 밖에서는 거인족들이 모르포 호를 악착같이 흔들어댔다. 잠깐씩 움직임이 멈출 때면 우리는 파도가 우리를 공격하는 데 싫증이 났다고 믿었다. 그러나 그것은 일시적 소강 상태일 뿐이었다. 시커멓게 번쩍이는 브라질산 박쥐들이 줄을 지어 다시 몰려왔다.

클라라가 배 뒤쪽에 고양이들을 대피시켰다. 고양이들은 클라라가 방수 조끼 밑에 마련해준 피난처에 몸을 웅크리고 있었다. 고양이들은 이따금 수염을 쭈뼛거리며 잠잠해진 바다를 정탐했고, 귀를 쫑긋거리며 망을 보았다. 그러나 배가 요동치며 신음 소리를 내자 고양이들은 한껏 몸을 웅크리고는 숨었다. 어제 고양이들은 기습을 당했다. 녀석들은 배가 고파 야옹거리면서 자기들의 은신처에서 빠져나왔다. 그때 파도가 갑판을 휩쓸었고, 클라라가 녀석들을 붙잡으려고 몸을 던졌다. 때마침 배가 옆질을 하면서 클라라는 앞쪽 격벽에 탕 소리와 함께 어깨를 세게 부딪쳤고, 고양이들은 둔탁한 소음을 내면서 자기 키의 열 배나 되는 낭떠러지에서 뛰어내린 도마뱀처럼 클라라의 몸에 뛰어내렸다. 클라라는 불평하지 않았지만 창백한 얼굴과 꽉 쥔 손가락에서 그 애의 고통을 가늠할 수

있었다. 클라라는 딱 한번 외마디 소리를 질렀고, 나는 네다섯 번의
시도 끝에 탈골된 그 애의 어깨를 제자리에 돌려놓았다.

"어쨌든 고마워요."

"천만에, 아가씨."

"아무리 그래도 이렇게 우악스럽게 하면 어떡해요?"

"당연하지. 조금이라도 기회가 보이면 고개를 내미는 게 내 가학
적 측면이니까."

클라라는 내 빈정거림에 반응하지 않았다.

"걱정 마세요. 이쯤에서 누군가가 포기한다 해도, 그게 나는 아
닐 테니까."

어깨의 통증이 겨우 진정된 클라라는 자존심과 두려움의 딱딱한
껍질 뒤에 다시 숨었다. 물방울이 그 애의 얼굴로 흘러내리며, 그 애
의 머리칼을 적셔 찰싹 달라붙게 했다. 흐릿한 어둠에 잠긴 선실 안에
서 그 애의 두 눈만 공간 전체를 차지하고 번득였다. 마치 두 개의 태
양이 세계의 다른 쪽 끝에서부터 덤벼드는 것 같았다. 내 심장이 조여
들었다. 그때 나는 알았다. 클라라가 자신도 모르는 사이에 절대 단념
하지 않는 사람들의 비결을 터득했음을. 그 비결은 과연 무엇일까?

그래, 클라라. 나는 알아. 나에 대한 너의 증오가 딱딱한 껍질이
되었음을. 그래, 너는 아무것도 포기하지 않을 거야. 내가 너보다
먼저 침몰할 거야.

그리고 솔. 솔은 고통을 느낄까? 나는 그렇게 생각하지 않는다. 그 애는 우리와 관심사가 다르다. 그 애는 자폐아의 유희에 빠져 있다. 밤부터 아침까지 자기의 다락방 속을 왔다 갔다 한다. 자기 머릿속에 스스로 파놓은 다락방.

'조심해, 나를 방해하지 마.'

그 애가 쳐놓은 거미줄에 걸린 작은 먹잇감들이, 무기력한 그 애의 전리품들이 잘 정리된 그 애의 기억들 사이를 열을 지어 행진하고 있다. 그 애가 지나가는 길 위에는 아무것도 떨어지지 않고 먼지 한 톨 없다. 그 애의 유희는 존재하지 않으면서 존재하는 것, 흔적을 남기지 않고 세상에 참여하는 것이다. 그 애의 머릿속에 폭풍우 같은 것은 존재하지 않는다. 그러니 두려움이 어디에 깃들겠는가?

어렴풋한 빛 속에서 훌륭한 선원들의 처방이 내 머릿속에 슬그머니 떠올랐다. 몽프리드(Henry de Monfried, 1879~1974. 프랑스의 모험가이자 작가_옮긴이)의 책에 나온 문장들이었다. 앙리 드 몽프리드. 건달, 바다의 생존자, 작가, 지부티에서 잔지바르에 이르기까지 모든 해적들의 친구. 그의 비결은 바로 이것이다. '정신적 망토.' 만일 네가 한계에 다다랐다면 아무리 고통스러워도 상황이 되어가는 대로 내버려두어라. 몸을 둥글게 구부리고 인내심을 가져라. 고통과 돌연한 폭풍우가 너를 관통하도록 내버려두어라. 공연히 힘을 빼지 마라. 지치면 안 된다. 알타이르 호의 선장은 에리트레아의 바람 밑에서 어떻게 대처해야 하는지 알고 있었다. 그는 나와 함께 머물렀고, 모르포 호가 신음하는 소리를 들었다. 나는 케냐 해안에 있는 화산의 비탈에서 사기꾼인 자신의 삶을 끝내는 그의 모습을 상상해보았다.

누군가 어딘가에서 버튼을 누른 것 같았다. 끝나지 않을 것처럼 길었던 열흘간의 폭풍우는 그렇게 끝났다. 미친 풍차의 날개들이 멈추었다. 맹렬한 바람이 멈추었다. 바다 한가운데에서 길을 잃은 우리는 우리의 보잘것없는 일상을 다시 시작하기 위해 몸을 일으켰다. 배에 고인 물을 빼내고, 엉망진창이 된 물건들을 정리하고, 우리 자신을 돌보아야 했다. 밧줄과 우리의 상태를 돌보아야 했다. 우리에게 남아 있는 것들로 식사 비슷한 뭔가를 준비해 배를 채워야 했다. 우리 자신으로 돌아오기 위해, 시간의 모래시계에 합류하기 위해 우리에게는 어떤 격정들이 필요할까.

거의 평화롭다고 할 수 있는 하룻밤이 지난 후 나는 녹초가 되어 선잠에 빠져들었다. 현창 너머로 수평선의 태양이 보였다. 푸

르스름한 빛에 잠긴 선실, 클라라가 매트리스 위에 머리카락을 검은 강물처럼 펼쳐놓은 채 등을 대고 누워 있었다. 솔은 테이블 밑에 있었다. 그림을 그리다가 곤히 잠든 것 같았다. 솔은 어제 나무판의 뒷면이 아직 손대지 않은 채 깨끗하게 남아 있는 것을 알았다. 그 애는 저녁 내내 그 빈 공간을 검은색으로 칠한 것 같았다. 갑자기 소나기가 갑판을 마구 두들겨댔을 때 나는 쓰러지기 일보직전이었다. 나는 선실에서 갑판으로 통하는 계단을 향해 무거운 몸뚱어리를 질질 끌고 갔다. 빗줄기가 새어들었기 때문에 그것은 몹시 어려운 일이었다. 마치 머리에 두꺼비 세례를 받는 것 같았다. 계단에 도착한 나는 그 자리에 얼어붙었다. 계단참에 배를 붙이고 코를 거의 갑판 바닥에 댄 채 이것이 환영이 아님을 납득하려고 애썼다. 정어리보다 큰 수백 마리의 은빛 물고기들이 비늘을 번쩍이며 튀어 오르고 있었다. 모르포 호가 은빛 구름 같은 물고기 떼에 완전히 덮여버린 것이다! 나는 그물 선반을 열었다. 공포에 사로잡힌 물고기들이 갑판 위에 쏟아졌다. 물고기들은 갑판 위로 곤두박질쳤고 맹렬히 팔딱거렸다. 소리를 질러 아이들을 불러야 했다. 물고기들을 주워 모아 양동이와 화물창을 가득 채워야 했다. 행복감에 도취한 나는 갑판 위로 몸을 끌어올렸다. 그 살아 있는 은빛 강물을 천천히 헤치면서 물고기들을 발로 밀었다. 바다가 안개를 피워 올렸다. 수천 마리의 날치들이 파도 너머로 뛰어올랐고, 수십 마리씩 떼를 지어 다가와 무기력하게 좌초했다.

하늘을 나는 물고기들. 나는 진작 그물이나 낚싯바늘을 찾아내지 못한 것을 후회했다. 갑자기 질식할 정도로 많은 것을 베푸는 이 바다는 대체 무엇일까? 그리고 이 물고기들은 왜 미치광이처럼 우리에게 몸을 던져오는 걸까? 왼쪽에서 그에 대한 대답이 솟아올랐다. 강력하고 치명적으로. 사탄처럼 교활한 만새기 한 마리였다. 날치들이 공중에서 바다 속으로 다시 뛰어들자 그 녀석이 파도 너머로 뛰어올랐다. 족히 2미터 높이로 날아오른 만새기는 몸을 뒤틀어 아름답고 치명적인 춤을 추면서 날치들을 차례로 삼켰다. 나는 만새기의 풍성한 식사를 지켜보면서 단순한 기쁨에 웃고, 재잘거리고, 목이 쉬었다. 나는 양동이에 물고기들을 차곡차곡 채웠다. 이제 그것들을 말려서 잘 갈무리해야 할 것이다. 자신의 수확물을 갈무리하는 성실한 농부처럼. 내가 소란을 떠는 소리를 듣고 클라라가 도우러 다가왔다. 나는 클라라에게 우리가 이 바다의 열매들을 먹을 수 있을 거라고 설명했다. 클라라가 빙그레 웃었다. 우리의 우스꽝스러운 싸움에 휴전이 찾아온 것일까? 하지만 그 순간 화살 하나가 날아와 내 안에 박혔다. 날치는 열대지방에 사는 물고기다. 우리가 그렇게 멀리 흘러온 걸까?

물고기들을 환영하기 위해 클라라가 차를 끓여왔다. 클라라가 가져온 플라스틱 잔에서 곰팡내 비슷한 고리타분한 냄새가 났다.

"우리 상당히 멀리 왔죠, 안 그래요?"

"멀리?"

"난 지리에 대해서는 젬병이에요. 하지만 해가 금세 떨어지고, 밤에도 숨 막힐 듯이 덥고, 물고기들이 날아다니고, 배 주변에 때때로 상어 지느러미가 보이는 걸로 봐서는……."

"눈치챘니?"

"우린 상상 이상으로 멀리 흘러왔어요. 여긴 그야말로 대양 한가운데라고요!"

"내가 약속할게, 클라라. 화물선들이 얼마나 많이 지나다니는데. 사람들이 결국 우리를 발견할 거야!"

그러나 클라라는 내 말을 별로 믿지 않는 표정이었다.

"통계적으로 볼 때 참고 기다리면 사람들이 결국 우리를 발견할 거야."

"10년 후에요? 그건 그렇고, 질문이 하나 있어요. 파트리샤가 대체 누구예요? 안개에 싸인 아저씨의 아내인가요?"

"그만해, 클라라."

"아저씨는 거의 매일 밤 파트리샤에 대해 잠꼬대를 하잖아요. 요전 날엔 마치 그녀와 다투는 것처럼 마구 울부짖었고요."

“내 아내 맞아. 네가 바로 알아맞혔어.”

“별로 어렵지 않았어요. 아저씨가 잠잘 때마다 그 이름을 중얼거렸거든요. 악몽을 꾸면서 아저씨가 아줌마를 죽였다고 말했어요.”

“아니야, 그런 게 아니야…….”

“그렇다면 왜…….”

“그 일에 대해서는 말하고 싶지 않다.”

내가 침묵을 지켰지만 클라라는 내게서 몇 센티미터 떨어진 곳에서 굳게 저항했다.

“선장, 선장은 한 가지를 잊고 있어요. 우리는 한 배를 탔어요. 털어놓을 것이 있다면 속 시원히 털어놔요, 네? 이제 와서 말이지만 처음 출발할 때부터 나는 낮에는 상냥한 사람과 밤에는 살인자와 함께 있는 느낌이 들었어요. 지킬 박사와 하이드 씨처럼요.”

“그랬니? 너는 내가 쓴 노트를 읽고, 그것을 바탕으로 내 악몽을 해석했겠지? 그리고 나를 의심하고 비난했겠지? 정말 바보 같구나. 웃어서 미안하다, 클라라. 하지만 유감이구나. 나는 지킬 박사도 아니고, 살인자 하이드 씨도 아니란다. 그리고 이참에 확실히 말해두는데, 우리가 바다 한가운데에 함께 있다고 해서 내가 너에게 내 아내에 대해 모두 털어놓을 이유는 없어.”

나는 화해의 손길을 기대했다. 약간의 유감을 느끼면서. 그러나 클라라는 화해의 말 대신 고함을 지르기 시작했다. 내가 아직 한번도 들어본 적이 없는 악센트로. 우리는 서로 으르렁거렸다.

"아저씨, 만약 아저씨가 진짜 머리가 돌아 발작을 겪고 있다면, 그리고 아저씨가 아줌마를 죽이고 완벽하게 숨겼다면 그건 이 낡아빠진 배에 탄 모든 사람과 상관이 있어요!"

"그래? 그게 연쇄살인범에 관한 이론이니? 나는 배에 숨은 연쇄살인범이고? 너희들을 죽여 내장을 꺼내려고 안달이 난 미치광이고?"

클라라의 두 눈이 고요해졌다. 이미 통제력을 되찾은 뒤였다.

"아저씨 말에 따르면요."

그 애가 자리를 뜨면서 조용히 말했다.

경련에 이골이 난 내 위장은 더는 아무것도 요구하지 않았다. 위장이 욱신거릴 때마다 나는 공복감을, 통증을, 진짜 통증을 느꼈다. 허리의 통증이 위장에서도 느껴졌다. 그것은 극심한 고통 이상이었다. 그 고통 때문에 부수적인 다른 어려움들은 열외가 되었다. 열과 현기증이 점점 빈번하게 일어 나를 무기력하게 했다.

어제 처음으로 솔이 무너졌다. 솔은 클라라의 눈을 피해 테이블 밑으로 원숭이처럼 민첩하게 돌진하여 클라라가 방금 딴 체리 통조림을 삼켰다. 우리에게 남은 마지막 통조림이었다. 먹을 것이라고는 배 위로 날아든 날치들뿐인 지 벌써 여러 날이었다. 날씨가 습해서인지 날치들은 제대로 마르지 않은 상태에서 곰팡이가 슬었다. 다른 날치들이 갑판에 날아들기를 기다려야 했다. 이제 남은 것이라곤 쌀 한 줌뿐이었다. 아이스박스 깊숙한 곳에는 초록빛이 도는 돼지비계 한 조각이 헤엄치고 있었다. 그러나 우리는 감히 그것에 접근하지 못하고 들여다보기만 했다. 악취가 너무 심했던 것이다. 나는 내 잠자리에 폭 파묻힌 채 결단을 내리려고 애썼다. 이 상황을 지속시키는 것이 나을까, 아니면 남은 식량을 한번에 먹어치우고 힘을 조금이나마 회복하는 게 나을까? 난파당한 사람들이 모두 겪는 딜레마였다. 최소한의 양만 먹고 마시면 열흘쯤은 버틸 수 있을 것이다. 하지만 그다음에는? 배의 나무를 빨아먹어야 할까? 구름을 잘게 썰어 먹어야 할까? 바람을 빨아먹어야 할까……? 나는 아르파공(프랑스의 희극 작가 몰리에르의 작품『수전노』의 주인공_옮긴이)이 루이 금화에 대한 강박관념에 사로잡힌 것보다 더 심하게 식량에 대한 강박관념에 사로잡혀 계산하고 또 계산했다. 물은 우리 세 사람이 전부 합쳐 하루에 1리터, 아니면 1.5리터를 마신다. 나는 열을 가라앉히고 오줌을 제대로 누기 위해 조금 더 마시고. 물이 20리터쯤 남아 있으니 2주는 버틸 수 있다는 뜻이었다.

어느 날 밤, 나는 클라라가 금속 조각 위에 맺힌 이슬방울을 핥아먹는 소리를 들었다. 날이 갈수록 우리의 식량에 약간의 소금물이 더해졌다. 소금물이 식량을 아껴주었다. 점점 한계가 보이는 것 같았다. 사흘에 소금물 1리터로 버텨야 했다. 담뱃갑 포장지에 적힌 경고문처럼 경고를 해야 했다.

'바닷물로 갈증을 달래면 목숨을 잃을 수 있습니다.'

더는 견딜 수 없어지면 나는 바닷물을 한 모금 가득 삼키고 끝을 낼 것이다.

열기와 흥분 속에서 나는 시를 낭독했다.

기다려라,
창공 속에서 조금만 더 기다려라
침묵의 원자 하나하나는
잘 익은 열매를 얻을 수 있는 기회다
기분 좋은 놀라움이 찾아올 것이다
비둘기 한 마리, 미풍,
감미로운 흔들림,
기대오는 여자
우리가 무릎을 꿇고 몸을 던지는 곳에
이 비가 내릴 것이다

발레리의 시다. 휴지 부분이 있고, 숨 쉬지 않고 길게 낭독해야 하는 부분이 있다. 눈 속에 태양을 품은 채 가죽부대에 입을 대지 않고 물 마시는 걸 좋아하는 농부처럼. 나는 안다. 내가 사방을 둘러보았음을. 나는 한 번 더 기어갔고, 몸을 구불거렸고, 투덜거렸고, 모르포 호를, 모르포 호의 트렁크와 화물창을, 모든 것을 뒤집어엎었다. 희망을 갖는 것 말고 내가 무슨 일을 할 수 있겠는가? 바닥에 낚싯바늘과 나일론 줄이 떨어져 있었다. 그것으로 낚시를 할 것이다. 대양의 뱃속에서 황새치들을, 그 살과 핏덩어리를 끌어올릴 것이다. 그렇다. 나는 미지근한 즙이 분출하여 내 주둥이 위로 흐르고 내 몸에 튀는 것을 느낀다.

정신을 차려보니 눈앞에 클라라의 텁수룩한 머리카락이 보였다. 레모네이드 뚜껑이 달린 물병도 보였다. 하루치 물 배급.

"마셔요."

나는 마셨다. 그리고 그것을 기록했다. 그래야만 상황을 의식할 수 있기 때문이다. 바로 오늘 나는 단념했다. 내 눈앞에 보이는 어린 여자 아이. 이제부터 키를 잡는 것은 그 애다.

밤이다. 한밤중. 나는 이를 갈며 통증을 참았다. 엉금엉금 기어서 계단을 타고 올라갔다. 갑판 위에 올라가지 않은 지 여러 주가 되었다. 감미로운 바람이 몸을 간질였다. 그것들이 보였다. 내 별들. 나는 정신이 번쩍 들었다. 남십자성이 수평선 위에 박혀 있었다. 그렇다면 우리는 적도를 넘어 남반구에 와 있다는 뜻이다. 세상으로부터 이토록 멀리 떨어져 있다는 도취감이 나를 덮쳐왔다. 그 도취감은 나를 고양시키고 사로잡았다. 몸에 경련이 일어서 나는 갑판 위에 주저앉았다. 내가 절망했을까? 행복했을까? 나는 내 몸의 통증이 떠나기를 기다렸을 뿐이다. 나는 일어났다. 그리고 배 뒤쪽으로 가서 몸을 펴고 누워 별들을 쳐다보았다. 몸을 아주 똑바로 펴고, 팔과 손가락을 내밀어 바다와 하늘 사이에서 이러지도 저러지도 못하는 별들을 떠받쳤다. 나는 척추뼈를 한껏 펴면서 물 위를 걷기까지는, 별들에 매달리기까지는 이제 딱 한 발자국 남았다고 생각했다. 물 위를 걷는다고? 바다가 달빛을 반사하며 반짝이고, 기분 좋은 애무를 제안했다. 모든 것이 가능해 보였다. 저기에 녹아들까? 저기에 빠져볼까? 이런 바보 같으니. 나는 배 뒤쪽에서 기쁨에 겨워 히죽히죽 웃으면서 기진맥진하고 피골이 상접한 몸뚱어리로 뱃전을 타고 넘었다. 파도가 바로 가까이에 있었다. 정신에서 분리되고 육체를 초월한 육체에 대양의 축축한 애무를 받고 싶은 욕망에 사로잡힌 나는 물속으로 미끄러져 들어갔다. 나는 물 위를 떠다니고 그 속에서 헤엄쳤다. 너무나 자유로웠다. 요동치는 내 피의 견인력만이 존재했다. 주변은 온통 어둠이었다. 무수히 많은 태양들이 탄생하고 죽는 하늘, 끊임없이 도는 혹성들, 눈에 보이지 않는 회전목마들. 그 어디에 생명이 존재할까? 초반에? 아니면 후반기에? 바다는 차갑지 않았지만 나는 몸을 떨었다. 내가 세상에 대해 아무것도 모른다는, 혹은 아주 조금밖에 모른다는 느낌이 들었다. 나는 거대한 미지에 젖어들었다.

내게서 몇 미터 떨어진 저곳에 클라라와 솔이 자고 있다. 하지만 한번도 만나본 적이 없는 것처럼 그 애들이 멀게 느껴졌다. 우리는 유목민이었다. 외딴 정글 속에 자리 잡은 조그만 마을의 유목민. 두 아이, 그리고 나. 만일 우리가 무인도에 도착한다면 우리는 한 부족의 시조가 될 것이다. 우리는 방드르디(프랑스 소설가 미셸 투르니에의 소설 『방드르디, 태평양의 끝』에 등장하는 원주민 이름_옮긴이)와 함께, 혹은 방드르디 없이 세상을 다시 시작할 것이다. 우리는 잊혀졌던 것들을 새로이 발견할 것이다. 나는 도취감을 느꼈고, 황홀감과 벅찬 행복감에 가득 찼다. 나는 밤하늘을 바라보며 물 위에 누웠다. 배에서 너무 멀지 않은 곳에 굶주린 상어가 다가오면 배로 재빨리 기어 올라갈 준비를 한 채. 나는 넓게 펼쳐진 바다를 밟았다. 무게감 없이, 기준점도 없이. 시도해보라. 그러면 현기증이 인다. 다리가 후들거린다. 그것은 빛의 갈기를 어루만지며 하늘을 빙빙 도는 것과 같다.

찰랑거리는 물결 소리가 귀에 들려왔다. 그리고 두려움의 갈고리가 내 가슴을 관통했다. 상어들은 어둠 속에서 포식하는 걸 몹시 좋아한다.

그때 클라라의 목소리가 들려왔다.

"아저씨는 자신이 불멸의 존재라고, 혹은 그와 비슷한 존재라고 생각해요?"

클라라는 진짜 귀신 같았다. 내가 느끼지도 못한 사이에 내게서 불과 몇 센티미터 떨어진 곳에서 나를 지켜보고 있었다. 뱃전을 따라 놓여 있는 다이스 선반 위에 머리를 얹은 그 애의 실루엣이 보였다.

"글쎄, 한번 확인해볼 작정이야."

"지금 아저씨의 몸 상태로 한밤중에 물속에 들어가 절벅거리는 건 심상치 않은 일이죠. 자, 무슨 일인지 털어놔요."

"차가운 물에서 수영을 하려는 것뿐이야. 오래전부터 내가 해오던 일이지……."

"바보 같은 짓거리는 그만둬요. 그러다 상어 먹이가 되겠어요."

"저기 있는 남십자성을 너에게 소개할게. 저 별이 나를 여기로 초대했어."

클라라가 잠시 시간을 두었다가 말했다.

"아저씨가 그렇게 좀비 짓을 한다면 우리가 힘들여 아저씨를 보살피는 게 무슨 소용이 있겠어요?"

클라라가 나를 물 밖으로 끌어냈다.

"클라라, 남십자성이 뭔지 아니?"

“아뇨.”

“어느 오스트레일리아 사람이, 그러니까 내가 논문을 쓸 때 밤마다 내 망원경을 지켜주던 원주민이 그 별의 전설을 이야기해줬어.”

클라라는 내 몸을 닦아주기 위해 거친 몸짓으로 낡은 수건을 꺼냈다. 보이지는 않았지만 그 애의 얼굴이 붉게 달아오른 것이 느껴졌다. 그 애는 내 이야기를 무시했다. 하지만 나는 기분전환을 위해 오스트레일리아에 관해 이야기했다. 나는 이야기가 하고 싶었다.

“태초에 위대한 정령 바이암이 남자 두 명과 여자 한 명을 창조했어. 그리고 어떻게 식물들을 채취하는지 가르쳤지. 바이암은 자신의 피조물들을 감시했어. 그는 그들에게 일렀지. 어떤 이유로도 동물을 죽여서는 안 된다고.”

“그럼 프라이드치킨도 없었겠네요?”

클라라가 농담을 했다.

“그런데 끔찍한 가뭄이 닥쳐왔어. 식물들이 모두 말라죽었지. 여자는 먹고살아야 하니 사냥을 가자고, 동물 한 마리를 죽여 제물로 바치자고 남자들을 설득했어. 두 남자 중 한 명이 그 제안을 받아들여 캥거루를 죽였지. 다른 남자는 그 고기를 먹지 않겠다고 버텼어. 굶주린 남자는 사막을 방황하다가 말라비틀어진 고무나무 밑에 쓰러졌어. 그가 삶과 죽음 사이를 오락가락하며 누워 있는 동안 죽음의 정령이 하늘에서 내려와 그를 나무 속으로 끌어당겼어. 뒤

이어 나무 전체가 하늘로 날아올랐어. 높이높이 날아오른 그는 별들 사이에서 영원히 돋보이는 저 남십자성이 되었지. 저기 보이는 네 개의 별은 자신의 맹세를 굳게 지킨 그 남자의 눈이야. 그를 고통에서 끌어내 하늘로 인도한 마법의 새들이 그와 동행했지. 원주민들 사이에는 남십자성의 의미가 이렇게 전해지고 있단다. 인간들로 인해 더러워진 세상과 완벽하지만 멀리 있는 신들의 세상 사이의 단절."

솔과 클라라 사이에 살랑거리는 대화가 오갔다. 아이들은 갑판 위에 있었는데, 클라라가 솔에게 '거꾸로 페이지' 게임을 제안했다. 클라라는 빅토르 위고의 『레 미제라블』을 집어 들고 아무 데나 펼쳤다. 그리고 페이지 마지막 줄부터 읽기 시작하여 첫 줄로 거슬러 올라갔다. 솔은 로봇처럼 알아차리고 재빨리 클라라를 중단시킨 뒤 이번에는 순서에 맞게 그 페이지를 암송했다. 클라라는 지겨워하지도 않고 솔이 이 책 저 책을 계속 암송하게 했다. 정말이지 대단했다. 솔은 절대 틀리는 법이 없었다. 그러나 이따금 뚜렷한 이유 없이 사이사이에 다른 텍스트를 끼워 넣었다. 고대의 도형수들이 나누는 장광설 사이에 루이 14세의 총애를 받았던 바로크 음악가 륄리의 전기를 끼워 넣는 식이었다. 박자를 맞추는 데 쓰는 징

박은 지휘봉으로 자기 다리에 상처를 내고 결국 괴저(혈액 공급이 되지 않거나 세균 때문에 비교적 큰 덩어리의 조직이 죽는 현상_옮긴이)에 걸려버린 마에스트로 륄리. 나는 그 사건을 상상해보았다. 눈이 툭 튀어나온 륄리, 오케스트라 단원들에게 격하게 호통을 치고, 지휘봉이 자기 다리에 부딪힐 정도로 휙휙 소리를 내며 두 팔을 크게 휘두르는 륄리. 우스꽝스러운 죽음들은 역사의 금기를 이룬다. 가장 우스꽝스러운 죽음은 브라헤(Tycho Brahe, 1546~1601. 덴마크의 천문학자_옮긴이)의 죽음이다. 그 천문학자는 로돌프 2세의 식탁을 떠나는 무례를 저지르지 않기 위해 소변을 너무 참은 나머지 방광이 터져 죽었다고 한다. 하지만 혹자들에 따르면, 그것은 황제에 대한 그의 영향력을 몹시 질투했던 어느 동료가 브라헤를 살해한 뒤 퍼뜨린 헛소문이라고 한다.

습기 찬 선실 안에서 바삐 움직이자 고통이 덜했다. 오늘은 간단한 수리를 하기로 했다. 라디오의 발전기가 GPS에 충분한 전파를 제공하지 못했으므로, 다른 방법을 찾아야 했다. 그리고 나는 마침내 찾아냈다고 생각했다. 그 정도면 불꽃놀이도 할 수 있었다. 에너지의 대분출이 기대되었다. 하지만 그러려면 발동기 안에 들어있는 작은 교류 발전기의 전선을 풀어내서 다시 조립해야 했다. 그런 다음 축전지에 전기를 충전해서 GPS에 영양을 공급할 수 있을 것이다.

솔이 다가와서 내가 무엇을 하는지 살폈다. 솔은 마치 꿀단지를 앞에 둔 새끼 곰처럼 내 앞에 앉았다. 잠시 후 솔이 네덜란드어로 된 GPS 사용설명서를 내게 서른 번째로 암송해주었다. 그 설명서 가 아무렇게나 굴러다니게 방치한 것은 내 실수였다.

"고맙다, 솔. 이제 됐어."

"그런 거 시도해봐야 아무 소용도 없다는 거 알잖아요."

클라라가 끼어들었다.

"그래? 그럴지도 모르지. 하지만 이건 클랙슨을 울리는 것과 같 은 거야. 안심을 시켜주지……."

"아저씨, 이거 또 꺼냈어요?"

"GPS 말이니? 기다려봐라, 이제 곧 작동할 테니……."

"아저씨는 심하게 돌았어요!"

"난 말하자면, 건전지를 만들고 있어……. 물론 그리 오래가지는 않을 거야. 하지만 몇십 초 정도면 충분해. 그 정도면 우리의 위치 를 아주 정확히 알 수 있을 거야."

"사람들은 아저씨의 바보 같은 짓거리에 신경도 안 쓸걸요."

"위성들이 발하는 신호들을 포착할 때가 되었어. 그리고 이 보물 이 10미터 이내의 오차로 우리의 위치를 알려줄 거야. 이해가 되니,

클라라?”

클라라의 얼굴이 창백해졌다. 클라라는 술만큼이나 눈빛이 어두워지더니 큰 소리로 고함을 지르기 시작했다.

“아저씨는 정말로 맛이 갔어요! 아저씨는 아무것도 이해하지 못한다고요!”

“이건 그냥 GPS일 뿐이야, 클라라……”

“그렇게 공부를 많이 했다면서 아직도 이해를 못했어요? 잘 들어요, 아저씨. 우리는 우리가 출발한 항구에서 아주 멀리 와버렸다고요.”

“하지만 우리가 어디에 있는지 사람들이 결국 알게 될 거야.”

“그게 무슨 소용이 있어요? 완전히 엉뚱한 데로 와버렸는데! 내 말은 아무도 모르는 곳이라는 뜻이에요. 무슨 말인지 알겠어요?”

“하지만……”

클라라는 더 이상 말하지 않고 갑판 위로 올라갔다.

나는 그 애를 비난할 수 없었다. 그게 그 애의 방식임을 나는 잘 알고 있었다. 다음 날 아침 나는 GPS 케이스가 열려 있는 것을 알았다. 회로 한가운데에 있던 반도체칩 하나가 사라졌다.

젠장, 그 세상은 존재하지 않는다. 우리가 이해하는 의미에서가 아니다. 우리가 숨을 쉴 때 세계의 몇몇 방울들이 우리의 시뮬레이

선에 참여하기로 결정한다. 현실의 몇몇 부스러기들? 세계는 이 환상들에 대비한다. 우리는 그 표면을 살짝 건드릴 뿐이다. 의미의 거품을 현실의 핵심들과 혼동할 뿐이다. 학식이 많은 내 친구들은 우리의 귀와 눈이 우리에게 거짓말을 한다고, 우리는 세상의 파편 하나를 받아들일 뿐이라고 내가 이야기하는 것을 별로 좋아하지 않았다. 개미들의 신은 우리의 신이 아니라는 이야기를. 하지만 그들은 잘 알고 있다. 그들은 매일 밤 수십억 광년 멀리에서 우리에게 빛을 발하는 별들을 바라본다. 별들은 이미 오래전에 죽었지만 계속해서 광채로 우리의 밤들을 수놓는다. 천문대에서 보낸 어느 추운 밤 동료들과 얼마나 오랫동안 토론을 벌였던가? 그 토론의 분위기가 얼마나 험악해졌던가? 동료들은 매우 진부한 환상들을 받아들였다. 신기루, 그리고 수학적 역설까지. 숫자들은 무한하다. 하지만 나는 우주가 그렇게 터무니없이 크다는 사실이, 150억 광년이라는 숫자가 그들을 두렵게 하지 않는다는 사실이 이해되지 않는다. 한마디로 그들은 구제불능이었다. 그들에게는 현실이 매우 현실적으로 보이는 듯했다. 그런 태도는 사람을 너무나 안심시킨 나머지 이성을 앗아간다. 그들은 불가해한 사실들이 지나치게 짓궂고 지나치게 작아서 쉽게 붙잡히지 않는 물고기들처럼 그물코 사이를 교묘히 빠져나간다고 절대로 고백하지 않을 것이다. 절대로. 그들은 우리 주변에 하늘의 심연보다 깊고 어두운 불가해함이 존재한다고 인정하는 것을 촌스러운 일로 여겼다.

우리는 세상의 껍질이다. 나는 우리를 세상에 접근시켜주는 것, 세상에 대해 속삭여주는 것 말고는 아무것도 알지 못했다. 나는 고통 혹은 큰 기쁨 속에서 비록 우리가 본질적인 것을 아무것도 알지 못하지만 세계의 심오한 요동을 늘 경험한다는 확신을 가졌다. 나에겐 그것으로 충분했다. 현기증 속에서 나는 내 안에 살아 있는 자들의 섬을 느꼈다. 아무도 그것을 빼앗을 수 없다.

솔이 이상한 소리를 냈다. 나무둥치를 내부에서부터 갉아먹는 초시류의 소리. <u>트르르르</u>…… <u>트르르르</u>…… 수년 동안 나무를 조금씩 갉아먹은 후에 마침내 모습을 드러내어 영롱하게 빛나는 곤충으로 변태하는 애벌레. 커다란 더듬이가 있고 터무니없게도 코뿔소의 외양을 가진 사슴벌레. 솔은 괴발개발 끼적일 만한 장소를 찾아 다시 사냥을 떠났다. 나는 그 애가 흥얼대는 콧노래를, 어딘가로 교묘히 기어들어가는 소리를 들었다. 그곳은 텅 비어 있었다. 사슬도 닻도 없었다. 솔은 좁은 선실 안에 들어가듯이 그 안으로 들어가야 했다. 몸을 구부린 채 자신의 자랑으로 벽면을 뒤덮기 위해. 그 애가 어떤 형태 밑에서 다시 기어 나올까? 그 애는 변모한 모습으로 날아오를까?

고양이 한 마리가 울었다. 솔이 그 고양이를 세게 끌어안았다. 고양이들은 솔이 자기들에게 해를 끼치지 않을 거라는 사실을 알고도 칭얼거렸다. 새끼 고양이가 한 번 더 울부짖었다. 날카로운 울음소리가 흘러나왔다. 정말로 아픈 모양이었다. 나뭇조각들이 서로 부딪혀 요란한 소리가 났다. 갑판의 승강구 덮개가 무너져 솔과 고양이를 앞쪽 오목갑판에 가둬버렸다. 클라라가 급히 달려와 덮개를 열고 나무랐다. 하지만 꾸지람은 이내 그치고 기쁨의 탄성이 울려 퍼졌다. 클라라가 두 눈을 빛내며 내려오더니 무너진 승강구 덮개 깊숙이에서 낚싯줄을 찾았다고 알렸다. 새끼 고양이가 오래된 미끼들을 찾아 끄집어냈는데 가엾게도 낚싯바늘에 입이 찢어졌다고 했다.

"심각한 상처는 아닐 거예요."

클라라가 즐거워했다.

클라라는 선실 테이블 위에 파란 헝겊으로 된 주머니를 올려놓았다.

그 주머니는 작은 보물이었다. 낚싯바늘 스무 개 정도, 작은 줄감개 몇 개, 200미터쯤 되는 나일론 낚싯줄이 들어 있었다. 모든 게 잘된다면 몇 시간 후에는 바다에서 물고기를 낚아 올릴지도 모른다. 필요하다면 두 팔도 사용해서!

그날 저녁 나는 갑판 위로 올라가 낚싯줄을 끌어올릴 작전을 세우고 클라라에게 알렸다.

"아, 선장. 제발 부탁인데 보이스카우트 같은 행동은 그만둬요. 그건 아저씨가 하루 종일 신음하는 소리를 듣는 것만큼이나 견디기 어려우니까."

흥분한 솔이 합류하여 낚싯바늘을 들고 클라라를 흉내 내며 매듭을 묶으려고 애썼다.

"내버려둬, 솔."

클라라가 두려움 가득한 목소리로 외쳤다. 나는 낚시에 관한 지식을 쥐어짜냈고, 우리는 최선을 다했다. 그러나 우리 솜씨는 신통치 못했고, 하늘의 햇빛도 새끼 고등어 모양의 인조 미끼들을 반짝이게 하기에는 충분치 않았다……. 나는 카옌에서 본 낚시법을 클라라에게 가르쳐주었다. 낚싯줄에 조명을 밝히는 방법으로, 내가 실제로 시도해본 적은 없었다.

"뭐라고요? 아저씨, 지금 장난해요?"

나는 안전 조명, 즉 유리 앰풀을 깨뜨리면 내용물이 서로 섞여서 빛을 발하는 작은 튜브 모양의 조명이 어디에 있는지 클라라에게 알려주었다. 와장창 하고 유리 앰풀이 깨지는 소리가 나면서 우리의 손 안에 오렌지색 불빛들이 나타났다. 우리는 그것들을 낚싯바늘 가까이에 붙들어 맨 다음, 희망으로 뱃속을 팽팽히 부풀리며 낚싯줄을 물에 던졌다. 저 아래 바다 밑으로 잠영하는 빛의 사슬은 아름다웠다.

"오징어들이 인조 미끼를 물고 끌어당길 거야. 그다음에는 다른 물고기들이 와서 낚싯줄에 매인 오징어들을 낚아챌 거고. 뭐, 이론이 그렇다는 거야!"

"아, 그래요? 아저씨, 대단한 낚시꾼이네요!"

클라라가 빈정거렸다.

한 시간이 못 되어서 우리는 아가미가 돛처럼 펼쳐진 황새치 한 마리를 낚아 올렸다. 부리처럼 돌출한 황새치의 주둥이는 길이가 거의 1미터에 가까웠다. 클라라는 커다란 빙산처럼 침착하게 목표물을 노렸다. 클라라가 드라이버를 휘둘러 놀란 황새치의 이마에 구멍을 냈다. 황새치는 미처 숨도 끊어지지 않은 상태에서 이마를 난타당했다. 그 몸짓에서 엿보이는 크나큰 분노 때문에 내 목덜미에 식은땀이 흘러내렸다. 프라이팬을 달굴 시간도 없었다. 우리는 너무 배가 고파서 황새치의 생살이라도 집어삼킬 태세였다. 클라라가 황새치의 살을 썰어내자마자 솔이 그 살점들을 게걸스럽게 집어삼켰다. 우리는 배가 빵빵해졌고, 포만감에 겨운 눈으로 우리를 눈에 띄게 해줄 깃발들을 바다를 향해 힘껏 흔들었다. 너무나 오랜만에 느끼는 행복감이었다. 솔과 나는 손뼉을 쳤고, 클라라는 갑판에서 격렬한 감사의 춤을 추었다.

솔이 클라라를 흉내 내어 춤을 추기 시작했다. 갑자기 솔이 캑캑거렸다. 생선살 한 점이 기도로 넘어간 것이다. 나는 솔의 뒤로 가서 그 애의 배를 끌어안은 다음 횡격막에 거칠게 힘을 가해 기도에 걸린 생선살을 다시 튀어나오게 했다. 생선살이 튀어나오자 솔이 다시 춤을 추었다.

클라라가 도취한 표정으로 내뱉었다.

"지금은 우리가 바다에 감사하지만 내일 바다는 우리를 다시 한번 망가뜨릴 거예요. 그리고 그다음 날도 마찬가지겠죠."

"숲에 사는 사람들은 사냥꾼이 아무것도 잡지 못하고 돌아오면 나무와 표범의 정령들을 존중하지 않아서라고 말하지."

"흠, 아저씨가 말하는 그 인디언들은 머저리는 아니군요……."

날치들을 말릴 때 낭패를 보았던 나는 다음 날 황새치의 살을 발라내어 클라라의 스웨터에 펼쳐놓았다. 스웨터는 내구성이 강했고, 나는 인디언들이 마니오카 뿌리를 다루듯이 나뭇조각들을 스웨터 사이사이에 쑤셔 넣고 비틀었다. 독이 든 마니오카 뿌리를 먹을 수 있게 만드는 그들만의 방식이다.

우리의 위장이 쪼들리지 않은 지 2, 3일이 되었다. 물고기의 피와 축축한 살점 덕분에 갈증도 우리를 떠나갔다. 클라라는 술수를 부려 갑판장을 자처했다. 그 애는 스스로 우두머리를 자처하며 그럴

듯한 기분을 느끼는 것 같았다. 전보다 불평을 훨씬 덜 했다. 클라라는 낚싯줄을 다시 끌어올리고, 낚싯바늘들을 튼튼히 보강했으며, 미끼들이 계속 흔들리도록 낚싯줄에 한 손을 대고 있었다. 그런 자세로 하루 온종일 큰 소리로 고함을 쳤다. 물고기들이 바다에서 갑판으로 뛰어올랐다. 클라라가 드라이버와 칼을 솜씨 좋게 휘둘렀으므로, 몸집이 큰 만새기들조차 목숨을 부지할 수 없었다. 클라라는 눈을 빛내며 물고기의 배를 갈라 내장을 꺼내고, 토막을 치고, 살을 발라내고, 비늘과 피를 제거했다. 그 살육이 풍기는 역겨운 냄새가 반복해서 풍겼다. 더는 그 냄새를 견딜 수 없을 것 같았다. 나는 아연실색한 채 클라라가 야만적인 본성을 발휘하여 생선의 내장을 꺼내는 모습을 바라보았다.

굳이 길게 설명하지는 않겠다. 낚시의 성과들은 내 마음 깊숙한 곳에 씁쓸한 맛을 더욱 배가시킬 뿐이었다. 굶주림은 우리를 떠나갔지만 다른 상처가 깊은 구덩이를 팠다. 사실 우리는 계속 물고기를 낚아 올릴 거라 믿지 않았다. 우리는 동요했고 판단력을 잃었다. 우리의 정신은 패배했다. 다시 말해 아직 목숨을 부지하고 있긴 하지만 더 이상의 희망을 갖지 못했다. 별것 아닌 하찮은 단어 하나도 공포로 해석되기 쉬운 상황에서 우리는 시시한 이야기조차 나누지 않게 되었다. 아직도 때때로 기분이 고양된다고 느낀다면 그것은 짧은 착각일 뿐이었다. 식사 시간이나 파도 위로 햇빛이 뚫고 들어올 때 잠시 안도감을 느꼈지만 다음 순간 다시 의기소침해졌다. 판단력이 마비되고 침울한 시간들이 계속되었다.

　몸이 축축이 젖은 나는 가까스로 몸을 뒤척이며 누워 있었다. 추억 몇 잔 때문에 아픈 몸에서 벗어나지 못했다. 병이 들어 자리에 누운 뒤 극도로 의기소침해진 사람들이 한없이 걸어갈 수밖에 없는 조바심 나는 그 길. 나는 꿈에서 문제의 지붕 위 장면을 계속 보았다. 부드럽고 타는 듯이 뜨거웠던 우리의 애무, 새틴의 숨결, 내 욕망이 추는 야만적인 춤. 어떤 계기가 그때 그 사건을 내 기억 속에 또렷이 되살려줄까? 피터는 내게 거짓말을 했다. 나는 그렇게 느낀다. 나는 증거들을 열거하고 추정들을 늘어놓았다. 하지만 그 무엇도 시간의 흐름을 거꾸로 되돌리지 못했다. 왜지, 피터? 네가 새틴을 탐냈니? 우리의 방종이 너의 질투심을 부추겼니? 내가 모르는 다른 뭔가가 있었던 거니? 내가 모르는 뭔가가? 나는 조약돌들을 천천히 훑어보고 하나씩 들어올려 보았다. 진실은 어디에 묻혀 있을까?

　GPS가 파손된 이후 클라라는 날짜를 헤아리는 일에 더는 신경을 곤두세우지 않았다. 더 오래전부터 그랬는지도 모른다. '베스타 여신을 섬기는 무녀'에 즉위한 클라라는 매일 아침 날짜를 헤아리는 임무를 맡았다. 그 애는 매우 거드름을 피우면서 또 하루를 지겹게 흘려보내기 위해 작은 나무판을 집어 들었다. 처음 며칠 동안 클라라는 그 나무판에 그림을 그렸다. 우리의 일상에서 끌어낸 희극적인 장면이었다. 우리 셋, 돌고래들, 고양이들, 상상의 뱀 한 마리, 요트 한 척, 호기심 어린 눈을 한 알바트로스 한 마리가 있었다. 알바트로스는 우리 머리 위 1미터 높이에서 바람을 맞으며 활공했다. 하지만 그 놀이는 느낄 수 없을 정도로 서서히 타성이 되어갔다. 그림들이 간단한 윤곽으로 퇴화할 정도로 서툴러졌다. 클라라는 아무 말 하지 않고 그림 그리기를 중단했다. 그리고 더는 캘린더에 손을 대지 않았다. 우리는 시간관념을 잃었다.

깎아지른 듯 높은 파도가 다시 우리를 뒤흔들었다. 기진맥진한 나는 뱃속에 든 것을 바다에 게워냈다. 그런 나를 보고 있던 클라라가 양동이를 내밀었다. 무심한 간호사 같은 그 애의 눈빛이 내 고독을 아프게 후벼 팠다.

마지막 성벽. 파트리샤. 나는 눈을 감는다. 우리는 허리를 얼싸 안은 채 늦가을의 숲 속을 성큼성큼 걷고 있다. 하늘에서 노란 낙엽들이 서로 엇갈리며 눈부시게 흩날린다. 낙엽들은 서로 부딪치고, 길을 잃고, 뱅글뱅글 돌고, 바닥으로 떨어진다. 우리의 시선을 혼란스럽게 할 정도로. 커다란 구름에 가린 태양은 우리가 보기에는 멀리 있는 커다란 불덩이일 뿐이었고, 우리의 귀에는 발밑에 존재하는 흙, 눈물, 회한, 수많은 몸짓들이 중단된 두꺼운 양탄자의 가벼운 떨림만 들릴 뿐이었다. 파트리샤가 헐떡거리며 내 회피적 태도에 대해 이야기했다.

"그래, 방법은 여러 가지야. 당신이 정직하다면 모든 게 진실이겠지. 로익, 당신의 삶은 눈밭이야. 어디서 골짜기를 만날 거라 생각해? 오른쪽? 왼쪽? 아니면 가장 거친 비탈길에서? 당신은 급류를 타야 해, 빽빽이 존재하는 커브들을 부드럽게 연결하면서 내려가야 해, 어서."

나는 거칠고 격렬한 파도에 맞춰 춤을 추는 모르포 호 위로 다시 돌아왔다. 슬로 탱고. 파출리 냄새가 내 몸에 남아 있었다. 나는 내 몸에 얹힌 그녀의 두 손을 느꼈다. 하늘에서 내려온 두 손.

"하느님 맙소사. 오, 내게 마룻바닥이 있는 하얀 방을 하나 줘. 몸을 길게 누이고 굴드나 크리스티의 음반을 들을 곳을……."

"아저씨, 돌았어요?"

나는 너무 피곤해서 클라라에게 대꾸하지 않았다. 나는 그 애에게 힘없는 미소를 던지고는 파트리샤를 다시 만나기 위해 몸을 뒤

척였다.

"선장, 봤어요?"

클라라가 뜸을 들이며 숨을 몰아쉬었다.

"뭘?"

"저기요, 저기 봐요."

나는 몸을 다시 빙글 돌렸다. 클라라가 곁눈질로 계단 아래쪽의 마룻바닥을 가리켰다. 거기에 그것이 매트리스에 반쯤 가려져 있었다. 캘린더였다. 내 속에서 분노가 치솟았다. 나는 번개처럼 몸을 날렸다. 시간의 토템이 망가졌다. 캐비아 알갱이들처럼 빽빽한 수성펜 자국에 뒤덮여 온통 까맸다. 시간을 표시한 자국은 전혀 보이지 않았다. 날짜를 헤아리기 위한 작은 나무판은 솔의 가차 없는 손에 만신창이가 되었다.

내가 중얼거렸다.

"틀림없이 솔의 짓이야."

"아저씨도 잘 알겠지만 그 애는 자기가 무슨 짓을 하는지 몰라요."

클라라가 말했다.

"누가 트렁크를 열었지?"

클라라와 나는 솔의 괴벽을 피하기 위해 그 나무판을 트렁크에 넣어두었었다. 클라라의 얼굴이 다시 딱딱해졌다.

"하! 아저씨, 무슨 상상을 하는 거예요? 내가 그러지 않았어요. 아저씨가 열어놨겠죠, 안 그래요? 아저씨가 흥분해서 트렁크 닫는 걸 잊은 거라고요……."

클라라는 속눈썹 하나 까딱하지 않았다. 클라라는 계단에 앉아 나를 노려보았다! 클라라의 작전은 뻔했다. 트렁크의 잠금장치를 푼 사람은 클라라가 틀림없었다. 그 애가 트렁크를 열고 솔이 캘린더를 낚아채게 내버려두었다. 나는 너무 화가 났다. 만약 갑판 위였다면 그 애를 바다에 던져버렸을 것이다. 클라라는 고집스럽게 내게 도전했다. 내가 증거를 잡아낼 수 없다는 걸 그 애는 알고 있었다. 클라라는 광기로 흐릿한 거울을 내게 내밀었다. 만일 내가 그 애를 비난한다면 내 이성의 마지막 조각들을 잃어버린 것이다. 그래서 나는 꾹 참았다. 마음 깊은 곳에서, 완전히 절망한 사람들이 겪음 직한 고통의 다발에서 흘러나오는 울부짖음과 함께. 나는 그 작은 나무판을 배 밖으로 내동댕이쳤다. 우리의 캘린더였던 그 나무판은 하늘 높이 날아올랐고 이내 사라졌다. 우리의 잃어버린 시간. 그것은 모르포 호에서 수십 미터 떨어진 파도 위에 떨어졌을 것이다.

캘린더 사건 이후 우리는 아무 말도 하지 않았다. 내가 할 수 있는 일은 길게 드러누워 숨을 몰아쉬는 것뿐이었다. 불침번도 서지 않고 잠도 자지 않았다. 그냥 혼수 상태에 빠져 있었다. 나는 나 자신을 침몰하게 내버려두었다.

　눈을 감고 있었기 때문에 나는 귀로 그것을 감지했다. 막 어둠이 내렸고, 모르포 호 뒤쪽에서 알 수 없는 소동이 일어난 듯했다. 아이들이 갑판 위에서 우르르 뛰어가고 있었다. 잠시 후 클라라가 농무경적(濃霧警笛)처럼 긴 소리로 울부짖었다. 그리고 침묵. 그리고 다시 외침 소리. 성난, 절망한, 멀리서 들려오는. 나는 내 초라한 간이침대에서 일어나 다리를 질질 끌며 갑판으로 올라갔다. 갑판에 도착했을 때 우윳빛 달빛 속에서 내 눈에 들어온 광경은 내 예상을 뛰어넘는 것이었다. 내 눈에 보인 광경은 모든 공포를 가늠하기에 충분했다. 모르포 호 뒷부분의 10미터 지점에, 바로 그 파도 사이에 사람의 머리 두 개가 떠올랐다. 솔과 클라라였다! 그 애들은 물속에서 발버둥 치고 있었다. 나는 비틀거렸다. 커다란 총에 위협을 당하여 순식간에 결정을 내려야 하는 것처럼. 클라라가 보였다. 방수 조끼를 입은 그 애는 솔이 바다에 가라앉지 않게 애쓰고 있었다. 클라라는 한쪽 팔로 헤엄쳐서 모르포 호로 돌아오려 했다. 그때 솔이 밑으로 가라앉은 것 같았다. 클라라가 솔을 찾기 위해 물속으로 들어갔다. 클라라는 물 위로 다시 올라올 것이다. 확실하다. 바다는 잔잔하고, 바람도 거의 없었으며, 모르포 호와의 거리도 그리 멀지 않았다. 그러나 내 혈관에 차가운 느낌이 전해져왔다. 아이들의 외침 소리에 뭔가 절박한 기미가 묻어났다. 좀 더 멀리서 무엇인가가 맴을 도는 것이 보였다. 독수리의 날갯짓을 닮은, 선명하고 빠른 두 개의 지느러미. 상어 두 마리. 신경이 날카로워지고 초조했다.

나는 돌처럼 그 자리에 굳어버렸다. 이런 상태라면 정신분석가의 상담실에 있어야 할 것 같았다. 정신분석가가 내게 상황을 설명해주리라. 나는 끈덕지게 나를 사로잡는 공포 때문에 완전히 얼어붙은 채 모르포 호의 뱃전에 찰싹 달라붙어 있었다. 그 아이들을 잃을까 봐 너무 두려운 나머지 아무것도 생각할 수 없었다. 나는 갑판 위에 꼼짝 않고 있었다. 두 길 떨어진 곳에서 아이들이 애원했다. 클라라의 눈이 내게 절박하게 매달렸다. 나는 숨도 쉬지 못하고 그 눈길을 마주 바라보았다. 내 손톱들이 나무로 된 선체에 박혔다. 긴장한 나머지 손에 너무 힘을 주었던 것이다. 클라라가 솔의 목소리를 덮어버릴 만큼 큰 소리로 울부짖었다. 솔의 머리가 물 밖으로 나올 때마다 클라라는 힘 빼지 말고 가만히 있으라고 솔을 윽박질렀다. 클라라가 거친 파도 위에 몸을 싣고 나를 향해 다가왔다. 클라라는 손에 잡히는 것을, 솔의 수영복을, 머리카락을 움켜쥐었다. 그리고 절대 그 애를 놔주지 않았다. 상어들은 보지 않고 나만 바라보면서. 그동안 솔은 산호보다 더 창백한 얼굴로 울고, 고래고래 소리를 지르고, 기침을 하고, 물을 토해내고, 발버둥을 쳤다. 날카로운 이빨을 가진 상어들은 자기들만 알고 있을 어떤 이유로 두 길 정도 떨어진 곳에 가만히 머물러 있었다. 두 팔을 마구 휘젓고 소란을 피우며 날뛴 끝에 클라라는 다이스 선반을 붙잡을 만큼 가까이 다가왔다. 클라라가 어서 솔을 끌어올리라고 외쳤다. 그때 마침내 내 몸의 마비가 풀렸고, 나는 움직였다. 나는 갑판에 배를 대고 엎드린 채 팔을 뻗었고, 흠뻑 젖어 덜덜 떠는 솔을 배 위로 끌어올리는 데 성공했다. 다음으로 클라라가 다리 한쪽을 뱃전에 걸친 채 내 위에 쓰러졌다. 클라라는 솔을 붙잡아 꼭 끌어안았다. 솔이 이를 딱딱 맞부딪치면서 주문 같은 말을 중얼거렸다.

"물 없어…… 불쌍해…… 물 없어……."

클라라와 나는 아무 말 없이 갑판 위에서 수건으로 솔의 몸을 문질러주었다. 클라라가 솔의 몸을 따뜻하게 해줄 만한 물건을 잔뜩 가져왔다. 마침내 진정된 솔이 뜨거운 물을 조금 마셨다. 솔이 한숨 돌리자 클라라는 내게 덤벼들 태세였다. 불화의 원인을 즉시 제거해야 했다. 내가 먼저 입을 열었다.

"클라라, 어떻게 된 거니? 왜 솔이 바다에 들어간 거야?"

클라라가 내 멱살을 잡더니 내게 얼굴을 들이밀고 감정을 폭발시켰다.

"당신 잘못이야! 당신이 집착하는 그 빌어먹을 캘린더를 찾으려고 그런 거라고. 그런데 당신은 배 위에 멀거니 있었어. 손 하나 까

딱 않고……."

"클라라……."

"닥쳐요!"

모르포 호와 나는 오늘처럼 바다와 바람이 호응하는 것을 좋아
한다. 바다는 부드러운 소리를 내고, 배는 충돌 없이 나아간다. 그
리고 조용한 흔들림이 내가 여기에 있는 것을 위로해준다. 지난 며
칠 동안 나는 새로운 구명대, 그러니까 우리가 운이 좋다는 생각에
매달리려고 애썼다. 밤의 상념들은 케이프혼을 통과하는 큰 범선
을 보여주었다. 그 범선은 무심하고 사나운 바람들에 맞서며 빙산
의 함정, 안개, 수병들의 고함 속에서 항해 중이었다. 높고 거친 파
도가 밀려왔고, 초상을 새겨 넣은 메달이 도난당하면서 중갑판에
서 칼부림도 벌어졌다. 내게서 조금 떨어진 곳에 솔이 있었다. 솔
은 클라라의 품에 잠든 채 여전히 몸을 떨고 있었다. 클라라의 검은
머리카락과 솔의 금빛 머리카락이 뒤섞여 하나의 수풀이 되었다.
고양이 두 마리가 그 옆에서 주둥이를 내민 채 앞발로 장난을 치고,
발을 내밀어 허공을 더듬으면서 조용히 놀았다.

나는 그 녀석들의 느릿한 놀이에 매혹되었다. 녀석들은 고통도
없고 목적도 없이 우리에게 신뢰를 보냈다. 우리는 서로에게 무엇

인가? 태양과 그늘 아래의 묵인과 무관심. 파도가 한층 기승을 부렸고, 솔이 잠에서 깨었다. 솔은 기지개를 켜고는 허리에 수건을 두른 채 아무 말 없이 자리에 앉았다. 솔의 옆구리에 핏자국이 있었다. 길쭉한 찰과상으로, 심각하지는 않았다. 클라라가 그 상처를 바닷물로 씻어주었다. 조금 전에 일어난 일을 어떻게 설명해야 할지, 어떻게 묘사해야 할지 모르겠다. 나는 아무것도 이해하지 못했다. 나는 왜 아이들이 상어들 앞에서 발버둥 치는 모습을 바라보면서 가만히 있었을까? 차라리 잊고 싶었다.

솔이 이따금 그러듯이 나를 물끄러미 응시했다. 사물을 보지 않고 통과해버리는 눈빛. 자폐아의 모순적인 행동. 아니는 자폐증을 앓는 열 살짜리 남자 아이가 사진을 '진짜' 사람으로 여겼다고 설명해주었다. 그 아이는 꼼짝 않고 앉아서 텔레비전을 보며 시각을 헤아렸다고 한다. 그리고 자기 옆의 소파 위에 사진들을 올려놓았다고 한다. 그 아이는 텔레비전에서 나오는 소란스러운 영상을 눈으로 좇으며 이따금 사진에 대고 말했다고 한다.

"흠, 나쁘지 않네, 안 그래?"

솔이 나를 바라보았다. 아주 작은 그 공간에서 나는 내가 살아 있음을 확신했다. 솔이 나를 보았다. 그런데 이번에는 뭔가 달랐다.

동공이 열려 있었고, 얼굴에서 존재감이 읽혔다. 그 애는 자기 자신, 그리고 나와 함께 있었다. 그 애의 닮은꼴, 그 애의 허깨비인 '타자' 는 자취를 감추었다. 그 애가 다가와 손을 내밀더니 내 입술을 건드렸다. 그 애는 낙오자인 내 광대뼈를 쓰다듬고, 기진맥진한 내 수염을 끌어당겼다. 솔은 사람들이 우주에 보내고 잊어버린, 그리고 한참 만에 모든 것이 바뀌어버린 지구로 돌아온 우주 비행사 같았다.

그런 상태가 지속되었다. 조용한 발레. 솔은 아무 말 없이 두 손으로 모르포 호의 격벽을 쓰다듬었다. 솔은 하늘을 유심히 살피고 잔 속의 물을 바라보았다. 계단에서 현창까지 두루 돌아다니며 자기가 끼적여놓은 기묘한 글씨들을 들여다보았다. 선실도 통과했다. 솔은 보았지만 아무것도 알아보지 못했다. 한참을 그러다가 갑자기 잠에서 깨어난 것처럼 내게 돌아왔다.

"배고파요."

솔이 제대로 발음한 최초의 문장이었다. 진짜 문장. 누군가에게 건넨 제대로 된 문장.

쾅!

클라라가 선실 천장에 머리를 부딪쳤다.

"그러니까 지금……."

클라라가 말했다.

"얘가 말을 한 거예요? 진짜로 뭔가 말한 거예요?"

"어, 배고파……."

솔이 클라라에게서 내게로 눈길을 옮기며 되뇌었다.

우리가 보는 앞에서 괄태충이 코끼리로 변했다 해도 이보다는 놀라지 않았을 것이다.

"이런 세상에! '화성인' 이 말을 하네요……."

솔이 다시 말했다.

"먹을 것 있어요? 뭐 좀 먹을 수 있어요?"

나는 현창을 통해 밖을 내다보았다. 일몰이 거친 파도의 윤곽을 그럴듯하게 드러내고 있었다. 내가 파트리샤와 함께 보낸 몇 년을 전부 정리했듯이 솔도 태양이 죽는 걸 보면서 느끼던 두려움에서 벗어난 것 같았다. 엎질러진 후춧가루를 손으로 쓸어버리듯이, 바람에 모래가 흩날려가듯이 이렇게 질서가 제자리를 찾는다고 생각하면서. 네가 살면서 축적해온 그 모든 것이 불에 타버리는 걸 웃으면서 바라볼 수 있어야만 너는 구원받을 수 있어. 그게 바로 내가 해야 할 일이겠지, 파트리샤? 파도가 당신의 모습을 휩쓸어가게 내버려두는 것?

“뭘 보고 있어요?”

내가 미처 알아채지 못한 사이에 솔이 내 곁에 와 있었다.

“파도를 보고 있어, 솔……”

“바다요? 아, 조금 전부터 바다가 움직이지 않네요. 지루해요. 나는 이미 익숙해진 기분이 들어요. 그리고 아저씨가 말하는 파도는 언제나 똑같아요.”

나는 대답하지 않았다. 뭐라고 대답하겠는가? 원래 그런 거라고? 나이 든 사람들은 과거의 사탕을 빨아먹는 게 절대 지겹지 않은 법이라고? 권태란 다름 아닌 젊음의 굶주림이라고? 상어들 사이에서 수영을 한 뒤, 솔은 마치 줄타기 곡예사가 된 것 같았다. 느닷없이 문장을 수월하게 구사하고, 단어들과 함께 이리저리 날아다녔다. 대체 무슨 일이 일어난 걸까? 내가 아는 것은 자폐아가 어느 순간 갑자기 다른 사람들의 세상으로 ‘귀환’ 할 수 있다는 이야기를 아니가 한 번도 한 적이 없다는 것이다. 그녀는 그런 일은 불가능하다고 했다. 그녀는 여러 번 독일 연구자 다비드 쿤트의 방법론을 우리에게 설명해주었다. 그녀의 눈에 그는 부당한 치료법을 주장한 죄목으로 장작더미 위에 올려야 할, ‘환속시켜야 할 정신의학자’ 였다. 그녀는 그가 자폐아들을 젖은 침대시트로 감싼 뒤 마구 두들기기까지 했다고 설명했다.

“그런 다음 그는 작은 소시지처럼 아이들 몸의 물기를 말렸어.

그 아이들이 자기의 몸을 의식하게 만들겠다면서.”

시트로 감싸인 그 아이들은 두세 명의 조수들에 의해 침대에 버려졌다. 그들은 ‘텅 빈’ 채 세상과 떨어져 있는 그 아이들을 그렇게 다시 세상으로 데려올 수 있다고 여겼다.

“만일 그 이론이 옳다면, 러시아워에 자폐아들을 지하철 안에 몰아넣으면 될 거야, 안 그래?”

아니가 거드름 피우며 말했다. 아니의 설명을 들은 다음 나는 그 이론에 대해 곰곰이 생각해봤다. 아니가 경멸하는 그 이론이 신빙성 있게 느껴졌다.

갑자기 바다에 빠져 상어들에 쫓기느라 공포를 느꼈고, 그 ‘충격’으로 그렇게 되었다는 가설이 가능할까?

그날 저녁 클라라가 솔과 함께 비틀스의 노래들을 하나하나 그러모았다(그랬다. 솔이 기억력을 잃은 것 같지는 않았다). 그동안 우리가 겪은 모험을 설명하기 위해 중간중간 멈추기도 하면서. 클라라가 말했다.

“괜찮아요, 우린 여기서 벗어날 거예요……. 아저씨도 봤지만 얘도 자폐증에서 벗어났잖아요, 안 그래요?”

클라라는 모르포 호의 모험담을 솔에게 계속 들려주면서 허리 통증이 어떠냐고 물을 정도로 내게 호의를 보였다. 나는 당황했다. 몇 주 전부터 클라라의 신경이 날카로워져서 우리는 이런 안정된 분위기를 맛보지 못하고 있었다. 하지만 클라라는 마지못해 외교적 수완을 발휘했을 뿐이다. 그 애의 눈빛은 마지못해 애인에게 이별을 선언하는 여자의 눈빛처럼 슬프고 쓰라렸다. 그 애는 입술에 경련을 일으키며 교묘히 내 시선을 피해 나를 훔쳐보았다. 솔이 자폐증에서 벗어난 것은 기쁜 일이었지만 상대적으로 클라라의 그런 위선적인 태도가 더욱 뚜렷이 부각되었다. 나는 아이들을 피해 고양이들과 함께 놀았고, 그사이에 아이들은 냄비 두 개로 박자를 맞추며 「예스터데이」를 불렀다.

그날 밤 하나의 의문이 떠올라 나를 집요하게 괴롭혔다. 솔이 이성을 되찾았다. 이제 그 애는 이 세상에 '부재' 함으로써 더 이상 보호받지 못한다. 이제는 그 애도 우리와 함께 모르포 호에 있다. 난파당하여 온갖 불안과 공포에 사로잡힌 채. 결과를 알 수 없는 여행에 무력하게 복종한 채. 나는 솔이 침몰하지 않도록 보호해야 한다……. 그보다는 차라리 그 애가 광기의 먼바다에 계속 머무는 것이 나았다. 나는 어떻게 해야 할까? 솔이 클라라의 망상에 압지처럼 스며드는 것을 어떻게 피할 수 있을까? 좋은 방법이 하나 떠올랐다. 솔이 쓸데없는 데 생각을 빼앗기지 않도록 계속 생각하고 상상하게 하는 것. 내일 날이 밝자마자 시도해봐야겠다.

다음 날 아침이 되었다. 사흘 전 또 다른 물고기 떼가 날아든 덕분에 화물창이 물고기로 가득 찼다. 클라라는 지루해했다.

클라라가 바깥에 자리를 잡고 앉자 나는 슬그머니 솔에게 다가가서 그 애를 깨우고 그 옆에 앉았다.

"낚시할 건데 구경할래, 솔?"

나는 솔에게 상자 하나를 보여주었다. 속이 비고 보잘것없는 나무 상자였다.

"이 상자 보이니, 솔?"

나는 파우스트의 콧수염 밑에 엄청난 행운을 들이밀러 온 악마 같은 표정으로 그 상자를 이리저리 움직였다.

"음, 네."

"이 상자 안에 뭐가 들었는지 알고 싶니?"

솔은 무슨 뜻인지 이해하지 못한 채 내 얼굴을 찬찬히 살폈다. 그리고 마침내 내가 쳐놓은 덫에 걸려들었다. 솔이 상자를 집어 들더니 흔들어보았다.

"아무것도 없어요, 이 안에는……."

"맞아, 솔. 하지만 이 상자는 마법의 상자야."

"그래요?"

솔은 심드렁하게 대답하고는 뒤로 몸을 돌려 다시 드러누웠다. 나는 그 애의 어깨를 붙잡았다.

"솔, 이 상자는 비어 있는 것 같지만 비밀을 하나 담을 수 있단다. 인간들이 태곳적부터 찾던 비밀이지. 그게 뭔지 알고 싶니?"

"그걸 알려면 어떻게 해야 하는데요?"

"비밀이 이 상자 안에 들어오게 해야지. 그러려면 일단 질문을 해야 해. 그런 다음에 그 질문에 대답을 찾아줘야지."

"어떤 질문이요?"

"네 머릿속을 지나가는 질문이면 무엇이든 좋아……. 다섯 번째 질문을 할 때 비밀이 이 상자 안에 들어올 거야. 그때 너는 이 상자를 열어 비밀을 알아내면 되는 거지. 하지만 주의하렴. 비밀이 상자 안에 완전히 자리 잡기 전에는 절대 상자를 열면 안 돼. 그러면 모든 것이 사라질 테니까. 비밀도 도망가버리고."

"지금 이 상자는 비어 있나요?"

"지금은 비어 있어."

클라라가 다가와서 비웃었다.

"아저씨는 비밀이 나타나서 이 상자 안에 숨을 거라는 말을 우리가 믿어주길 원해요? 아저씨는 치료 좀 받아야 해요!"

내가 조심했음에도 클라라가 위쪽 갑판에서 우리 이야기를 모두 들은 것이다.

솔의 시선이 바닷가재 같은 내 낯빛과 끈끈한 내 머리카락 위에 멈췄다. 그 애는 내 머리가 돌았다고, 흥분이 내 총기를 전부 앗아갔다고, 내 정신이 절대 돌아오지 않을 거라고 생각하는 듯했다.

솔이 갑자기 환하게 미소 지으며 말했다.

"뭔지 알겠어요. 슈뢰딩거(Erwin Schrödinger, 1887~1961. 오스트리아의 물리학자. 슈뢰딩거 방정식을 비롯하여 양자역학에 대한 기여로 유명하다. 슈뢰딩거 방정식으로 1933년 노벨 물리학상을 수상했다_옮긴이)의 고양이와 비슷한 거죠?"

"그 사람을 어떻게 아니?"

"슈뢰딩거는 소립자들이 움직이는 방식에 관해 재미있는 이론을 고안했죠."

나는 몹시 당황했다. 솔은 백과사전에서 보았던 슈뢰딩거에 관한 항목을 끄집어냈다. 그 애가 암기하고 있는 목록에서, 그 애의 정신적 복사물 목록에서 도망치지 않을 또 다른 항목.

"그래, 고맙다, 솔. 나도 슈뢰딩거의 고양이에 대해 알고 있다. 하지만……."

"그래요? 엄청 멋져요. 상자 안에 갇힌 고양이. 꼭 마술 같아요. 고양이가 살았는지, 아니면 죽었는지는 아무도 모르죠. 상자 안의 고양이 옆에는 독약병이 있고 상자를 깨부술 수 있는 망치가 있어요. 하지만 그 독약병은 사람들이 스위치를 작동시킬 때만, 혹은 소립자가 분열할 때만 깨져요. 결과적으로 고양이가 죽었는지 살았는지 아무도 몰라요. 소립자가 분열했는지 어떤지 알 수 없는 것처럼요."

"너는 슈뢰딩거의 속임수를 완벽하게 이해했구나. 슈뢰딩거는 물리학의 본질이 무엇인지 보여주고 싶어 했지. 세상을 우리의 직관이 들려주는 것과는 다르게 봐야 한다는 사실을 보여주고 싶어 했지. 슈뢰딩거는 사물이 여러 상태로 겹쳐질 수 있는 세상에 대해 이야기했어. 간단히 말하면, 소립자는 존재하고 ET는 부재해. 고양이는 죽었고 ET는 살아 있어. 어쨌든 사람들은 상자 안을 보지 않았어. 하지만 내 비밀 상자는 달라."

"어떻게요?"

"내 상자는 마술 상자야, 솔. 물리학이 아니야."

"알겠어요."

"수수께끼의 끝을 미리 보는 것은 말도 안 되는 일이겠지, 안 그러니?"

"난 그러지 않아요."

"새끼 고양이들이나 피신시켜줘요. 아저씨와 솔은 아무래도 독약을 마시고 죽거나 싸구려 음료 상자 안으로 사라질 것 같으니까."

클라라가 심술궂은 얼굴로 설교를 늘어놓았다.

나는 내 구석자리로 돌아갔고, 곧 어둠이 내렸다. 허리의 통증이 다시 시작되었다. 숨을 쉴 때마다 허리가 끊어지는 것 같았다. 나는 간이침대에 등을 대고 누운 채 무릎을 구부렸다. 통증을 줄이고 나를 안심시키는 유일한 자세였다. 내 눈길이 하늘로 도망쳤다. 하늘에는 셀 수 없이 많은 별들이 있었다. 그 별들이 각자 빛을 발했다. 계단의 나무 난간 사이로 그 광경을 바라보니 마치 한 폭의 그림 같았다. 선실 안에서 나는 별들을 응시했다. 별들이 마치 춤을 추는 것 같았다.

나는 얕고 피곤한 잠을 잔 후 깨어났다. 삭신이 쑤시고 기운이 하나도 없었다. 허파에서 꾸르륵거리는 소리가 났다. 나는 눈을 뜬 채 한동안 허공을 바라보았다. 내가 미처 정신을 차리기도 전에 솔이 "안녕!" 하고 속삭였다.

나는 뒤를 돌아보았고, 그제야 솔이 왜 그런 거북한 표정을 짓는지 깨달았다. 내 몸이 온통 끈으로 묶여 있었던 것이다.

나는 손목을 흔들고 비틀어 끈을 풀어보려 했다……. 하지만 끈은 손목으로 파고들 뿐이었다. 발목, 무릎, 팔, 모든 부분이 끈에 묶여 있었다. 정말이지 미라가 따로 없었다. 목에는 전선이 묶여 있었다. 그 전선이 계단을 통해 바깥으로 이어져 있었다. 잠시 후 나는 그 전선을 왜 묶어놓았는지 깨달았다. 내가 간이침대에서 내려와 바닥을 구르자 전선이 당겨지면서 숨이 막혔다. 클라라의 짓이었다. 그 애가 내 목에 줄을 묶어 갑판까지 연결해둔 것이다.

"내가 결박돼 있는 거니?"

"……."

"솔, 나를 풀어줘……."

솔은 대답하지 않았다.

"대체 무슨 일이야, 솔!"

"……."

"클라라, 이 줄 좀 풀어다오. 클라라?"

여전히 침묵. 나는 다시 한번 공포에 사로잡혔고 머릿속이 하얘졌다.

마침내 클라라가 대답했다.

"괜찮으니 안심해요! 난 이 위에 있어요!"

"이게 대체 무슨 짓이냐?"

그러나 파도 소리만 들려왔다.

"클라라!"

솔은 석연치 않은 눈빛으로 바닥을 보고 있었다. 마룻바닥의 무늬를 하나하나 헤아리기라도 하듯이. 팽팽하게 감긴 줄이 내 몸을 파고들기 시작했고, 아픔이 느껴졌다.

"오! 풀어줘, 클라라!"

클라라가 선실로 내려왔다. 그 애는 터벅터벅 선실을 가로지르더니 내가 누워 있던 간이침대 위에 엉덩이를 붙였다.

"난 아저씨에게 할 말이 없어요……. 아저씨는 죄인이에요. 아저씨 본의는 아니었지만."

"죄인이라고?"

"상어들이 우리 주변을 배회할 때 아저씨는 갑판에서 멀거니 보고만 있었잖아요."

"클라라, 그만해!"

"……."

"그래, 그랬어. 하지만 나는 몹시 기진맥진해 있었다. 바다 속에 뛰어들어 너희들을 건져낼 기운이 없었어……."

"아니에요, 그렇지 않아요."

"뭐가 아니라는 거지?"

"아저씨는 우리가 상어들에게 잡아먹히는 걸 보고 싶어 했어요. 틀림없어요. 그래요, 난 알고 있었어요. 아저씨가 돌았다는 걸……. 하지만 아저씨가 그 정도로 사악한지는 몰랐어요!"

"브라보, 클라라……. 네 농담이 참 그럴듯하구나. 하지만 부탁이니 이제 그만하렴."

"난 깊이 생각했어요. 그리고 결론을 내렸어요. 아저씨를 묶어두는 게 낫겠다고. 우리를 위해, 그리고 아저씨를 위해. 아저씨는 자신이 무슨 짓을 하는지도 모르니까.”

“그건 망상이야, 클라라. 게다가 넌 아무것도 이해하지 못하고 있어!”

“아저씨, 내가 이렇게 한 진짜 이유를 알고 싶어요? 아저씨는 발작을 일으키며 점점 더 위험해지고 있어요. 아저씨는 위험해요. 치명적인 독약이에요. 나는 그런 아저씨를 모른 척할 수 없어요.”

“하지만…….”

“아저씨, 지금까지 일어난 일을 종합적으로 검토해봤어요? 아저씨는 발동기를 고장 내 우리를 오도가도 못하게 했고, 배에 구멍을 뚫었고, 아내를 죽였다고 말했어요. 그뿐이 아니죠. 솔이 물에 빠져서 상어들에게 잡아먹히기 일보직전인데도 구경만 했어요!”

분노에 사로잡힌 나는 몸을 일으키려 했다. 그러자 두려움을 느낀 클라라가 내 목을 묶은 전선을 움켜쥐더니 거친 몸짓으로 다시 조였다. 전선의 매듭이 당겨졌고, 나는 멱살이 잡힌 토끼처럼 숨이 막혔다.

“ㅇㅇㅇㅇㅇ…….”

“진정해요, 얌전히 굴라고. 나는 모든 조치를 취해뒀어요……. 발동기 전선으로 올가미를 만들어 아저씨 목에 둘렀어요……. 비열한 강아지를 위한 개줄이죠.”

“미쳤니, 클라라? 너…….”

“우리 중에 미친 사람이 누구죠?”

클라라가 손에 칼자루를 쥔 악한처럼 사악한 환희로 눈을 빛내며 다시 전선을 조였다.

“더 이상 할 말 없어요. 지금 아저씨는 폭풍우보다 더 위험해요. 이제 아저씨는 여기 갇혀 지내야 해요. 소변을 보러 갈 때는 풀어줄게요. 아저씨를 돌봐주고 물도 줄 거예요. 하지만 그 외에는 우리를 귀찮게 하면 안 돼요. 알아들었어요?”

내 입에서 투덜거리는 소리가 새어나왔다.

“좀 지나면 아저씨도 이해할 거예요!”

“이미 다 결정된 일이겠지…….”

클라라가 다시 줄을 조였다.

“어때요, 눈앞에 별이 보여요?”

“알았어, 알았다고. 그만해, 클라라…….”

“내가 설명할게요. 아저씨는 뭔가를 먹거나 소변을 볼 때를 제외하고는 줄에 묶여 있을 거예요. 만일 아저씨가 마음대로 움직이거나 우리를 위협한다면 목에 맨 줄을 가차 없이 조일 거예요! 다시 말해 지금 이 상황에서 아저씨는 대단한 일을 시도할 수는 없을 거예요. 행동수칙은 간단해요. 아저씨가 움직이지 않고 얌전히 있으면 모든 게 잘될 거예요. 하지만 혹시라도 허튼짓을 하면, 짠! 줄을 조일 거예요. 아저씨를 개집으로 데려갈 거라고요."

"영화를 너무 많이 봤구나!"

"또 아저씨가 큰 소리로 고함을 지르면, 나를 짜증나게 하면, 역시 줄을 조일 거예요."

나는 간담이 서늘해졌다. 과연 내가 클라라를 진정시킬 수 있을까?

"솔, 너는 클라라의 말을 믿니? 이런 바보 같은 말을?"

"잘은 모르겠지만, 내가 하고 싶은 말은…… 아저씨가 물에 뛰어들지 않았다는 거예요. 그러니까 클라라 말이 옳아요."

"아니야, 클라라의 말은 옳지 않아."

몸이 결박된 채 보낸 첫 사흘 동안 나는 매분 시간을 헤아렸다. 하루에 한두 번 정도 솔이 클라라의 감시하에 내 몸을 묶은 줄의 일부를 풀어주었다. 두려움에 신경이 날카로워진 클라라는 내가 몸을 아주 조금만 움직여도 어쩔 줄 몰라했다. 나는 클라라의 두려움을 과소평가하는 실수를 저질렀다. 망상의 불꽃이 클라라의 정신을 얼마나 타락시켰는지 알지 못했다.

내가 몸에 줄을 묶은 채 처음으로 화장실에 갈 때 클라라가 솔에게 설명했다.

"팔은 안 돼. 팔은 반드시 상반신에 붙여놔야 해. 줄을 움켜쥐지 못하도록."

클라라는 내 목에 묶은 줄을 자신의 한쪽 주먹에 둘둘 감고는 힘을 주어 꽉 조였다. 운동이라도 하듯이.

"이런 귀여운 아저씨……."

클라라는 자신의 폭력적인 연출에 우스꽝스러움을 부여하기 위해 거만한 표정으로 깔깔댔다.

나는 통제력을 잃고 날뛰었다. 하지만 내가 몸을 움직이기에는 천장이 너무 낮은 데다 팔에는 줄이 묶여 있었기 때문에 결과는 예측한 대로였다. 나는 배가 옆질을 하는 가운데 공중회전을 했고, 달걀 깨지는 소리가 나면서 테이블에 머리를 부딪쳤다. 머리가 찢어져 피가 튀었다. 클라라와 솔이 나를 다시 묶고 머리의 피를 닦아주었다.

클라라는 내가 최악의 사이코패스라고 믿어 의심치 않았다. 그런 만큼 클라라의 행동은 더욱더 무시무시해졌다. 클라라는 점점 나를 짓누르고 상황에 대한 지배력을 빼앗아갔다. 불안감에서 벗어나기 위해 나를 비난하고 나를 제압할 갖가지 방법을 생각해냈다. 자신이 상황을 더욱 어렵게 만들었음을 깨달을 즈음에는 이미 너무 늦을 것이다.

"이 줄을 좀 더 자주 풀어줘, 클라라. 그러지 않으면 내 몸은 상한 고깃덩어리가 될 테니까. 내 손목을 좀 봐."

클라라는 내 손목을 보며 난처해했다.

"하지만 할 수 없어요. 아저씨는 자신이 우리에게 무슨 짓을 저질렀는지 몰라요? 다 아저씨 때문이라고요. 아저씨가 그런 바보짓만 하지 않았다면……."

코미디 같은 상황이 일주일은 더 지속되었다. 몸 상태가 악화되면서 나는 수십 번이나 정신을 잃었다. 솔이 내 편을 들며 클라라의 고집을 꺾으려 했다. 하지만 내 위로 몸을 숙인 클라라의 눈에는 인간적인 빛이 전혀 없었다.

"잘 들어요, 아저씨. 내가 줄을 풀어줄게요. 하지만 조금이라도 허튼짓을 하면 아저씨를 곧바로 바다에 던져버릴 거예요. 나는 아저씨에게서 선한 행동이 나올 거라고 믿지 않아요. 다만 아저씨가 우리 앞에서 죽지 않기를 바랄 뿐이에요. 내가 줄을 풀어주는 건 그 때문이에요."

클라라가 줄을 풀어주더니 앞쪽 간이침대를 사용하라고 했다. 나는 거기에 머물러야 했고, 무슨 일이 있어도 뒤쪽으로 가면 안 되었다. 그 애들과 나 사이에 있는 기둥을 넘어가면 안 되었다.

"저기가 아저씨 자리예요. 그리고 저 나무 기둥 보이죠? 낮이든 밤이든 아저씨가 허락 없이 저 기둥을 넘어오면 아저씨를 다시 묶어둘 거예요, 알아들어요?”

간이침대와 앞쪽 갑판 아래에 있는 50센티미터 높이의 허공이 내 새로운 왕국이었다. 클라라는 솔의 도움을 받아 나를 그리로 끌고 갔고, 솔이 벽에 끼적여놓은 글씨들 옆에 붉은 선을 그었다.

“이거 보여요? 이 선 말이에요. 이 선을 넘어오면 피를 보게 될 거예요, 반드시.”

클라라는 큼직한 칼을 꺼내 여봐란듯이 보여준 다음 자기 손이 쉽게 닿는 뒤쪽 간이침대 밑에 숨겼다.

“밖은 항상 그래요?”

“밖이라니, 무슨 말이니, 솔?”

“별들 말이에요.”

솔이 선실 입구를 통해 보이는, 마치 춤을 추는 것 같은 하늘을 가리켰다. 하지만 나는 하늘을 쳐다볼 기분이 아니었다. 고통스럽게 추방당하여 좁은 감방 안에 갇혀버린 신세였으니까.

“솔, 별들에 대해 잘 아니?”

“네, 하지만 하늘을 쳐다보는 게 두려워요. 하늘은 너무 넓으니까요. 그래도 알고 싶어요.”

“뭘 알고 싶어?”

“만약 우리가 하늘의 기슭에 닿을 수 있다면, 만약 하늘이 거대하다면 저 높은 곳에, 여기저기에 무한이…….”

나는 입을 다물고 가만히 있었다. 솔은 유령 같은 새벽빛 속에서 구불거리는 은하수를 바라보다가 한 손으로 내 턱수염을 만졌다.

“아저씨, 알아요? 저건 아무것도 변화시키지 않아요.”

“아무것도 변화시키지 않는다고?”

“아저씨는 정말 바보네요……. 그 질문들을 잊어버렸어요? 비밀이 상자 속에 들어오도록 다섯 개의 질문을 하라면서요.”

솔은 나를 놓아주지 않을 기세였다. 내가 솔을 사로잡기 위해 고안한 그 저주받을 게임에 이제는 솔이 나를 몰아넣고 있었다. 이 얼마나 모순인가! 이제는 솔이 그 게임으로 나를 지탱해주고 있었다.

“그래, 솔. 계속 말해보렴.”

“무한 이야기요?”

“무슨 무한?”

“하늘의 무한이요.”

솔이 무릎에 턱을 괸 채 뾰로통한 얼굴로 대답했다. 마치 내가 덜떨어진 사람인 것처럼.

“무한? 그건 끝, 그러니까 한계가 없는 것을 일컫는 말이지. 하늘은 한계가 없어. 네가 하고 싶은 말이 그거니?”

"난 한계가 없다는 게 뭔지 잘 몰라요. 나무, 고양이, 모르포 호, 바다, 이런 것들은 다 한계가 있잖아요⋯⋯."

"나도 마찬가지란다, 솔. 나도 무한한 것은 아무것도 알지 못해. 그건 우리의 머릿속에 존재할 뿐이지."

"머릿속의 그 무한은 어디서 오는데요?"

"그건 하나의 개념이야, 솔. 철학자와 수학자들이 고안했지. 그들은 네 눈이 보는 것 너머에 있는 세상이 어떻게 존재하는지를 상상해. 직선, 끝도 없고 멈추지도 않는 우주 속에 자취를 남기는 윤곽, 그리고 너무나 작아서 실재하지 않는 점들."

"그렇다면 무한이란 우리가 상상하는 대로인가요?"

"그래, 솔."

"하지만 그건 어디서 왔죠? 사람들이 어떻게 그런 개념을 갖게 된 거예요?"

"숫자를 통해서."

"신통치 않은 설명이네요! 무한한 숫자는 없잖아요. 1은 1이고, 2는 2일 뿐이죠."

"하지만 넌 끝도 없이 숫자를 셀 수 있잖니. 각각의 숫자에 1을 계속 더하면 한없이 숫자를 셀 수 있어. 마치 단을 계속 덧붙일 수 있는 사다리처럼 말이야."

"그렇군요. 하지만 숫자를 영원히 헤아릴 수 있는 사람은 없어요. 사람은 모두 언젠가 죽잖아요."

"컴퓨터가 있잖니. 컴퓨터로 하면 돼."

"컴퓨터도 고장 나잖아요……."

"그래, 아니면 전기가 나갈 수도 있지. 네 말이 맞다, 솔. 하지만 무한이 가능하다는 걸 너도 느끼겠지. 아무도 그걸 실현할 수는 없더라도 말이야. 아, 좋은 생각이 났다. 이 배 위에서 내가 너에게 무한의 현기증을 보여주길 원하니?"

"어떻게요?"

솔이 흥분해서 외쳤다.

조금 떨어진 곳에서 클라라가 한쪽 눈을 반쯤 뜨고 우리를 지켜보았다.

"내가 글을 적는 항해일지를 가져와보렴."

"저기, 아저씨가 잠가놓은 검은 공책이요?"

"그래. 자, 이제 그 공책을 펼치고 사각형을 하나 그려보렴."

"크게요?"

"음, 크게. 각각의 변이 1센티미터라고 가정하자……."

솔은 혀를 빼물고 열심히 사각형을 그렸다.

"잘했다. 이제 마주 보는 두 모서리를 연결하는 선을 그려봐라. 대각선 말이야……."

"네, 그렸어요."

내가 하늘을 나는 법을 가르쳐주겠다고 약속한 것보다 더 미심쩍어하는 표정으로 솔이 말했다.

"우리는 변 C와 대각선 D가 있는 사각형 하나를 갖게 됐어. 너도 이 대각선이 보이지?"

"네."

"이 대각선의 길이가 얼마나 될까?"

"모르겠어요."

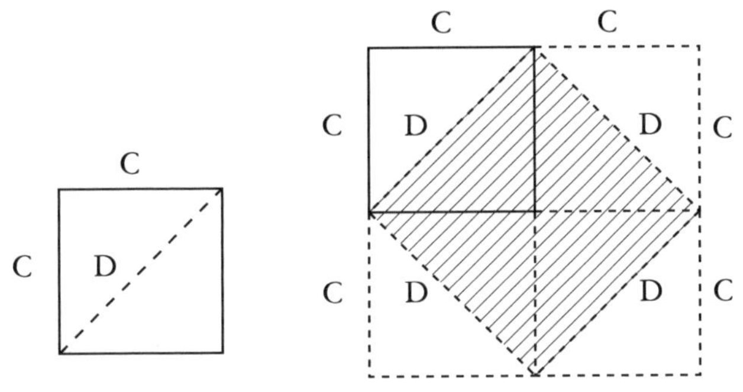

"좋다, 계산을 해보자. 그렇게 뿌루퉁한 표정은 짓지 마. 아주 간단하니까. 기원전 5세기에 피타고라스라는 사람은 대각선 D의 제곱이 직각삼각형의 다른 두 변의 제곱을 더한 것과 같다는 사실을 밝혀냈단다. 우리가 그린 사각형에서는 그 두 변이 C가 되겠지."

"그래요?"

"그래. D×D=C×C+C×C. 이렇게 되는 거야. 그림을 보면 이해하기 쉽지. 한 변의 길이가 C인 사각형의 면적이 얼마겠니?"

"그림을 보면 C×C네요."

"그래, 훌륭하구나. 그리고 C의 길이가 1센티미터라면 D의 제곱은……."

"1의 제곱 더하기 1의 제곱이죠."

"잘했어, 솔. 그러면 D는 2의 제곱근이 되지."

"뭐라고요?"

"D×D=2이면, D는 2의 제곱근."

"네."

"그러니까, 솔. 네 눈앞에는 무한한 숫자가 하나 있는 거야."

"그게 무슨 말이에요?"

"우리가 2의 제곱근을 소수점 이하까지 계산하면 그 숫자는 소수점 이하로 영원히 끝나지 않고 이어진단다."

"영원히요?"

"영원히."

"2의 제곱근이 몇인데요?"

"1.41421……."

"하지만 지금 아저씨가 말한 숫자는 별로 크지 않은 것 같은

데요?"

"하지만 그건 무한해. 영원히 끝나지 않아."

"그렇군요. 하지만 대체 뭐가 문제인데요?"

"솔, 지금 네가 보고 있는 그림에서 선 D는 유한해. 양쪽 모서리에서 끝이 나니까. 그런데 계산을 해서 얻는 숫자는 무한해. 다시 말해 선 D는 그림으로 보면 유한하고 계산을 통해 보면 무한해. 혼란스럽지?"

"도무지 이해가 안 되네요."

"아, 이걸 이해하는 사람은 아무도 없어, 솔. 우리의 이해력을 벗어나는 불가사의 중 하나니까."

"그럼 아저씨는요. 아저씨는 어떻게 생각해요?"

"우리에겐 선택의 여지가 있단다. 우리는 무한이 존재한다고, 무한이 우리의 손가락 사이를 빠져나가는 세계의 일부라고 생각하는 사람들 편에 설 수 있어."

"아니면요?"

"아니면 무한이 존재하지 않는다고 생각할 수도 있지. 그것은 수학적 환상일 뿐이라고, 세상을 이해하지 못하는 연약한 인간들이 고안해낸 것이라고 여길 수도 있어."

그것은 밤처럼 불쑥 우리를 찾아왔다. 소리도, 아무것도 없이. 정말이지 이 대양은 우리를 회롱하는 걸 몹시도 좋아했다. 지난 며칠 동안 우리는 이미 폭풍우를 견뎌냈다. 하지만…… 그것은 바람도 없이 시작되었다. 그저 먹구름만, 뚱뚱한 코끼리 모양의 거대한 먹구름만 하늘에 걸려 있었다. 그 외에는 아무것도 없었다. 그리고 다음 순간 불투명한 물 커튼이 난폭하게 몰려왔다. 물 커튼은 마치 메뚜기를 볶는 것처럼 타닥타닥 소리를 냈다.

솔과 클라라가 즉시 배의 가장 높은 부분에 있는 홈통에 양동이를 갖다댔다. 나는 큰 소리로 아이들에게 충고했다.

"조종석! 조종석에 물이 흘러들지 않게 해!"

솔이 부랴부랴 조종석을 봉쇄했다. 20여 분 동안 소나기가 쏟아졌다. 물이 넘쳐나는 욕조가 따로 없었다.

하늘이 우윳빛이 되었다. 열기가 흘러 바다를 융합시키는 것 같았다. 배를 좌우로 마구 휘두르는 파도 속에서 모르포 호가 삐걱거렸다. 클라라는 붉은 얼굴이 땀에 흠뻑 젖은 채 배 뒤쪽에 길게 누워 있었다. 잠에서 깨어나면 상황을 이해하겠지……. 나도 뭔가 시도할 것이다. 허를 찌를 기회가 주어질지도 모른다. 클라라의 왼손이 매트리스 밑에 숨겨둔 칼자루를 떠나지 않았다. 하지만 뭔가 방법이 있을 것이다. 나는 안간힘을 쓸 것이다. 클라라의 몸을 타고 앉아 이제 내가 다시 지배력을 갖게 되었다고 고함을 지를 것이다. 내가 클라라의 두려움 속으로 들어가면 우리는 어떻게 될까? 바로 내가 그 애의 악몽이라고 그 애에게 단언하면?

갑자기 솔이 내 옆에 서 있었다. 나는 소스라치게 놀라 매트리스에서 몸을 일으켰다.

"미안해요, 아저씨. 하지만 참을 수가 없어요."

그 애의 눈을 보고 나는 알았다. 그 애가 무엇을 원하는지.

"아저씨, 계속할 거예요?"

나는 모르는 척했다.

"뭘?"

"질문들요……. 아직 네 개나 남았어요. 아저씨도 알잖아요."

"난 피곤해, 솔."

"클라라가 잘 때 이야기하자면서요."

"내가 그랬니?"

"그랬어요."

"그래, 질문이 뭔데?"

"사물들이 왜 존재하는지 알고 싶어요."

"저런! 얘야, 너 지금 무리하는 거야."

"아니면 존재하지도 않는 사물들이 내 머릿속에 있는 이유, 그리고 실제로 어떤 사물들이 내 주위에 존재하는 이유요.”

“너 혹시 현실과 상상의 차이에 대해 이야기하는 거니?”

“그래요.”

“그것에 대해 넌 뭐라고 말하고 싶니, 솔?”

“현실은 우리가 보지 않아도 존재하는 것이고, 상상은 우리가 생각하지 않으면 존재하지 않는 것이죠.”

“나쁘지 않구나. 넌 스스로 무엇을 생각할지 선택할 수 있어. 생각이란 너를 위해서만 존재하니까. 하지만 네 주변의 사물들은 네 생각과는 상관없이 그대로 머물 거야.”

“바로 그거예요.”

솔이 만족스러운 얼굴로 말했다.

“잠깐 기다려. 우린 더 깊이 파고들어야 한단다.”

“그래요? 나도 그러고 싶어요.”

“사람은 현실에서 복권에 당첨되지 않고도 자기가 복권에 당첨됐다고 상상할 수 있고 머릿속으로 그런 느낌을 경험할 수도 있지.”

“그럼 그 사람은 미친 거죠.”

“꼭 그런 건 아니란다. 때때로 상상은 현실보다 더 중요해. 사람들은 그런 사람들에게 꿈과 현실을 혼동한다고 말하지.”

“하지만 나도 꿈을 꿔요. 바다가 파란색이 아닐 때도 난 바다가 파란색이라고 상상하죠."

"솔, 존재하는 것들은 중요해. 하지만 우리가 그것들을 바라보는 방법도 마찬가지로 중요하단다. 한쪽 측면에서는 현실이고 다른 측면에서는 상상인 것은 없어. 다시 말하면 사물은 그 둘 사이에서 왔다 갔다 하지. 중간 상태로 말이야. 너는 상상 속에서 사물들에 대해 장황하게 늘어놓으면서 그 사물들이 네 안에 들어오도록 사물들을 배열하지. 둥근 달을 보면서 너는 원을 상상할 거야. 그런데 완벽한 원은 현실에 존재하지 않아. 하나의 개념일 뿐이지. 네가 읽을 수 있게, 뜻을 해독할 수 있게, 주위의 사물들에 의미를 부여할 수 있게 도와주는 개념 말이야."

"아, 알았어요."

하지만 솔은 이해한 표정이 아니었다.

"내 말은, 네가 너 자신이 세상을 이해하는 방식으로 세상을 받아들인다는 거지. 이해하겠니? 세상을 이해하는 것, 세상을 창조하는 것은 바로 너야. 세상이 네 안에 들어오는 게 아니라고. 너는 너의 머리로 세상의 사용법을, 이야기를, 영화를 만들지. 네가 '세상'이라고 부르는 것은 결국 그런 거야. 진짜 세상? 그런 것은 존재하지 않아. 네 의식이……."

"네, 무슨 말인지 알겠어요. 내가 머릿속에 영화를 한 편 갖고 있는 것처럼, 그리고 모든 것이 내 의식에 의해 변조되는 것처럼 말이죠."

“네가 그런 것까지 알고 있다니 대단하구나. 어떤 사람은 세상이 존재하지 않는다고 말하기도 하지. 세상은 일종의 홀로그램이라고, 무지개보다 훨씬 더 흐릿하다고 말이야. 사실 세상을 관찰하는 사람이라면 누구나 그런 결과를 얻게 마련이지.”

“어떻게요?”

“만일 네가 텔레비전으로 폭탄테러에 대한 뉴스를 본다면, 너는 라디오로 모차르트 음악만 듣는 사람과는 현실에 대해 매우 다른 이미지를 갖게 될 거야. 말하자면 그 사람과 너는 서로 다른 의식 세계에 사는 거지.”

“그러니까 사람들이 각자의 머릿속에 서로 다른 세상을 건설하는 한 사람마다 다른 세상을 갖는다는 거죠? 그렇다면 아저씨와 나도 서로 다른 세상 속에 살고 있다는 건가요?”

“세 명의 석공 이야기를 아니?”

“아뇨.”

“한 순례자가 길을 가다가 슬프게 울고 있는 누더기 차림의 남자를 만났어. 순례자는 남자에게 물었지. ‘왜 그렇게 울고 있습니까?’ 그러자 남자가 대답했어. ‘난 지옥을 봤습니다. 나는 죄를 지었고 여생 동안 돌을 깎는 형벌을 받았죠!’ 순례자는 다시 길을 가다가 또 다른 석공을 만났지. 안색이 밀랍처럼 창백한 그 석공은 아무 소리도 들리지 않는 것처럼 커다란 돌덩어리를 열심히 두드리고 있었어. 순례자가 물었지. '거기서 그 돌덩어리로 뭘 만들고 있습니까? 당신도 벌을 받았나요?' 석공은 마지못해 고개를 들고 투덜거리듯 대답했어. '나는 이 일거리를 내일까지 넘겨야 해요. 약속을 못 지키면 가족을 먹여 살릴 수 없을 거요.' 순례자는 계속 길을 갔단다. 이번에는 쾌활한 석공을 만났어. 그 석공은 근육질에 머리에는 원색의 띠를 묶은 건장한 남자였지. 그 석공 역시 돌덩이 위에서 분주히 일하고 있었어. 그는 휘파람을 불면서 끌로 돌을 세심하게 다듬고 있었어. 순례자가 물었지. '무얼 하고 있습니까? 석공이 대답했어. '나 말입니까? 조각을 하고 있습니다. 나는 예술가예요.' 순례자가 다시 물었지. '그럼 당신의 주인은 누구입니까? 그러자 석공은 일손을 멈추고 어리둥절한 표정으로 순례자를 바라보더니 이렇게 대답했어. '내 주인은 딱 한 명입니다. 나는 신의 영광을 기리는 훌륭한 작품을 만들고 있어요. 당신은 내가 성당 건립에 참여한다는 걸 모르겠습니까?'"

"그 석공은 신을 믿었기 때문에 행복했던 건가요?"

"그뿐이 아니란다, 솔. 세 석공은 모두 돌을 깎았지. 말하자면 그들은 동일한 현실을 경험했어. 하지만 그들의 상상은 서로 달랐지. 첫 번째 남자는 불행했어. 형벌로 노동을 했으니까. 두 번째 남자는 무심했지. 그가 일하는 이유는 그저 먹고살기 위해서였어. 반면 세 번째 남자는 예술적 사명을 완수한다는 감미로운 기분을 느끼

며 황홀감 속에서 헤엄쳤어. 이 우화는 극단적인 환경 속에서 우리
가 고통도 행복도 발견할 수 있음을 알려주지. 모든 일은 네가 거기
에 어떻게 다다랐느냐, 네가 왜 그 일을 하느냐, 요컨대 그 일이 네
삶을 긴장시키느냐 그렇지 않느냐에 따라 달라져. 사물에 대한 너
의 의식이 너 자신을 쓰라리게도 달콤하게도 만드는 거지.”

“난 그냥 내가 상상하는 것만 보는데요.”

“만일 네가 그것을 욕망한다면, 혹은 너의 길이 너를 그쪽으로
인도한다면 ‘이론이 관찰을 결정해.’ 아인슈타인이 한 말이란다.”

“그런 예가 있나요?”

“선반에서 가장자리가 빨간 책을 가져와보렴.”

“혹시 착시효과에 대한 책인가요? 나, 그거 엄청 좋아하는데.”

“글쎄, 한번 보자. 아, 여기다. 여기서 뭐가 보이니?”

“산이네요. 그것도 보기 흉한.”

“좋아. 이제 그 이미지를 돌려봐. 위가 아래로 가도록.”

“산이 사라졌네요. 산이 분화구가 되었어요.”

“분화구가 아니라 협곡이지.”

“그런데요?”

“아까 네가 본 산은 존재하지 않는단다. 이건 하나의 이미지일
뿐이야. 이 이미지가 뜻하는 것이 뭔지 아니? 상상하는 사람은, 머
릿속에서 뭔가를 만들어내는 사람은 우리 자신이라는 거야. 너의

눈은 너에게 많은 것을 가르쳐주지만 결국 너를 속인단다. 눈은 그때그때 임의적으로 음각과 양각을 추론해. 그게 무슨 뜻이겠니? 세계는 네가 만드는 것이고 네가 네 안에 지니는 하나의 개념이라는 거지."

바로 그때 끔찍한 통증이 나를 덮쳐왔다. 신장 속의 결석 때문에 허리가 끊어질 듯 아팠고, 나는 숨이 막힐 듯이 비명을 질렀다. 나는 몸부림을 치고, 울부짖고, 벽을 두들겨댔다. 내 인내심이 한계를 호소했다. 나는 통증을 이겨보려고 애를 썼다. 고통 중에도 내 생각들을 끄집어내고 싶었다. 클라라와의 관계를 회복하고, 그 애가 나를 믿게 하고 싶었다. 그 애의 태도에 진력이 났다. 그 애는 내게 음식을 줄 때 그릇을 던졌고, 나를 무시했다. 그 애는 페달을 밟는 쥐를 바라보는 실험실 조교의 눈빛으로 나를 바라보았다. 내가 뭐라고 불평을 해도 그 애는 그저 어깨만 들썩일 뿐이었다. 클라라는 내가 이런 난처한 상황을 자초했다고 나를 비난했다. 그 애의 멸시는 격한 분노로 얼룩져 있었다.

태양은 피의 후광이었다. 햇빛이 하늘에 걸린 채 수평선 이쪽에서 저쪽까지 얼어붙어 있었다. 날씨가 그런 것뿐일까? 우리가 우리 고유의 경험에 집착하는 걸까? 솔의 외침이 까무룩 잠들어 있던 내 기운을 다시 북돋웠다.

"육지다, 육지!"

“뭐라고?”

클라라가 투덜거렸다.

“진짜야! 저기 육지가 있어! 내가 봤다고!”

“그래? 그렇구나.”

클라라가 장난치듯이 대꾸했다.

“누나, 내가 거짓말하는 것 같아?”

클라라가 마지못해 몸을 질질 끌며 보러 갔다.

“저거 말이니? 저건 신기루야, 불쌍한 솔.”

“아니야! 난 화산 같은 것을 봤어. 봉우리에 구름 한 점이 걸려 있는…….”

“확실해?”

“누나가 생각하는 것보다는.”

갑판에서 이리저리 뛰어다니는 소리가 들려왔다. 사순절 끝 무렵 같은 수선과 야단법석. 나는 선실 깊숙한 곳에 갇혀 있었으므로 무슨 일인지 전혀 알 수 없었다. 아이들의 목소리가 배 뒤쪽을 지나갔지만 무슨 이야기인지 알아듣지 못했다.

내가 무기력하게 외쳤다.

“애들아, 무슨 일이냐?”

솔이 대답했다.

“섬이 보여요. 우린 그 섬으로 가고 있어요. 바람이 우리를 곧장 그리로 데려가고 있어요.”

“이제 어떻게 할까요, 아저씨? 이제는 섬이 아주 잘 보이네요.”

클라라가 선실로 내려오면서 물었다.

“아무것도. 아무것도 하지 말아야지.”

“그게 무슨 말이에요? 저 섬에는 틀림없이 바위와 낭떠러지들이 있을 거예요. 아저씨 생각은 대체 뭐예요?”

“클라라, 우리에겐 돛도 없고, 엔진도 없고, 닻도 없어. 그러니 뾰족이 할 수 있는 일이 없어. 우리는 무능력하다고…….”

“거짓말. 혹시 우리 배가 암초에 걸려 부서지기를 은근히 바라는 것 아니에요?”

“그럴 가능성은 거의 없어, 얘야.”

“아저씨, 알아요? 바로 그런 태도가 나를 미치게 해요. 아저씨는 땀에 흠뻑 젖은 채 기가 잔뜩 죽어서는 상황이 절망적이라고, 하지만 걱정할 필요는 없다고 말하잖아요.”

“좋다, 매트리스를 준비해라. 만일 바람이 우리를 암초 위로 밀어주면 매트리스를 바다에 던지자꾸나. 그러면 배를 조금이나마 보호할 수 있을 거야. 하지만 기도해야 할 거다.”

“그게 다예요?”

“식량도 좀 준비해. 물도……. 만일 배가 부서지면, 그리고 섬이 아무것도 없는 사막이라면 그것으로 연명해야 하니까.”

“그러니까 무작정 밀어붙이고 어떻게 될지 두고 보자는 거예요?”

“쓸모 있는 것들을 모두 가방에 챙겨 넣어.”

우리의 수호별, 또는 우리의 수호천사들이 우리가 섬에 무사히 다가갈 수 있게 가벼운 바람과 찰랑거리는 물결을 실어다주었다.

“파도까지 약해지네요.”

클라라가 말했다.

클라라는 갑판에서 계속 상황을 알려주었다. 나는 갑판으로 올라가기엔 너무 지쳐 있었다. 솔은 넘어져서 무릎이 깨졌다. 긴장감이 감돌고 두려움이 흘렀다. 바다에서 몇 달을 보낸 뒤 맞닥뜨리는 미지의 땅이었다. 우리는 주변을 경계하는 걸인들처럼 그곳으로 접근했다. 희망이 꺾이는 것은 거친 바다보다 우리를 더 견디기 힘들게 한다.

모르포 호가 섬에 가까워졌을 때 클라라가 설명했다.

“저건 산호초예요.”

파도가 우리를 산호초 위로 실어갔다. 주변 바닷물이 부글거렸다.

“조심해요.”

솔이 말했다. 솔은 손에 든 냄비로 노를 젓고 있었다.

배가 바닥을 긁으며 마찰음을 냈다. 오래된 산호충에 부딪힌 것 같았다. 나는 선실에서 그것을 느꼈다. 다행히 파도는 거칠지 않았다. 아이들이 '영차' 소리를 내더니 갤리선의 도형수처럼 거친 숨을 몰아쉬며 노를 젓기 시작했다. 클라라가 외마디 소리를 냈다. 솔은 잔뜩 긴장한 채 투덜거리고는 악착같이 노를 저었다.

"빌어먹을! 이 돌출부를 넘어가지 못할 거야."

클라라가 억눌린 목소리로 말했다.

"더 열심히 노를 저으면 될 거야."

솔이 응수했다.

말소리는 더 이상 들려오지 않았다. 솔과 클라라는 열심히 노를 저었다. 들리는 소리라고는 침묵과 끼룩거리는 갈매기 울음소리뿐이었다. 암초에 부딪혔다가 되밀려오는 파도 소리. 그 소리가 아주 가까이에서, 어림잡아 몇 미터 앞에서 지나갔다. 그리고 솔이 외쳤다.

"지나가요, 파도가 지나가요!"

마지막 순간에 커다란 파도가 배를 밀어 올렸다. 우리는 물결에 휩쓸려 돌출부를 넘어갔고, 마침내 암초의 건너편 기슭에 있는 모래사장에 다다랐다.

배가 슈욱 하는 소리를 내며 모래사장에 도착했다. 얼마나 감미로운 소리던지. 마침내 배는 움직임을 멈추고 모래 위에서 삐걱거렸다. 그리고 해변을 어루만지는 파도들의 조용한 소음. 마침내 우리는 도착했다. 대양이 마침내 우리를 뱉어냈다.

"육지다, 육지!"

솔이 몇 번이고 외쳤다.

흥분이 폭포수처럼 내 간이침대까지 굴러 내려왔다. 밖으로 나갈 힘은 없었지만 나도 내 초라한 간이침대에서 눈물을 흘렸다. 모르포 호는 모래사장에 기우뚱하게 처박힌 상태였다. 그 바람에 현창 하나가 막혀서 밖이 보이지 않았고, 또 다른 현창으로는 하늘만 보였다. 저벅저벅하는 발소리가 갑판으로부터 멀어져갔다. 부드러운 모래 속을 펄쩍펄쩍 뛰는 소리가 들려왔고, 클라라와 솔의 목소리가 멀어져갔다. 우리가 정말로 섬에 도착했다는 사실이 믿기 어려웠다. 너무 간단하지 않은가?

빌어먹을, 이 섬은 어떤 곳이지? 사람이 살고 있을까? 만일 아주 작은 섬이라면 먼바다보다 더 황량할 수도 있다. 자원도 통신수단도 없다면 최악일 것이다. 아무것도 없는 암초 위에서 무엇을 할 수 있단 말인가? 그렇다면 얼마나 쓰라리고 얼마나 실망스러울까! 나는 그런 생각을 하지 않으려 했지만 언제나 그렇듯이 마음대로 되지 않았다. 나는 계단 입구로 밖을 내다보려고 몸을 일으켰다. 간신히 머리는 돌렸지만 몸은 연체동물처럼 바닥에 나자빠졌다.

의문들이 뱃속에서 북소리를 냈다. 나는 솔과 클라라가 작은 초

목과 대나무 숲을 샅샅이 뒤지고 해변을 두루 살피고도 황량한 작은 숲 외에 아무것도 찾지 못하는 모습을 상상했다. 이 터무니없는 섬 끄트머리, 이 식은 화산이 잔인한 우리 운명의 결정판이 아닐까? 여기서 사람들을 찾을 수 있을까?

내가 야릇한 두려움에 떨고 있는 사이에 갑자기 한밤중처럼 하늘이 어두워졌다. 잉크빛 구름이 몰려와 열대의 해안을 무차별적으로 폭격하기 시작했다. 그리고 폭우가 쏟아졌다. 물고기도 익사시킬 만큼 대단한 폭우였다. 우리 배는 폭풍우가 희롱하는 커다란 상자 같았고, 내 귀는 집중 폭격에 먹먹했다.

아이들이 달음박질쳐 왔다. 그 애들이 물 커튼을 뚫고 나오는 소리, 배 뒤쪽의 난간을 붙잡고 기어오는 소리가 들렸다. 아이들의 얼굴은 얼어붙어 있었고, 목구멍은 차마 나오지 못하는 말들로 꽉 막혀 있었다. 내 질문을 살짝 피하는 듯한 그 애들의 표정에 입 밖으로 나오려던 내 질문도 말뚝처럼 붙박여버렸다.

클라라가 다시 갑판 위로 올라가더니 솔에게 무거운 오렌지색 상자를 들고 선실로 내려오게 했다. 플라스틱 여행가방이었다. 가방은 선실에 떨어져 내리면서 벙긋 열렸다. 가방 안에서 금속으로 된 싸구려 장신구, 방수복, 밧줄 등 온갖 잡동사니들이 쏟아져 나왔다.

"이게 다 뭐냐? 젠장, 이 저주받은 섬이 무엇을 닮았는지 말 좀 해다오!"

"아무것도 안 닮았어요."

솔이 말했다.

"여긴 결딴난 섬이에요. 아무것도 없어요. 눈을 씻고 봐도 아무것도 없어요. 가건물 하나, 등대 하나, 농장 하나 없다니까요. 심지어 염소 떼도 없어요. 이 가방만 해변에 굴러다니고 있었어요."

클라라가 덧붙였다.

그 말에 나는 이성을 잃었다.

"사람도 없고?"

"말했잖아요, 아무도 없다고."

클라라가 화를 냈다.

"짧은 시간에 섬 전체를 둘러볼 수는 없었겠지. 얼마나 멀리 가봤니?"

"그만해요, 아저씨. 우리는 갇혔어요. 섬 전체는 낭떠러지로 에워싸여 있어요. 더 멀리 둘러보려면 헤엄을 쳐야 해요."

솔이 설명했다.

"아니면 하늘을 나는 새나 빌어먹을 암벽 등반가가 되어야겠죠. 아저씨가 아는 사람이 헬리콥터를 몰고 여기까지 오지 않는 한."

클라라가 내뱉었다.

"낭떠러지로 통하는 길이 틀림없이 있을 거야. 그걸 찾아내면 기어 올라갈 수 있을 거다.”

“아저씨가 그 길을 찾아내면 좋겠네요. 하지만 아저씨는 그전에 비를 주룩주룩 맞고 뻗어버릴 거예요. 그러고는 침대에 드러누워서 이래라저래라 명령만 내리겠죠. 만일 그렇게 되면……”

“그렇게 되진 않을 거야!”

클라라가 외쳤다.

“그래요. 우리는 좀 더 둘러보고 나서 다시 돌아오겠죠! 하지만 그래봐야 별로 달라질 건 없어요.”

이번에는 내가 화를 냈다.

“어쨌든 저 여행가방을 이 섬에서 발견한 건 분명하잖니? 그렇다면 이 섬에 사람이 있는 게 틀림없어!”

솔이 끼어들었다.

“우리가 이 섬에 처음으로 발을 디딘 건 아니에요. 내 말은 저 여행가방이 난파선에서 나온 물건이라는 뜻이에요.”

“뭐라고, 난파선? 그러니까 배를 봤단 말이니? 그럼 사람은? 내 말은 시체를 봤냐는 뜻이다.”

“아무도 못 봤어요. 시체도 못 봤고요. 아저씨, 참 진저리 나게 하네요. 벌써 말했잖아요! 아무것도, 개 한 마리도 없다니까요!”

“아, 그게 그러니까……”

솔이 갑자기 당황하며 말을 더듬거렸다.

“왜 그러니, 솔?”

“이 섬에는 아마 우리뿐일 거예요, 선장……. 하지만 좀 찜찜한 게 있긴 해요.”

“찜찜한 것?”

“그 말은 하지 않기로 했잖아.”

클라라가 솔을 나무랐다.

솔이 바닥을 내려다보며 계속 말했다.

“그러니까 해변에 말이죠…….”

“그러니까 해변에 뭐 말이니. 정말 뭐가 뭔지 이해할 수가 없구나.”

“해변에서 뭘 좀 봤어요. 비어 있는 식량 자루요. 하지만 갈기갈기 찢겨 있었어요. 축제 때 날리는 색종이처럼요. 온전한 상태인 건 아무것도 없었어요.”

“난파한 배에서 나온 물건 같았어요. 결딴이 나서 곤죽이 된 상태였다고요.”

클라라가 지친 목소리로 설명했다.

“그나마 온전한 건 이것뿐이에요. 이 여행가방요. 그래서 가져온 거예요.”

솔이 말했다.

“가방을 닫는 데 쓰는 잠금장치도 그대로 있고요.”

"쓸모가 있겠죠, 네? 그리고 이것도요."

솔이 여행가방에서 오렌지색과 파란색으로 된 바지 한 벌을 꺼냈다. 선원들이 입는 방수 바지였다. 새 것 같았다. 엄청난 능력을 지닌, 극지 탐험가들이 입는, 모피로 안을 댄 바지. 나는 간이침대에 다시 털썩 누웠다. 어느새 하늘이 바뀌어 있었다. 가장 놀라운 것은 바람이 불지 않는다는 사실이었다. 가벼운 살랑거림조차 없었다. 해안에 부딪혔다가 배로 되밀려오는 파도의 철썩거림조차 없었다. 모든 움직임이 사라져버렸다.

방수 바지와 자기 몸의 두 배는 되는 오렌지색 재킷에 파묻힌 솔은 마치 스모 선수 같았다. 클라라가 솔의 어깨를 움켜잡았다.

"돌아봐, '타자'."

"그렇게 부르지 마."

"돌아봐, 바보야. 네 등에 뭐라고 씌어 있단 말이야."

솔이 입은 재킷의 등판에는 그림이 수놓여 있었고 이름도 씌어 있었다. 가느다란 빨간 띠로 둘러싸인 파란 글씨. '스타 클라우드 II.'

교황과 오사마 빈 라덴이 함께 모르포 호를 방문했다 해도 이보다 더 놀라지는 않았을 것이다.

"스타 클라우드……. 그러니까 우리가 스타 클라우드를 발견했단 말이지!"

"그게 뭔데요?"

두 쌍의 눈동자가 물었다.

"극지 탐험선이야……. 남극 지방의 수중 포유류와 조류 연구를 맡았지. 탐사 도중에 자취를 감춰버렸지만."

"침몰했나요?"

옷을 벗은 솔은 마치 사탄의 허물에서 빠져나온 것처럼 그 옷을 바라보았다.

"그건 수수께끼로 남아 있어. 그 사건은 여러 가지 이름으로 불리지. '40미터 길이의 탐험선이 설명할 수 없는 이유로 실종되었다' 는 식으로 말이야. 그 배는 위성과의 연락이 끊기면서 자취를 감췄어. 쯧쯧…… 너는 카메라와 전자회로 등을 통해 어디서든 감시가 이루어지는 우리 시대에는 있을 수 없는 일이라고 말하겠지. 빅 브라더의 당구대에 구멍이 뚫린 셈이지."

"그럼 승무원들은요?"

"아무 흔적도 남기지 않았어. 열 명가량 되는 과학자, 승무원 모두."

"항해상의 실수 때문에 사고가 난 건가요?"

"그건 아닐 거야. 지휘관 존 블레이크는 뉴질랜드 출신의 노련한 항해가였거든. 그는 그 사건이 일어나기 20년 전에 양키들에게서 아메리카컵(1958년부터 3, 4년에 한 번씩 개최되는 보트 경기_옮긴이)을 약탈했고 타발리(Eric Tabarly, 1931~1998. 프랑스의 항해가_옮긴이)와 함께 항해했어."

"그야말로 스타였군요!"

"어쨌거나 그 사건은 대단한 소동을 일으켰지. 대규모의 수색대가 파견되었고, 10개국 해군이 동원되었어."

"존 블레이크를 찾기 위해서요?"

"단지 그것만은 아니었어. 스타 클라우드에는 노벨상을 받은 프랑스 여성 작가 한 명과 미국 여성 대통령의 남편도 타고 있었어. 환경, 종(種), 문명을 보호하자고 전 세계에 호소하는 게 그들의 임무였지."

"멋진 환경론자들이었군요."

클라라가 신랄한 미소를 띠며 말했다. 울부짖음 같은 웃음소리가 사막에 울려 퍼졌다.

"그들은 그 기회를 이용해서 자신들의 관계를 공표하고, 사교적이고 도시적인 삶을 떠나 나미비아에 정착하려 했다는 소문이 돌았어. 그곳 오지 한가운데에 농장을 세우고 혜택받지 못한 그 지역을 일으키려 했다는 거지. 그들은 진보한 문명은 사람을 현명하게 하지도, 자원의 고갈을 늦춰주지도 않는다는 보고서를 발표했어. 그들은 문명이 저지르는 대량 학살에 참여하기를 원치 않았어."

"농담이죠?"

"사람들이 과한 건 사실이지. 실망스러울 정도로 말이야. 자가용 제트 비행기를 타고 다니고, 마약 파티를 즐기고, 음모를 꾸미고, 작은 배신을 수없이 저질러. 번쩍거리는 삶은 소화불량으로 치닫고 결국 미쳐버리는 것으로 끝이 나지. 방탕한 사람들은 이따금 그 모든 것이 부질없음을 깨닫고 금욕주의자로 변모하기도 하지. 음행에서 금욕으로 이동하는 거야. 하지만 그건 단순한 이동일 뿐이야.”

“정화된 그 영혼들에게 평화가 함께하길.”

클라라가 빈정거리며 한숨을 쉬었다.

“무슨 일이 일어난 건지 결국 밝혀졌나요?”

솔이 물었다.

“미 해양국은 엄청난 파도가 덮쳐 수천 킬로미터를 주파할 수 있는 스타 클라우드 호를 전복시켰다고 발표했어. 사람들은 오랫동안 그런 위력을 가진 파도는 존재하지 않는다고 믿었지. 하지만 그 사건 이후 사람들은 알게 되었어. 이따금 그런 파도가 발생한다는 것을. 그런 파도는 다른 파도의 두 배 이상이나 되는 위력을 발휘하지. 그리고 풍문이 돌았어. 그 두 연인이 블레이크와 함께 사람들이 접근할 수 없는 외딴섬으로 숨어들었다는.”

“그 외딴섬이 여기일까요?”

“아니, 너희들 이야기를 들어보니 단순한 난파 같아. 그게 가장 그럴듯해. 애들아, 해변에 다른 것도 있었니?”

클라라가 물었다.

"이를테면 어떤 거요?"

"흔적? 야영을 했던 흔적 같은 것?"

클라라는 잠시 망설이다가 거북한 표정으로 대답했다.

"아뇨. 아까 말했잖아요. 모든 게 너덜너덜 찢겨 있었다고. 그리고 이 여행가방 속에 모자 달린 재킷들이 들어 있었다고. 여행가방이 내용물을 보호해준 거죠."

"보호해? 무엇으로부터?"

솔이 끼어들었다.

"클라라로부터요."

"클라라가 뭘 어쨌는데?"

"클라라가 말했어요. 이건 그들이 우리에게 주는 거나 마찬가지라고. 지금 그들이 처한 상황에서는 이것이 필요 없을 거라고."

"입 다물어, 솔."

클라라가 벼락같이 화를 냈다.

"그들? 하지만 너희들은 아까 아무도 보지 못했다고 했잖니."

"살아 있는 사람은 보지 못했죠."

클라라가 갑판으로 다시 나가며 내뱉었다.

솔이 속삭였다.

"저기에 오두막이 한 채 있었어요. 반쯤 허물어진."

그리고 침묵이 내려앉았다. 해안에 부딪혔다가 다시 밀려오는

파도의 속삭임이 솔과 그 애의 걱정스러운 눈빛을 진정시킬 만큼
긴 침묵이었다.

솔이 말했다.

"거기에 해골들이 있었어요. 해골들이 널려 있었어요."

"어찌나 많던지 갈매기들이 게걸스럽게 먹고 남긴 부스러기 같
더라니까요."

클라라가 갑판에서 억눌린 목소리로 말했다.

그날 밤 어두운 해안은 지옥이었다. 파도들이 지치지도 않고 배
를 마구 때리며 소란을 피웠다. 파도는 배를 다시 바닷물에 띄우고
모래사장에서 몇 길 떨어진 곳으로 실어가더니 위아래로 흔들고
좌우로 굴렸다. 이윽고 맹렬한 공격이 배를 다시 모래사장으로 데
려가서 방치하고 좌초시켰다. 잠시 조용해지는가 싶더니 난리법석
이 다시 시작되었다. 우리는 이리저리 흔들리느라 잠을 이루지 못
했다. 암초로 실려가 배가 부서질지도 모른다는 두려움이 일었다.
하늘의 상황도 나을 것이 없었다. 폭풍우가 연이어 지나갔던 것이
다. 폭풍우는 전혀 약해지지 않은 채 섬광을 번득이고, 하늘을 찢
고, 악착같이 맹위를 떨쳤다. 폭풍우의 기세가 우리를 녹초로 만들
었다. 번개가 어찌나 번쩍이던지 모르포 호 안이 마치 한낮처럼 환

했다. 가장 공포스러운 것은 하늘에서 벌어지는 그 공격이 낭떠러지들까지 두들겨 팬다는 사실이었다. 벼락이 바위를 부수어 돌 더미가 와르르 무너져 내렸다. 그 강력한 힘이 우리를 둘러쌌다. 거대한 힘이 거인의 망치로 섬 여기저기를 두들겨댔다.

새벽에 클라라가 일어났다. 클라라의 얼굴은 햇볕에 그을렸는데도 백지장처럼 하얗고, 피로 때문인지 얼굴에 기미까지 생겼다. 클라라는 아무 말 없이 생선살을 몇 점 발라내 솔에게 먹이고는 내 손이 닿는 곳에 축축한 밀가루를 조금 놓아주었다. 비는 그치지 않았다. 하지만 이제는 마구 퍼붓지 않고 방울방울 내릴 뿐이었다. 클라라가 솔에게 준비하라는 신호를 보냈다.

"자, 이제 저 낭떠러지를 조사하러 갈까?"

솔이 사과의 의미로 내게 지친 미소를 보냈다. 잠시 후 아이들은 스타 클라우드의 오렌지색 잠수복을 입고 선실을 빠져나갔다.

아이들은 내게 이야기했듯이 섬을 넓게 에두르는 것부터 시작했다. 조난자들의 야영지 근처를 지나가는 것은 말도 안 될 일이었다. 해골들이 바람에 하얗게 말라가고 있었다. 아이들은 해골이 있는 곳을 우회한 다음 여정을 길게 늘여 낭떠러지 쪽으로 걸어가기로 했다. 우선 무질서한 바위산을 건너야 했다. 모래 속에 처박힌 돌덩어리들, 300미터 높이의 낭떠러지에서 던져진 것 같은 선돌들. 그리고 기다란 모래 혓바닥에 의해 바다와 분리된 석호(潟湖), 소금기 있는 물, 비 내린 후에 모기들이 윙윙거리는 소리. 이것들도 피해서 가야 할 것들이었다. 모기들은 비와 바람 때문에 틀림없이 며칠 혹은 몇 주 동안 굶주린 것 같았다고 나중에 솔이 설명했다. 그 곤충들은 암벽 틈새에 있는 피난처에 처박혀 기다리고 있었다. 아이들은 순식간에 수천 마리의 곤충 떼에 덮여버렸다.

"방수복을 입었는데도 산 채로 껍질이 벗겨지는 느낌이었어요."

솔이 나중에 말했다. 굶주린 한 떼의 곤충들에게서, 그리고 따끔따끔한 아픔에서 도망치던 아이들은 모래 위에 말라붙은 짐승의 가죽을 발견했다. 토끼, 들쥐, 새의 깃털 뭉치, 모기 떼에 피를 빨린 동물들의 잔해. 아이들은 몸을 딱딱 후려치면서 모기 떼를 피해 달리고 또 달렸다. 낭떠러지를 향한 그들의 전진이 계속되었다. 몸에 걸친 방수복 덕분에 큰 불상사 없이 가시덤불과 빽빽한 수풀을 건널 수 있었다. 그러나 그때부터 두 시간 동안 행진한 아이들은 땀에 흠뻑 젖고 기진맥진한 채 현무암이 담벼락처럼 둘러선 곳에 도착했다.

최악의 사실이 그 애들을 기다리고 있었다. 낭떠러지의 벽면은 미끌미끌했다. 도저히 낭떠러지를 타고 올라갈 수는 없을 것 같았다. 클라라는 낭떠러지 위의 평지로 이어지는 길이 없는지 확인하기 위해 담벼락을 따라 동쪽으로 가보기로 했다. 힘 빠지는 행진이 다시 시작되었다. 아이들은 움푹 파인 검은 바위를 발견했다. 낭떠러지 위로 통하는 길을 낼 수 있을 만한, 적당한 넓이의 줍다란 틈이었다. 아이들은 거기에 잠시 머물며 위쪽으로 올라가보려 했다. 돌 더미와 수풀로 막힌 그 틈을 뚫고.

처음에는 퍽 순조로웠다. 틈새가 계속 이어져 30~40미터쯤 전진할 수 있었다. 하지만 갑자기 밑에서는 보이지 않던 돌출부가 나타나 아이들의 노력을 무산시켰다. 아이들은 그곳을 빠져나가려 했지만 돌 더미가 와르르 무너져 하마터면 깔릴 뻔했다. 솔은 몸에 돌을 하나 맞았다. 그 의미는 명확했다. 그곳을 지나가면 안 된다는 것. 적어도 그런 식으로는.

아이들은 피부가 찔리고, 벗겨지고, 정신이 반쯤 나간 채 다시 해안으로 돌아오기로 했다. 돌아오던 아이들은 지나온 길을 제대로 찾지 못하다가 마침내 해변의 다른 쪽 끄트머리에 있는 수풀로 나왔다. 주변 풍경은 무시무시했다. 화산섬, 분화구, 녹색과 진홍색 줄무늬가 새겨진 거대한 현무암 낭떠러지가 아이들의 눈앞에 우뚝 나타났다.

솔이 주변 풍경을 자세히 살펴보며 말했다.

"어떡하지, 이제 모르포 호가 보이지 않아."

클라라가 이끼로 뒤덮인 조그만 폭포를 지나 해변으로 내려가면서 솔을 안심시켰다.

"괜찮아, 우리가 너무 멀리 온 것뿐이야."

하지만 한 시간 후 길쭉한 모래사장의 이쪽 끄트머리에서 저쪽 끄트머리에 다다른 후에도 모르포 호의 모습은 보이지 않았다. 모르포 호는 어디에도 없었다. 흔적조차 보이지 않았다.

"어디로 가버린 거지? 아저씨가 배를 몰고 도망쳤나 봐."

클라라가 투덜거렸다.

"어떻게 그랬겠어? 노도 없는데! 게다가 그런 몸으로!"

아이들은 숨을 헐떡이며 다른 방향에서 해변을 둘러보았다. 그러나 해안에 부딪히는 파도 소리만, 무심한 바다의 숨결만 들려올 뿐이었다. 어떡하지? 어느새 어둠이 내려 음울한 열대의 하늘을 어둡게 했다. 클라라는 스타 클라우드의 잔해들 사이에 야영지를 꾸미기로 했다. 그것이 유일한 해결책이었다. 소나기에 맞서 피난처를 세울 수 있는 유일한 장소. 굶주린 아이들은 젖은 모래 위에서 벌벌 떨며 찢긴 돛 조각이 달려 있는 돛대 밑에 몸을 웅크렸다. 몸을 웅크린 채 밧줄 더미에 기댄 솔은 흥분이 가시지 않은 무감각 상태에 빠져들었다. 클라라는 잠을 자지 않고 밤을 새우려 했다. 하지만 그 애 역시 염려스러운 반수 상태에 빠져들었다.

그런 상태는 오래가지 않았다. 솔이 위험신호를 보내온 것이다. 솔은 잠이 제대로 깨지도 않은 상태에서 소리를 질러댔다. 발목에 찌르는 듯한 통증이 느껴졌다. 몇 초 후 두 아이는 어둠 속에 일어서서 주변을 더듬거렸다.

“대체 뭣 때문에 고래고래 소리를 지른 거야?”

클라라가 물었다.

“나도 모르겠어!”

“장난하니?”

“깜깜해서 아무것도 보이지 않잖아. 어쨌든 발목이 아팠어. 굉장히 아팠다고. 정말이야. 꼭 무엇에 물린 것 같았어. 그런데 지금은 아무런 느낌이 없어. ‘그게’ 도망갔나 봐. 전속력으로……..”

한참 동안 아무 일도 일어나지 않았다. 클라라는 이야기를 꾸며 댄다며 솔을 나무랐다.

“네가 지어낸 말이지? 나도 죽을 지경이고 오만 가지 생각이 다 떠올라. 하지만 너처럼 한밤중에 공포에 사로잡혀 법석을 떨진 않잖아, 응?”

솔을 계속 꾸짖던 클라라가 외마디 소리를 토해냈다.

솔이 물었다.

“누나도 물렸어?”

“아니. ‘그게’ 내 다리 사이로 도망갔어…….”

“뱀이야?”

“아니야!”

“그럼 뭐야?”

“내 생각엔 쥐 같아! 더러운 쥐들!”

바로 그때 녀석들이 떼를 지어 공격을 개시했다. 녀석들은 위로 튀어 오르고, 굴러떨어지고, 아이들의 벌어진 바짓단과 방수복 상의에 조그만 이빨들을 박아댔다.

"에잇! 이 빌어먹을 쥐들! 수십 마리는 되는 것 같아."

클라라가 쥐들의 공격을 피하면서 고래고래 소리를 질렀다.

솔이 쇠 파이프를 주워들고는 어둠 속에서 마구 휘두르며 모래를 튀겨댔다. 이따금 소리가 들렸다. 쇠파이프가 물렁한 뭔가를 두들기는 둔탁한 소리. 덕분에 놈들이 잠시 공격을 멈추었다. 하지만 솔이 쇠 파이프를 멈추자마자 놈들의 공격이 다시 시작되었다.

"조난자들에게 무슨 일이 일어났는지 알겠어. 쥐들에게 뜯어 먹힌 거야!"

솔이 외쳤다.

솔과 클라라는 바다 쪽으로 도망쳤다. 그 애들의 무릎까지 물이 차올랐지만 쥐들은 끈질기게도 물속까지 따라 들어와 헤엄치고, 빠지고, 물 밑으로 지나다니고, 발가락을 물어뜯고, 다리에 달라붙었다. 득실대는 쥐 떼가 아이들을 둘러쌌다. 눈에 보이지 않는 설치류 떼가 아이들의 몸에 기어오르고 아이들의 살을 탐냈다. 아이들은 물속에서 달리고, 둥글게 원을 그리며 돌았다. 이 어둠 속에서 대체 어디로 가야 할까? 사방에 쥐가 있는 것 같았다. 손을 휘휘 젓고 발을 절대 멈추지 말아야 했다. 몸에 달라붙은 쥐들을 뜯어내고 얼굴까지 기어오른 놈들을 바닥에 후려쳐야 했다. 그것이 굶주린 쥐들에게 뜯어 먹히지 않는 유일한 방법이었다.

방수복을 입은 허수아비들과 쥐 떼의 싸움은 밤이 다 가도록 이어졌다. 흐릿한 별빛의 도움으로 이따금 쥐들의 형체가 흘긋 드러났다. 그 모습은 공포 자체였다. 벌어진 주둥이 사이로 하얀 이빨들이 드러나 있고, 작은 눈들은 맹렬하게 빛을 발했다. 클라라 역시 몽둥이 같은 것으로 무장하고 좀 더 정확하게 쥐들을 가격했다. 가까이 있던 쥐들이 뒤로 물러났다. 그러나 그 뒤에 있던 쥐들이 공격을 개시하면서 쥐들이 혼란 속에서 마구 뒤얽혔다. 그 광경은 공포 이상이었다. 상처 입은 쥐들이 하나둘 늘어나면서 쥐 떼의 기세도 한풀 꺾였다. 날이 밝아왔다. 그러자 놀랍게도 쥐들이 썰물처럼 물러났다. 쥐들은 몰려올 때만큼이나 신기하게 사라져버렸고, 두 아이만 망연자실한 채 물속에 앉아 있었다.

"솔, 저기, 바다 좀 봐!"

클라라가 손가락으로 산호대를 가리켰다. 산호대는 떠오르는 해의 눈부신 빛 속에 잠겨 있었다. 그래서 솔은 아무것도 보지 못했다.

"모르포 호가 저기 있어. 정말이야……. 부서지는 파도 속에, 산호 위에 얹혀 있어!"

"뭐라고?"

“빨리! 파도가 모르포 호를 더 멀리 휩쓸어가기 전에 저기로 가야 해.”

솔이 겁에 질려 외쳤다.

“난 헤엄칠 줄 몰라!”

클라라가 개구리헤엄을 멈추고 뒤를 돌아보았다.

“데리러 올게, 솔…….”

“그러니까 누나 말은 저게 밤새도록 저렇게 가까이에 있었다는 거야?”

솔도 산호대 쪽으로 조금씩 이동했다. 수심이 넓적다리가 잠길 정도밖에 되지 않는다는 사실을 알아차린 솔은 계속 나아갔다. 아직 떨치지 못한 물에 대한 공포를 계속 느끼면서. 솔은 마음을 안정시키기 위해 「옐로 서브머린」을 목청껏 불렀다.

“앗, 모르포 호가 산호 위에 좌초했어!”

클라라가 외쳤다.

솔이 다가오는 모습을 본 클라라는 개구리헤엄을 멈추고 몸을 일으켰다. 수심은 겨우 60센티미터 정도에 불과했다.

지난 저녁부터 바다가 모르포 호를 흔들어대는 것을 느낄 수 있었다. 아이들이 출발하고 얼마 되지 않아 파도가 다시 크게 일어나더니 배를 일으켜 세워 물에 띄웠다. 이번에는 해변으로 돌아가지 않고 바다를 향해 움직였다. 다행히도 산호 위에 배가 멈추었다. 나는 거기서 밤을 보냈다. 무슨 일인지 불안했고 궁금했다. 마침내 날이 밝고, 아이들의 목소리와 발소리가 갑판에 울려 퍼졌을 때 나는 안도감에 긴 한숨을 내쉬었다.

"말해봐라, 너희들. 기차라도 놓친 거니?"

내가 계단 위에 빼꼼히 보이는 달처럼 창백한 두 얼굴을 향해 말했다.

다시 모두 배에 모이자 마음에 위로가 되었다. 역시 고독보다는 뱀과 거짓말이 더 나은 것인가? 내가 아이들과 얼굴을 맞댄 지 너무나 오래되었다. 나는 말하고 싶었다. 이제부터는 떨어지지 말고 우리 모두 모르포 호에 함께 있자고. 내 나비의 파편들, 우리의 삶에서 빠져나온 하늘의 일부. 우리는 운명을 공유하며 융합되었다. 그리고 우리의 차이점들이 우리를 다시 결합시켰다. 단지 시간이 좀 필요할 것 같았다.

솔이 골똘한 표정으로 체스판의 다음 칸을 향해 졸을 밀었다. 그 동안 놓아도 되는 것을 괜스레 붙잡고 있었다는 듯이.

"선장, 의식 말이에요."

"뭐라고?"

"세 번째 질문이에요. 요전 날 아저씨가 의식에 대해 이야기했잖

아요. 의식을 또렷하게 유지해야 한다고. 그게 우리를 구원할 거라
고. 그런데 아저씨, 기분이 별로 좋지 않은 것 같네요."
　"지금?"
　"왜 아니겠어요? 시간이 존재하지 않는 한."
　솔이 조그만 소리로 웃었다.
　"의식이라면 너를 생각으로 이끄는 뭔가를 의미하는 거니?"
　"나를 '파리' 가 아닌 '나' 이게 하는 거요."
　"다른 의식도 있기 때문에 묻는 거야. 자지 않고 깨어 있는 것. 세
상을 너의 감각을 통해 느끼는 것."
　"아뇨, 그런 걸 말하는 게 아니에요."
　"사람들은 이를테면 '의식을 잃는다' 고 말하지."
　"아뇨. 그거 말고 아저씨가 처음에 말한 거요. 내 안에 내가 없었
을 때 가지지 못했던 그 의식이요."
　"그건 인간의 가장 오래된 질문들 중 하나란다, 솔. 네가 아무것
도 보지 못한다고, 아무 소리도 듣지 못한다고 상상해봐. 너는 이야
기를 할 수도 없고, 바람이나 나뭇결 등을 네 피부로 느끼지도 못할
거다. 너는 절대적으로 공허한 어둠 속에서 무중력 상태로 떠다닐
거야……."
　솔이 진지한 표정으로 내 말을 들었다.
　"너는 지금 너 자신을 의식하고 있니?"

“네, 왜냐하면 내가 이야기할 수 있고, 머릿속으로 노래를 부를 수 있고, 뭔가를 생각해낼 수도 있으니까요.”

“그런 행동으로 네가 스스로를 의식한다고 믿는 이유가 뭐니?”

“난 그걸 느껴요. 그건 내 안에 있어요.”

“솔, 우린 제자리에서 빙빙 돌고 있다…….”

“뭐라고요?”

“너는 지금 의식으로 의식을 정의하잖니. 내가 의식한다는 걸 느끼므로 나는 나를 의식한다. 그리고 나는 그것을 느낀다. 왜냐하면 내가 의식하니까.”

“그럼 어떻게 하죠?”

“다른 방향에서 접근해야지. 잠을 잘 때 넌 의식하니?”

“잠을 잘 땐 덜 의식해요. 다른 말로 하면, 하여튼 조금 의식해요. 이를테면 내가 꿈을 꿀 때…….”

“꿈을 꿀 때 넌 자유롭게 뭔가를 한다고 생각하겠지…….”

“그래요! 일어나자고, 혹은 앉아 있자고 결정할 수 있어요.”

“하지만 너의 의식은 네가 일어났다고 혹은 앉아 있다고 느끼는 걸 허락하지 않을걸? 그렇다면 너는 꼭두각시 인형이 아닐까? 외계인들에게 원격조종되는 장난감 말이야.”

“대체 무엇 때문에 이런 것들을 궁금해하는지 모르겠어요.”

“솔, 자폐증이었을 때 너는 의식이 있었니?”

“물에 빠지기 전에요?”

“그래.”

“기억이 없어요.”

“그것 봐라. 의식에 대해 이야기하려면 의식이 있어야 하는 거야.”

“아저씨는 주변만 빙빙 돌고 그게 뭔지 확실히 이야기해주지 않네요…….”

“그렇게 느꼈다면 미안하다, 솔. 하지만 의식이란 것이 무엇인지 제대로 아는 사람은 없어. 모두 양탄자 아래만 더듬지! 심지어 오늘날에도 사람들은 뇌의 단층촬영기술을 통해 의식을 설명하려고 해. 사람들은 단층촬영기술이 작업 중인 뇌를 보여준다고 말하지……. 글쎄, 그럴지도 모르지! 하지만 그동안 다른 사람들은 아쉬람(힌두교 은둔자의 암자_옮긴이)이나 티베트의 사원에서 명상을 해.”

“그래요? 하지만 의식이라는 것을 완벽하게 설명하지 못한다 해도 그걸 가지지 못한 누군가에게, 이를테면 로봇에게 의식을 부여할 수도 있잖아요?”

“우리가 기계로 의식을 만들어낼 수 있는지 알고 싶은 거니?”

“바로 그거예요.”

“엄청난 주제구나!”

"로봇들도 언젠가 의식을 갖게 될까요?"

"어이구, 철학자들은 대부분 비관적이지. 기계가 아무리 복잡하고 정교해도 번득이는 의식을 탄생시키기엔 역부족이라고 여겼던 17세기 철학자 라이프니츠처럼 말이야. 그는 기계장치들, 기계의 진행 방향, 전동축들을 무수히 다양화해도 절대 의식을 탄생시킬 수는 없다고 했어."

"절대로요? 하지만 라이프니츠는 슈퍼컴퓨터 같은 것이 생기기 전에 살았잖아요."

"라이프니츠는 데카르트의 생각에 반대했어. 데카르트는 살아 있는 존재들이 기계와 같다고, 그리고 언젠가는 인간이 오토마타(인간의 지능적 동작을 할 수 있는 시스템_옮긴이)를 만들어 살아 있는 존재들을 복제할 수 있을 거라고 여겼지……."

"쳇, 나는 두 사람 모두에게 동의해요. 라이프니츠와 데로슈요."

"데로슈가 아니라 데카르트야……. 사람들은 그들의 논쟁에 당황했지. 그건 오늘날도 마찬가지야. 비록 옛날과는 표현 방식이 달라졌지만. 데카르트는 대체로 불가사의를 부정하고 싶어 했어. 그는 인간이 표면 너머에 숨겨진 진실에 접근할 수 있다고 생각했지. '나는 세상을 알 수 있다. 왜냐하면 규칙들이 단순하고 논리적이니까. 그리고 그 규칙들을 만든 신은 내가 그 규칙에 다가가는 걸 허락하니까…….' 뭐 이런 식이지."

“나쁘지 않네요.”

“반대로 라이프니츠는 인간이 자기 자리에 머물도록 신이 자신의 규칙에 장벽을 쳤다고 생각했어. 만일 신이 인간의 의식을 약화시키는 불가사의를 세상에 남겨놓았다면, 그건 인간이 모든 것을 이해하거나 신을 흉내 내지 못하도록 그런 거라고 말이야. 그는 인간이 아무리 발버둥 쳐도 접근하지 못할 불가사의가 존재한다고 믿었어. 의식도 그런 불가사의에 속하지.”

“하지만 아저씨 이야기에는 신이 등장하잖아요.”

“그래서 불편하니?”

“하늘에 있는 누군가가 모든 것을 만들었다고 생각하는 건 너무 쉬운 선택 아닌가요?”

“그 시대에 신은 선택의 대상이 아니었어. 세상을 움직이는 필연적이고 강력한 힘이었지. 세계의 숨겨진 메커니즘을 고안한 장인 말이야. 하지만 그런 생각이 불편하다면, 불가사의한 힘, 아니면 숨겨진 지성이라고 부르자꾸나.”

“아, 좋아요. 어둠 속에서 끈을 당겨 인형을 조종하는 인물처럼 말이죠!”

“만일 네가 세상을 창조한 신의 존재를 인정한다면, 거기엔 두 가지 선택이 있단다. 하나는 신이 우리에게 이 세상을 탐험하고 이해할 자유를 허락한다고 여기는 것. 또 하나는 신이 그걸 금지한다고 여기는 것.”

“하지만 아저씨가 말한 신은 인간을 전혀 고려하지 않은 채 여러 방법으로 세상을 만들어 조종했잖아요.”

“데카르트와 라이프니츠는 두 가지 쟁점에서 뚜렷이 대립했단다. 신이 세상에 도입한 도덕의 양, 그리고 신이 자신이 만들어낸 ‘기계’의 기능을 이해할 자유를 인간에게 어느 정도 허락하느냐.”

“도덕요?”

“라이프니츠는 신이 중립적이지 않다고, 신은 미와 선의 기준을 확립하기 위해 자연을 조직함으로써 자신의 법칙들을 만들었다고 생각했어.”

“멋지네요.”

“그리고 그 조화는 신의 본질로부터 나온다고 생각했지. 불쌍한 피조물 인간들이여, 너희들은 절대로 그것을 이해하지 못할 것이다. 흉내 내지도 못할 것이다.”

“데카르트는요?”

“데카르트는 신이 도덕에 신경 쓰지 않는다고 생각했어. 도덕은 인간의 소관이라는 거지.”

“게으름뱅이 신이네요!”

“꼭 그런 것은 아니야. 객관적으로 말해보자. 우리가 사는 세상에서 2 더하기 2는 4지. 하지만 2 더하기 2는 5라고 해도 데카르트의 신은 충격을 받지 않을 거야. 그 신은 세부적인 것들에는 신경을 쓰지 않고, 기계를 통해 재생할 수 있는 사고에도 신경을 쓰지 않으니까……."

"알겠어요. 우리는 언젠가 의식이 이해될지, 그렇지 않을지를 이야기하기 위해 신을 이용한다는 거죠."

"아, 하지만 우리는 여전히 똑같은 질문을 가질 수 있고, 그 질문에 슈퍼컴퓨터를, 로봇을, 복잡한 기계를, 수학을, 소프트웨어를 적용할 수 있어. 그러나 우리가 의식이라는 것을 좀 더 잘 정의하기 위해 의식의 문제를 축소한다면 그건 마치 비가 물방울 하나로 이루어졌다고 말하는 것과 같지."

"아저씨는 그렇게 생각하지 않는 것 같네요."

"나는 이런 질문이 처음부터 잘못되었다고 생각해. 왜냐하면 우리는 어떤 문제에 대한 우리의 시각을 통해 질문을 만들어내니까. 우리는 외관에만 접근할 뿐이니까. 사실 인간이 의식이라고 여기는 것은 의식이 아니야. 세계 속에서 인간이 차지한 자리일 뿐이지."

"그게 문제인가요?"

"그렇기도 하고 아니기도 해. 인간은 세상에 대한 자신의 느낌을 통해 모든 것을 판단하거든. 망망대해를 마주한 훌륭하지만 보잘것없는 존재가 바로 인간이지……. 이것이 바로 너의 의식이 만들어내는 모순이야. 너의 의식은 모든 별이 너를 향해 반짝인다고, 네가 보는 것이 진실이라고 믿게 하지. 조금 피곤하구나, 솔. 좀 쉬었다가 나중에 다시 이야기할까?"

"잠깐만요. 좋은 생각이 있어요."

솔이 램프를 집어 들더니 심지에 불을 붙였다.

"보세요!"

"무얼?"

"벽에 비친 내 손의 그림자 말이에요. 마치 내 의식 같아요. 존재하지만 내가 붙잡으려고 하면 사라지잖아요……."

햇빛이 선실 안으로 들어왔다. 오전이 끝나갈 무렵이라 햇빛은 푸짐하게 선실 바닥까지 쏟아져 내렸다. 날씨가 우리를 배와 화해시켜주었다. 마치 우리가 모래사장 속에서 우리의 발자국을 다시 발견한 것처럼. 우리는 그렇게 흔들리는 배에서 안심하며 빈둥거렸다. 솔이 밖으로 고개를 내밀더니 기묘한 웃음을 터뜨렸다. 이어서 발작적인 기침과 억눌린 흐느낌이 터져 나왔다. 마치 기타의 음조를 맞추는 것처럼.

"하, 다시 바다로 나왔어요……. 이젠 섬이 보이지 않아요!"

클라라가 갑판 위로 뛰어 올라갔다.

“젠장, 이거 정말 웃기지 않니? 이 섬은 우리에겐 기회였는
데……”

“괜찮아! 난 웃기지 않아.”

“솔, 넌 착각하고 있어. 이 섬은 우리의 유일한 기회……”

“다른 사람들처럼 실컷 뜯어 먹힐 기회? 오, 난 아무렇지도 않아.
파도가 우리를 여기로 실어온 것뿐이야.”

“뭔가 할 수 있을 거야. 일단 선실을 봉쇄해.”

“그래요, 힘을 비축해둬요. 곧 힘이 필요할 테니까. 바다가 뭔가
결정을 내린 것 같네요. 안 그래요?”

고백건대 나 또한 마음속 깊은 곳에서 아이들과 똑같은 질문을
제기했다. 이렇게 우리를 갖고 노는 대양은 대체 무엇이란 말인가?

클라라가 다시 선실로 내려왔다. 실망한 그 애의 얼굴을 보며 나
는 그 애가 한계에 다다랐음을 깨달았다. 나보다 훨씬 더한 것 같았
다. 클라라는 더 이상 입을 열지 않았다. 늘 그렇듯 클라라가 침묵
을 지키고 있으면 언제 폭발할지 두려웠다. 그 애가 돌아왔다. 차
츰 우리를 떠났다. 그리고 다시 멀어졌다. 내가 손도 쓰지 못한 상
태에서 그 애는 포기했다. 나는 파트리샤를 생각했다. 솔과 클라라
가 파트리샤의 두 가지 모습이라면 그녀의 어느 부분이 내게 돌아
오고 어느 부분이 멀어져가는 걸까?

고양이들이 우리만큼이나 긴장하여 털을 곤두세웠다. 고양이들

은 밖으로 나가 발톱으로 할퀴고, 뱃전에 토하고, 어쩔 줄 몰라 했다. 녀석들은 꼬리를 뻣뻣하게 쳐들고 털을 곤두세운 채 바닥에 등을 대고 굴렀다. 바람의 냄새를 맡고, 우리를 곁눈질했다.

솔이 클라라를 피해 내게 다가왔다.

"심상치 않네요, 저 위의 하늘 말이에요. 수평선 위에 섬광이 번득이고 먹구름들이 줄을 서 있어요. 그 밑의 바다는 오글오글하고요."

갑자기 벼락이 치자 솔이 겁에 질렸다. 그 애의 표현대로 멍텅구리 부대가 대포를 쏘는 것 같았다.

"바람의 방향이 바뀌었니?"

"정북쪽으로요."

"바로(baro, 물레바퀴로 송어 잡는 도구_옮긴이)는?"

"이런, 굴러떨어지고 있어요."

궂은 날씨가 우리를 계속 따라왔다. 이런 계절, 이런 위도에서는 사이클론(열대성 저기압. 성질은 태풍과 같으며 때로 해일을 일으켜 낮은 지대에 큰 재해가 발생한다_옮긴이)이 발생할 가능성이 적지 않았다.

지금까지 모르포 호를 공격한 폭풍우는 사이클론에 비하면 귀여운 곤두박질일 뿐이었다. 우리에게 적잖은 위험을 가져다주긴 했지만. 나는 이 정도면 운이 좋은 거라고 생각하며 나 자신을 위로했다. 열대의 사이클론은 그 오른쪽이 위험하다. 만일 사이클론이 남쪽으로 진행한다면 동쪽으로 바람이 증가할 것이고, 서쪽으로는 바람이 약해질 것이다. 그 차이는 적지 않다. 20노트(한 시간에 1해리를 달리는 속도_옮긴이). 그 차이는 우리를 죽일 수도 살릴 수도 있다.

"클라라?"

"안 돼요……."

"클라라, 제발 부탁이야."

"난 더 이상 먼바다로 나가고 싶지 않아요. 아저씨도 이해하겠죠……. 날 좀 내버려둬요."

"하지만 먹구름이……."

"나도 봤어요. 하지만 그냥 그런가 보다 해요. 폭풍우가 이는 것뿐이에요."

"아니야, 저건 사이클론이야."

"아저씨, 겁주는 거예요? 결국 비켜갈 거예요. 그냥 지나갈 거라고요. 틀림없어요. 우리한테서 아주 멀리 떨어진 곳을 지나갈 거라고요.”

“아니야, 클라라. 그건 희망사항일 뿐이야. 우리는 사이클론의 경로 위에 있어.”

“아저씨는 왜 그런 이야기를 하는 거예요? 설령 그렇다 해도 우리는 속수무책이에요, 아닌가요? 이런, 젠장! 아저씨 마음대로 생각하세요.”

“우린 사이클론을 피할 수 있어, 클라라. 할 수 있다고.”

“그만둬요, 아저씨. 내가 아저씨의 꿍꿍이를 모를 것 같아요? 아저씨는 감언이설로 솔을 조종해서 솔을 빼앗아갈 속셈이죠? 아저씨가 솔과 속닥거리는 걸, 내 등 뒤에서 솔과 온갖 음모를 꾸미는 걸 내가 모를 것 같아요?”

“무슨 말이니, 클라라! 너는 잘못 생각하고 있어.”

“물론이죠! 아저씨는 처음부터 우리를 현혹하려고 했고, 우리는 줄곧 아저씨의 이 낡아빠진 배에 있었죠. 생선뼈를 빨고 생선 썩은 물을 마시면서요.”

클라라는 자제심을 잃었다. 너무 오랫동안 두려움에 고문당했기 때문이다.

“클라라, 바깥을 좀 봐. 사이클론이야. 저게 안 보여?”

“물론 그렇겠죠!”

“네 도움이 필요해. 솔은 너무 어려. 너희들이 힘을 합치면 지난

번처럼 이 난관에서 벗어날 수 있을 거야. 네 도움이 꼭 필요해.”

“나더러 아저씨를 도우라고요?”

“모르포 호를 보강하면 돼. 지난번보다 시간은 많아.”

30분간의 논쟁 끝에 마침내 클라라가 설득되었다. 그 뒤에 일어
난 일은 초현실처럼 기묘했다. 나는 제대로 움직이지 않는 몸을 천
천히 움직여가며 클라라와 솔을, 내 군대의 마지막 방진(方陣)을 이
끌었다.

바람이 옆으로 불어와 배는 제자리에서 흔들렸다. 게다가 요트
까지 한 척 떠밀려왔다. 그 요트는 측면과 뒷면에 폭풍을 맞았는지
양쪽 측면이 처참하게 노출되어 있었다.

클라라가 항의했다.

“이번에는 어쩌다 그런 거예요! 폭풍우 속에서 길을 잃고 난파한
거라고요. 괜찮아요, 이번이 마지막일 거예요. 우리는 난관에서 벗
어났어요!”

“아니야, 이번 폭풍우는 달라. 하지만 피할 수 있을 거야. 우리가
아무것도 하지 않으면 배는 가라앉을 거야. 혹시라도 아주 높은 파
도가 밀려오면 죽음의 게임이 시작되겠지. 사이클론이 몰고 오는
엄청나게 강력하고 거친 파도에 산더미 같은 물세례를 받으며 으

스러질 거야."

"그래서 어쩌자고요?"

"순풍을 타고 도망치면 돼."

"아저씨는 지금 환상을 보는 거예요!"

"그게 유일한 방법이야. 파도 사이에 조금씩 제동을 걸면서 말이야. 클라라, 잘 들어봐. 우선 약점들을 보강해야 해. 일단 현창 두 개에 나무판을 박아. 나무판은 폭풍우에 대비해서 준비해둔 거야. 내게 배를 판 작자가 어떻게 하는지 알려줬어."

"그다음에는요?"

솔이 눈썹을 찌푸린 채 뭔가 끼적이면서 물었다.

"꼭 붙잡고 매달려야 해. 배가 사방으로 춤을 출 거고 용골을 허공에 쳐든 채 바다에 떠 있을 거야. 고정되지 않은 물건은 모두 흉기가 될 수 있어. 파도 속에서 배의 뒷부분을 지탱해줄 뭔가를 만들어야 해. 솔, 스타 클라우드에서 나온 그 가방에 밧줄이 들어 있었던 것 같은데."

"네, 있어요."

"배 뒤쪽으로 가서 고물에 밧줄을 붙들어 맨 다음 물속으로 내려. 그러면 물에 뜬 닻 역할을 할 거야. 배 뒷부분을 붙잡아줄 거고, 바람이 부는 대로 배를 이동시켜줄 거야. 전속력으로 몰려오는 파도를 윈드서퍼처럼 미끄러져 내려가서는 안 돼. 우리가 파도를 앞서지 않으면 모르포 호는 코를 박고 후진할 거야……."

"그러고요?"

"우리가 전속력으로 타고 내려온 파도는 우리를 따라잡아 배를 으스러뜨릴 거야. 그러니까 배가 파도 한가운데에 쓰러지게 해서는 안 돼. 간단히 말해 밧줄을 잘 조절해야 해."

선실에 침묵이 감돌았고 긴장감이 고조되었다. 내 말 때문만은 아니었다. 앞으로 그야말로 엄청난 상황이 펼쳐질 거라는 사실을 모두 알고 있었기 때문이다.

"클라라…… 밧줄의 길이를 잘 조절해야 한다."

"바깥에서요? 파도 한가운데서요? 아저씨, 바보예요?"

"그 일을 할 사람은 너밖에 없어."

"아니에요. 나도 할 수 있어요."

솔이 나섰다.

"오케이, 좋아요. 내가 할게요."

클라라가 상황을 정리했다.

"명심해라, 배에 단단히 매달려야 한다."

선원들은 그 기술을 잘 알고 있다. 거친 파도는 바람보다 빠르게 전파된다. 소란스러운 소리가 미처 경고해주기도 전에 우리를 때린다. 바다는 배를 이리저리 흔들며 갖고 노는 걸 몹시 좋아한다.

"두고 봐, 조금 있으면 더 대단해질 거야."

앞선 파도들이 우리에게 예고한다. 조그만 모르포 호에는 이미 엄청난 시련이었다. 길고 거친 파도들이 간격을 더욱 좁히며 몰아쳤다. 움푹 파인 골짜기들 때문에 수평선이 보이지 않았다.

"바다가 에메랄드처럼 짙은 초록빛이네요. 그리고 구름은 너무 검어서 꼭 밤 같아요."

술의 말에 내 두려움이 커졌다.

술은 떠들썩한 대소동에 기쁨을 느끼는 듯이 내 침대와 현창 사이를 왔다 갔다 했다.

최초의 공격이 위에서, 옆에서, 앞에서 우리를 가격했다. 파도의 리듬이 빠르게 지나갔다. 모르포 호가 사방으로 요동쳤다. 그러나 위아래로 가장 심하게 움직였다. 우리는 위로 올라갔다가 뾰족한 물봉우리 사이에 내려앉았다. 물봉우리들은 너무나 거대해서 자기 무게조차 이기지 못하고 내려앉는 것 같았다. 그런 물 피라미드들이 어떻게 자기 무게를 지탱할 수 있단 말인가. 설명하려면 하루 종일 걸릴 것이다. 나는 현창을 통해 산더미 같은 물 덩어리가 굴러떨어지는 모습을 보았다. 폭포, 급히 흘러내려가는 물줄기. 우리를 손아귀에 틀어쥔 거대하고 기세등등한 존재. 의지가지없는 모르포 호는 그 존재의 뜻에 장악되어 있었다.

선체에 붙들어 맨 밧줄을 급히 물에 풀어놓아야 했다. 나는 클라라에게 빨리 가라고 소리 질렀다. 파도가 부서져 끊임없이 갑판을 휩쓸었다. 솔은 야단법석이었다. 다채로운 형태와 색깔의 구름들에 넋을 빼앗긴 듯했다. 구름들은 쫓기듯 흐르고 있었고, 솔의 목소리에는 감미로운 두려움이 감돌았다.

"저 구름은 마치 케이크 조각 같아요. 저쪽 구름은 밤처럼 검은색이고, 저 건너편의 구름은 파란색이에요. 두 구름 사이에 있는 구름은 커다란 회전목마처럼 돌고 있고요."

솔은 선실의 입구를 닫고 우리를 둘러싼 묵시록적인 장면을 더 이상 구경하지 않았다. 물보라가 배를 덮쳐 계단에서 물이 뚝뚝 흘렀다. 물보라는 내 매트리스까지 밀려왔다. 물보라가 우리를 압도할까?

솔이 다가와서 털어놓았다.

"아저씨, 난 아저씨가 나쁘다고 생각하지 않아요……."

내가 뭐라고 말하겠는가?

"……그리고 클라라 누나도 마찬가지예요. 클라라 누나는 두려워서 그러는 거예요."

믿을 수 없었다. 이 코흘리개가 나를 다시 한번 무장해제시켰다.

"나도 알아, 솔."

"아저씨, 아줌마를 다시 만나면 기분이 좋을 것 같아요?"

"그녀는 떠났어, 솔……."

"하지만 아저씨는 자신이 아줌마를 죽였다고 생각하잖아요."

"클라라가 그렇게 말하던?"

"아저씨의 폭풍우도 언젠가 아저씨를 떠날 거예요. 그리고 아저씨는 제대로 숨을 쉬게 되겠죠."

아직 폭풍우는 우리를 제대로 강타하지 않았다. 먹구름의 앞부분이 우리 위쪽에 비스듬히 걸쳐졌다. 사이클론이 천천히 우리를 따라잡았다. 마침내 클라라는 밧줄을 고정시키는 일을 마쳤다. 거친 파도 속에서 밧줄의 매듭을 묶으며 그 애가 내뱉는 욕설을 듣고 우리는 그 애가 고군분투하고 있음을 짐작할 수 있었다. 솔과 나는 안에서 만반의 준비를 했다. 나는 솔에게 이런저런 일들을 지시했고, 솔은 바쁘게 물건들을 붙들어 맸다. 칼, 책, 상자, 나사, 바람이 불어도 꺼지지 않는 폭풍우용 램프 등 배가 마구 요동칠 때 흉기로 변할 수 있는 물건들은 모두 뒤쪽의 간이침대와 함께 밧줄에 묶이거나 침대 속에 들어갔다. 클라라가 다시 선실 입구에 내려왔을 때 나는 마음이 놓였다. 우리는 바리케이드를 치고 숨었다.

그것은 커튼의 형태로 위에서부터 떨어져 내렸다. 짓누르는 듯한 혼돈 상태에서 바다와 하늘이 한데 녹아들었다. 바다가 수증기를 내뿜었다. 곧 선실 안은 열기와 습기가 자욱해졌다. 사이클론의 위력은 대단했다. 그것은 전속력으로 우리에게 부딪혔다. 이건 단지 바람일 뿐이야. 나는 이렇게 나 자신을 설득시키려 했다. 하지만 과연 그럴까! 미친 듯한 바람 속에서 모르포 호는 허공에 걸린채 멈춰 섰다. 그러다가 우리는 엄청난 거품 한가운데에 빠졌다. 주변에서 거품이 부글거렸다.

"대단하네요!"

솔이 외쳤다.

솔의 목소리에는 두려움이 묻어 있었지만 기쁨의 울림 또한 섞여 있었다.

모르포 호를 덮친 불시의 공격은 위력이 엄청났다. 앞쪽 현창에 금이 가면서 난폭한 젖빛 대양이 내다보였다.

"솔, 다른 질문은 없니?"

"지금은 질문을 하지 않는 게 좋을 것 같아요. 지금 우리가 올림픽 경기를 하는 건 아니잖아요."

"제법이구나. 아직 질문 두 개가 남아 있어."

"좋아요, 곰곰이 생각해볼게요."

솔이 테이블에 매달려 말했다.

"선장한테 우리가 왜 아직도 살아 있는지 물어봐."

클라라가 빈정거렸다. 그 애가 우리의 대화를 어떻게 들을 수 있었는지는 오직 신만이 알 것이다. 그 애는 우리에게서 2미터쯤 떨어져 있었으니까.

"시간을 좀 주세요. 곧 찾아낼 거예요. 아, 맞아요. 바로 그거예요. 시간."

"뭐라고?"

"시간 말이에요. 이게 바로 질문이에요. 시간은 왜 우리의 손가락 사이로 빠져나가죠?"

"현실, 의식, 그리고 이제는 시간이구나. 숟가락에도 등이 있다는 걸 넌 알고 있겠지? 너는 새들이 왜 하늘을 날아다니느냐고, 혹은 우리가 왜 이야기하는 걸 좋아하냐고 물어볼 수도 있어. 무엇이든 간단한 것 말이야."

"음, 잘 모르겠어요. 나는 주변에서 질문을 찾아내요. 시간은 기묘하죠. 우리는 그 속에서 헤엄치고요."

"아, 그렇다면 내가 할 수 있는 대답은 시간이 존재하지 않는다는 거야."

"난 동의하지 않아요. 시간은 도처에 있어요. 심지어 이 사이클론 속에도요. 만일 사이클론이 오랫동안 지속된다면 우리는 끝장

날 거예요. 나는 어느 날 태어났고 다른 날 죽을 거예요. 그 두 날짜 사이에서 여러 사건이 벌어지죠."

"그 점에 대해서는 네 의견에 동의한다, 솔. 사건들이 벌어지지. 삶, 죽음, 기타 등등. 그러나 그 사건들은 시간에 대한 느낌만 줄 뿐이야. 너의 시간, 네 삶의 시간들 사이에는 어떤 관계가 있을까. 시간은 바람에게 불라고, 태양에게 빛나라고 할까?"

모르포 호가 갑자기 기울어지는 바람에 우리는 벽감으로 기어올라가야 했다.

솔이 이를 악물며 말했다.

"이해가 안 돼요."

"우리가 시간이라고 이름 붙인 것은 우리 정신의 창조물이야. 그것이 다른 사물들을 서로 연결해주지."

"바깥의 바람에 대고 그 말을 해보시지!"

클라라가 외쳤다.

"왜냐하면 사물들은 폭풍우처럼 움직이고 흔들리기 때문이야. 네게는 그 사물들이 시간을 만들어내는 것으로 보이지. 불은 나무를 태우고 꺼지지. 꽃은 시들어. 세계는 무질서 속에 펼쳐지고 식어가지. 그동안 태양들은 하나씩 빛을 잃어……. 하지만 그 모든 시간들은 서로 관련이 없어. 우리가 사물들을 관찰하면서 보편적인 시간을 만들어내고 연결할 뿐이지."

"후회돼요, 선장. 난 거기에 다다르지 못했거든요."

"우리는 속임수를 쓰고 있어. 우리는 시간을 같은 강물 속에서 일어나는 모든 일을 연결하는, 보이지 않는 어떤 것이라고 생각하지. 하지만 그것은 우리의 머릿속 이외의 곳에는 존재하지 않아. 현실의 착각을 기억하니?"

"산이기도 하고 협곡이기도 한 그 이미지요?"

"네가 느끼는 시간은 네가 손목시계의 똑딱 소리로 측정하는 그것과 마찬가지로 존재하지 않아. 그건 또 다른 착각이지. 하지만 이번에는 네 기억이 문제야. 과거를 늦은 현재에 비유하고, 미래를 준비 중인 과거에 비유하는 사람들이 있어. 우리는 현재 속에 살고 있어, 솔. 우리는 냉장고 안에 넣어둔 것을 기억하고, 내일 해가 뜨리라는 사실을 알아야 해. 하지만 그렇다고 해서 시간의 본질이 우리가 사건들 사이에 만들어내는 관계 이외의 의미를 가진다는 뜻은 아니야."

"하지만 나는 시간이 내 혈관 속에 흐르는 것을 느끼는걸요!"

"태양이 반짝이는 한 너는 파란 하늘을 볼 수 있지. 그러나 파란색은 실제로 존재하지 않아. 네 눈의 세포들이 빛의 주파수를 네 뇌 속에서 '파란색'이라는 감각으로 변화시키는 거야. 미안하지만, 솔, 하늘은 파란색이 아니야. 너는 하늘을 파란색으로 보지. 하지만 화성인은 아마도 하늘을 초록색 혹은 투명한 색으로 볼 거야."

"그럴 것 같지는 않아요!"

“맙소사, 그렇다니까……. 하지만 이런 착각에도 이유가 있어. 그건 우리의 일부를 이뤄 우리를 세상에 존재하게 하지. 우리는 사물을 기록하고, 배우고…… 그리고 우리 자신을 미래에 투사하는 기계들이야. 숲 속에 살던 우리의 조상들은 새를 잡아먹기 위해 새의 여정을 예측했을 거야.”

“아저씨는 돌았어요!”

“시간이라는 단어가 지시하는 두 사물 때문에 문제가 어려워지는 거지. 그건 혼란을 야기해. 우리는 우리의 인상을 뜻하는 시간과 우리의 기억을 뜻하는 시간을 식별할 수 있어. 눈송이가 녹듯이, 또는 태양들이 사그라지듯이.”

“그게 어떻게 가능해요?”

“우리가 느끼는 시간을 ‘똑’ 이라고 부르고, 모래시계에서 모래가 떨어져 내리고 수도꼭지에서 수돗물이 뚝뚝 떨어지는 시간을, 그리고 은하계의 움직임을 ‘딱’ 이라고 부르자.”

“그러니까 ‘똑’ 은 기억으로서의 시간, ‘딱’ 은 움직임으로서의 시간…… ‘똑딱’ 거리는 시간!”

솔이 미소 지었다.

“바로 그거야! 하지만 사람들은 시간에 대해, ‘똑’ 과 ‘딱’ 에 대해 말하지 않아……. 각각의 물체, 각각의 사물들은 자기 고유의 ‘딱’ 을 자기 사다리에서 조금씩 떨어뜨리지. 구체적인 어떤 사건이 일어날 때, 이를테면 나뭇잎이 한 장 떨어지고 불꽃이 하나 꺼질 때 그건 ‘딱’ 으로부터 나오는 거야.”

“그리고 만일 내가 검은 섬을 기억한다면 그건 ‘똑’ 으로부터 나오는 거고요.”

“훌륭해, 솔. ‘똑’ 은 존재하고 ‘딱’ 역시 마찬가지지. 하지만 그것들은 서로 아무런 상관이 없어. 우리가 생각을 통해 그것들을 뒤섞는 것뿐이야.”

돌풍에 떠밀려 모르포 호가 흘러가기 시작했다. 그랬다. 흘러갔다. 마치 돛이 바람을 맞은 것처럼! 거친 파도가 이는 가운데 배에 소동이 벌어졌다. 찌르륵거리는 소리, 사납게 외치는 소리, 흔들림, 장중하면서도 날카로운 목재들의 합창. 모르포 호는 미친 듯이 빠른 속도로 파도를 탔다. 우리는 거품이었다. 모르포 호는 돛대도 없이 움직였다. 돛이 불필요한, 예기치 못한 이 폭풍우 속에서 자존심을 애써 감추면서.

클라라가 계단참에 웅크리고 있었다. 클라라는 선실 입구에 숨은 채 밀려오는 파도 사이사이에 갑작스레 이는 돌풍을 피해 이따금 입구를 반쯤 열어보곤 했다. 클라라는 눈을 이리저리 돌리며 맹위를 떨치는 사이클론의 광기에 경탄했다.

사이클론의 위력이 한층 커졌다. 사이클론은 한없이 힘을 더해 갔다. 굳이 밖을 내다보지 않아도 바다의 움직임이 커져가는 것을 느낄 수 있었다. 모르포 호의 움직임을 통해 무슨 일이 일어나는지 잘 알 수 있었다. 상황이 심상치 않았다. 솔과 나는 먹은 것을 전부 토했다. 선실 안은 마치 시궁창 같았다. 클라라는 조용한 에너지를 뿜으며 활발히 움직이고 있었다. 클라라도 우리만큼이나 기진맥진 해 있었다. 그러나 그 애는 가만히 앉아 있지 않았다. 바삐 움직이 고, 분주히 돌아다니고, 밧줄을 보강하고, 우리에게 마실 것을 갖다 주었다. 나는 그 애가 움직이는 모습을 물끄러미 지켜보았다.

갑자기 클라라가 선실 입구의 덮개를 붙들어 맨 밧줄을 풀더니 밧줄을 손에 둘둘 감았다. 정말이지 어리석은 짓이었다. 나는 지난 번 솔이 물에 빠졌을 때처럼 그 자리에 얼어붙어버렸다. 공포스러 운 장면을 무기력하게 바라보고만 있는 몽상가. 클라라가 덮개를 들어올리자 바람이 밀려 들어왔다. 너무 늦었다. 미친 듯한 바람에 노출된 나무 덮개는 아무런 힘도 발휘하지 못했다. 덮개가 붕 뜨더 니 1미터쯤 날아올랐다. 불시의 상황에 팔이 홱 당겨지자 클라라는 울부짖으면서 안간힘을 다해 몸을 지탱했다. 바람이 잦아들자 허 공에 떴던 덮개가 다시 내려왔다. 그리고 우지끈 소리가 나더니 뭔 가가 도끼처럼 모르포 호를 두들겨댔다. 나무로 된 벽면이 일부 부 서진 것이다. 다시 돌풍이 몰아쳤다. 부서진 벽면이 공중으로 미친 듯이 날아갔다가 다시 돌아와 갑판을 결딴내버렸다.

"클라라, 손을 놓지 마!"

윙윙거리는 바람에 맞서 나는 울부짖었다. 승강구 덮개가 바다로 날아간다면 그야말로 끝장이었다. 선실 입구가 활짝 열려 바닷물이 선실을 가득 채울 것이고, 우리는 침몰할 것이다.

"솔, 클라라를 도와줘. 빨리!"

그야말로 난장판이었다. 팽팽했던 밧줄이 느슨해졌다가 다시 팽팽해지면서 손가락과 팔을 결딴낼 것처럼 위협했다. 그러나 아이들은 악착같이 밧줄을 놓지 않았다. 작은 기적이 일어났고, 마침내 아이들이 해냈다. 승강구 덮개가 아래로 확 밀려 내려오자 아이들은 바닥에 배를 깔고 엎드린 채 승강구 덮개를 다시 붙잡아 원래 자리에 묶었다. 아이들은 손에 피를 흘리면서 바닥으로 쓰러졌다.

바람이 다시 강해졌다. 이번에 바람은 우리 귀에서 몇 센티미터 떨어진 곳에서 날카로운 음조로 불어댔다. 나무판들이 모두 호루라기 소리를 냈다. 그리고 바람이 멈췄을 때 파도가 칼날같이 맹렬하게 갑판 위를 공격했다. 바람은 북소리를 내며 부딪혀왔다. 그 소란 속에서 우리는 신경이 날카로워졌다. 한두 마디를 주고받으려고 해도 마구 고함을 질러야 했다. 어둠과 현기증 속에서 마지막 남은 힘이 탕진되었다. 뼈마디가 아파왔다. 나는 너무나 지쳐 있었다. 아이들도 마찬가지였다. 갑자기 고도가 높아지면서 시야에 아무엇도 보이지 않았다. 클라라가 승강구 덮개를 다시 한번 반쯤 열었다(이번에는 밧줄 한 사리로 버팀목에 단단히 묶어둔 채). 여러 번의 시도 끝에. 시속 200킬로미터 이상으로 바람이 불어댔다.

"괜찮을까요?"

향유고래의 뱃속처럼 악취가 풍기고 동요된 모르포 호 선실에서 우리는 불과 한 치 앞만 볼 수 있었다. 밤이었다. 물론 나무판 사이로 불빛이 어렴풋이 새어 들어왔다. 유령 같은 클라라의 모습이 보였고, 벌써 수없이 뒤집혔던 서랍들이 다시 뒤집히지 않도록 클라라가 서랍들과 씨름하는 소리를 들을 수 있었다. 클라라가 갑자기 억양 없는 목소리로 중얼거렸다.

"저게 반짝이네……."

"무슨 소리야?"

솔이 물었다. 솔은 파도와 같은 리듬으로 소리를 죽여 "헬프!"라고 중얼거렸다.

"바다 말이야. 바다가 반짝인다고!"

클라라의 말이 옳았다. 바다 속에서 플랑크톤들이 반짝이고 있었다. 이미 알고 있는 반짝임. 밤이면 아주 작은 그 생명체들이 배의 후류(後流) 밑에서 빛을 내며 반짝인다. 악천후 속에서 바다 전체가 빛났다. 모르포 호가 남기는 후류는 사인곡선, 하나의 흔적이 되었다. 달빛 아래에서 스키어가 눈 위를 활강하며 자국을 남기듯이. 솔은 행복한 눈으로 그 광경을 바라보았다.

밖에서는 여전히 강풍이 불어댔다. 우리는 호되게 당하고 있었지만 모르포 호는 스릴 있는 교전에 행복해 보였다. 배는 집채만 한 파도 속에서 미끄러지기를 여러 번 반복했다. 배는 파도의 공격을 살짝살짝 피해냈다. 낡아빠진 배가 현명하게도 느리게 움직이며 파도와 부딪치는 소리가 연이어 들려왔다. 배가 두 개의 파도 사이에서 좌현으로 비스듬히 기울어졌다. 또 다른 파도가 밀려와 뒤쪽에서 배를 공격했다. 파도는 모르포 호를 작은 봇짐처럼 들어올렸고, 배는 비탈 속을 하염없이 흘러갔다. 이럴 때 선체에 붙들어 맨 밧줄이 무슨 소용이 있을까? 키가 움직였다. 모르포 호는 바람을 향해 다시 코를 쳐들더니 속도를 늦추고는 움직임을 멈췄다가 대형 여객선만큼이나 육중하게 아래로 떨어졌다. 잠시 후 현기증을 일으키는 커다란 움직임과 함께 모든 것이 다시 반복되었다.

그런 상태가 끝도 없이 지속되었다. 사흘 낮과 이틀 밤 동안 아무도 쉬지 못했다. 나도 뜬눈으로 지새웠다. 잠깐이라도 좋으니 쉬고 싶은 마음이 간절했다. 하지만 우리는 충격으로 기진맥진한 나머지 창백한 안색으로 간이침대에 쓰러졌다. 몸이 뻣뻣하게 굳은 우리는 선실 안에서 이리저리 내팽개쳐지지 않기 위해 있는 힘을 다해 붙잡고 매달렸다. 아무도 징징거리지 않았다. 빠져나갈 길만 기다렸다.

빠져나가는 것이 가능할까? 소란스러운 돌풍이 한층 더 힘을 더하면서 견디기 어려운 소음을 자아냈다. 이제 바람의 속도는 시속 250킬로미터가 넘을 것 같았다. 바다는 파도를 부글부글 끓이는 냄비 같았고, 모르포 호는 그 속에서 고난을 겪었다. 한계를 넘어버렸다. 배는 바다 속에서 구르고 팅겨나갔다. 바다에서는 거친 파도들이 서로 맞부딪치며 확장되었고, 또 다른 파도들이 양쪽 방향에서 괴물 같은 물 더미에 힘을 더했다. 새로운 전선이 펼쳐지면서 바람의 방향이 바뀌었다. 모르포 호에는 불운이었다. 모르포 호의 뒷부분은 돌풍에 완전히 붙잡혀버렸다. 배에 부딪혀오는 타격들이 우리의 혈관에까지 느껴졌다. 무수히 몰려온 파도에 마침내 선체의 목재가 부러졌다. 밖으로 나가야 했다. 배 뒤쪽으로 가서 이제는 우리를 꼼짝 못하게 잡아둔 밧줄을 잘라야 했다.

짠 바닷물이 내 몸에 쏟아져 내렸다. 사이클론이 장난을 치기 시작했다. 망망대해에서 보낸 몇 주 동안, 아니, 몇 달 동안 햇볕이 목재를 수축시켜 접합부들을 해체시킨 것이 틀림없었다. 부서지는 파도가 철썩거리며 자신의 임무를 완수하고 있었다. 머리 위에서 갑판이 부서졌다. 폭파하기까지 시간이 얼마나 남았을까? 아이들도 이미 알고 있었다. 모르포 호가 우지끈 소리를 내며 해체되는 것을 느끼지 않으려면 그전에 죽는 방법밖에 없었다.

"날 내보내줘요……. 이 빌어먹을 파도…… 아저씨는 날 파도에 휩쓸려 보내려는 거죠……. 놔줘요!"

클라라가 공포에 질린 채 활짝 열린 두 눈으로 허공을 응시하며 선실 밖으로 몸을 날렸다.

"클라라, 너무 늦었어!"

나는 클라라가 선체에 묶은 밧줄을 풀어버리려는 줄 알았다. 하지만 클라라는 파도 때문에 버티지 못할 것이다. 솔이 달려들어 클라라를 말렸다. 클라라는 큰 위기에 처했다. 그러나 공포와 정신착란으로 눈이 멀어버린 클라라는 우리의 외침을 듣지 못했다. 클라라는 솔을 팔꿈치로 밀어냈고, 솔은 계단 옆으로 나뒹굴었다. 클라라는 그 틈을 이용해 밖으로 나갔다. 클라라는 갑판에 배를 깔고 엎드려 기어가기 시작했다. 클라라가 뒤를 돌아보았다. 선실 입구의 네모난 틈으로 얼굴을 들이밀고 우리를 바라보았다. 클라라는 말없이 가만히 있었다. 1, 2초쯤 망설이는 것 같았다. 그 애의 입술이 움직였다. 그 애의 입술은 가냘프고 파랬으며, 자신의 눈빛을 배반하지 않는 미소가 떠올라 있었다. 클라라가 우리에게 뭔가를 말했다. 하지만 요란한 파도 소리 때문에 알아들을 수 없었다.

파도 하나가 조금 느릿하게 지나갔다. 클라라의 손에 힘이 풀리더니 계단참을 붙잡고 있던 손가락들이 차례로 떨어져나갔다.

클라라는 이제 거기에 없었다.

솔이 선실 입구의 덮개를 닫고 흐느껴 울었다. 하지만 마음껏 울지는 못했다. 상황이 너무나 격렬하고 급박했던 것이다. 우리는 그렇게 오랫동안 머물러 있었다. 파도와 차가운 물의 지옥 속에서 극도로 쇠약해진 채 서로 몸을 꼭 붙이고 추위와 슬픔을 느끼며. 모르포 호는 침몰하지 않았다. 마침내 파도가 잦아들었고, 우리는 잠이 들었다. 그랬다, 우리 둘 말이다. 솔은 내게 몸을 꼭 붙이고 있었다. 나는 그랬다고 확신한다.

케이프혼의 해안 경비함이 다가오더니 랜턴으로 비추며 나를 배에서 꺼내주었다. 하늘에서는 마치 눈이 내리는 것 같았다. 마치 별들이 쏟아지는 것 같았다. 그들이 들고 있는 랜턴 때문에 눈이 부셨다. 그들은 항해일지의 첫 페이지를 들여다보며 질문을 했다. 나는 항해일지에 우리의 이름을 전부 적어놓았다. 나는 솔이 어떻게 되었는지 그들에게 물었다. 잠에서 깨어보니 솔 역시 배 안에 없었다. 그게 다다. 그렇다. 솔이 다섯 번째 질문을 했을 때 파도 소리가 요란하게 일었던 것은 기억한다.

"신은 누구예요?"

내가 정직했다면 신은 바로 우리라고, 우리의 이미지라고 대답

했을 것이다. 종교는 스스로를 안심시키기 위해 사람들이 만들어
낸 것이라고. 면전에 다가온 죽음에 공포를 느끼면 사람들은 그런
교묘한 것을 고안해낸다고. 그리고 그다음에는 자기들끼리 서로
치고받고 죽이지 않기 위해 신을 이용한다고. 그런데 실제로는 그
와는 정반대의 일이 벌어진다고. 신들은 그렇게 전쟁의 주인이 되
고 인간 권력의 열쇠가 되었다. 때때로 인간은 신들의 도움을 받아
제국을 건설했다. 그리고 타인의 신이 위험하고 위협적이라고 믿
기 시작했다.

내가 잠에서 깨어났을 때 바다는 평온했다. 솔은 떠나고 없었다.
눈물도 소리도 없이.

그들은 내 말을 귀담아듣지 않았다. 상관없었다. 나도 더 이상 이
야기하고 싶지 않았으니까. 내가 여기 습하고 더운 병원에 들어온
지도 여러 주가 지났다. 그들은 내가 좋아질 거라고 말한다. 내 피
부를 주사기로 마구 찔러대면서.

"피로로 인한 착란 증세일 뿐입니다."

글쎄, 그럴까. 나는 할 말을 찾지 못했고, 그들은 그걸 이용했다.
내가 잠든 동안 그들이 내 항해일지를 빼앗아간 것이 틀림없다. 그
들은 클라라와 솔이 존재하지 않는다고 말한다. 그들은 클라라와

솔에 대한 내 이야기에 익숙해졌고, 내가 클라라와 솔을 만들어냈다고 생각했다. 내가 망망대해를 표류했다는 이야기에, 기적적으로 여덟 달을 버텼다는 이야기에 그들은 내 머리가 정상이 아니라고 생각했다. 하지만 나는 내 항해일지를 믿는다. 그 믿음을 버린다면 나는 그야말로 침몰할 것이다.

어제 새로운 의사가 나를 찾아왔다. 하얀 가운이 아닌 잿빛 가운을 입은 그가 기분 좋은 얼굴로 내게 항해일지를 내밀었다. 그는 엄숙한 목소리로 자신이 나 같은 사람을 전문으로 한다고 말했다. 문제는 아주 간단하다고 했다. 내가 파트리샤의 죽음 앞에서 나 자신을 용서하지 못했다는 것이다. 어찌 됐든 고맙습니다. 나도 이미 알고 있어요. 하지만 그는 파트리샤에 대해 이야기하면서 이를 드러내고 웃었다. 어떻게 그럴 수가? 그는 클라라 그리고 솔에 대해 계속 이야기했다. 클라라와 솔은 파트리샤의 일부라고 했다. 시간을 거슬러 올라가려는, 파트리샤를 되찾으려는, 그녀의 죽음을 지워버리려는 내 욕구가 클라라와 솔을 만들어냈다고 했다. 악의에 찬 클라라는 나의 분노라고, 나를 휩쓴 증오라고 했다. 과거를 끊임없이 되뇔 필요는 없다고, 이제 그만 잊어버려야 한다고 그가 덧붙였다. 그렇다는 믿음이 그의 삶을 단순하게 만들어줄 것이다. 나는 항해일지 겉표지의 '모르포(MORPHO)'라는 글씨 주위에 남아 있던 솔의 필적을 보여주지 않았다. 바다를 향해 출항하기 직전에 쓴 것

이 틀림없었다. 그 글씨들은 파도처럼 흔들리며 상자 속의 비밀에
눈을 감으라고 말한다.
'보지 마시오.'

그들은 누구인가

파란 바다 한가운데를 항해하는 하늘색 요트 '모르포 호.' 그 안에는 아내를 잃은 전직 천체물리학자 로익과 당돌한 소녀 클라라, 클라라의 사촌동생이며 자폐증을 앓는 소년 솔이 타고 있다. 로익은 부두에서 처음 만난 클라라의 집요한 부탁을 받고 망설임 끝에 두 아이를 요트에 싣고 바다로 가벼운 소풍을 나간다. 마치 자신이 틀어박혔던 껍질에서 벗어나 세상을 향해 나아가듯이. 그러나 발동기가 고장나는 예상치 못했던 사건으로 말미암아 처음에 예정했던 가벼운 소풍은 8개월간의 표류가 되어버린다(적어도 로익은 그렇게 생각한다).

2년 전 아내 파트리샤를 잃은 뒤 천체물리학 연구에서도 손을 놓고 사람들을 멀리하며 조용한 항구에서 특별히 하는 일 없이 소일하던 로익이 안면도 없는 클라라와 솔을 자신의 요트에 태워준 것은 아마도 솔의 눈에서 파트리샤의 눈을 보았고, 클라라가 파트리샤처럼 칠흑같은 머리칼을 갖고 있었기 때문인지도 모른다.

의지가 강하고 고집스러운 소녀 파트리샤는 처음엔 로익에게 친근감을 표시하며 접근해오지만, 요트 안에서 시간을 보내는 동안 로익이 실은 사이코패스이며 자기들을 쥐도 새도 모르게 죽여버릴지도 모른다며 차츰 불안감과 히스테리를 느낀다.

한 번 보거나 들은 것은 귀신같이 기억하는 솔은 어느 순간 갑자기 말문이 터지면서 로익에게 세상에 대한 질문을 쏟아붓는다. 바닷물에 빠져 상어밥이 될 뻔했던 사건에서 '충격'을 받아 그렇게 되었다고 로익은 추측한다. 이후 솔과 로익이 주고받는 대화는 '이 세상을 어떻게 볼 것인가', '우리의 행복과 불행을 결정하는 것은 무엇인가'라는 철학의 큰 주제를 향한다. 로익이 생각할 때 사람의 행복과 불행을 결정하는 것은 「르 피가로」의 표현대로 "눈에 보이지 않고 가벼우며, 본질의 골조를 차츰 조직하고 해체하는 수많은 사물"인 듯하다.

로익은 솔에게 말한다. "바이올린을 처음 배우는 사람이 수년 동안 무수한 활 쓰기를 통해 연주하는 법을 배우듯이, 우리의 일상 속에 수없이 축적된 결정들과 대수롭지 않은 행위들이 우리의 삶을 조직하는 법이야……조용한 밤에 귀를 기울이면 소리가 들릴 거야. 그들의 작고 빠른 움직임은 네 마음속 깊은 곳에서 멈추지 않는단다. 나는 그것을 '나비들의 음모'라고 부르지."

이 소설은 저널리스트이자 형성물리학자인 파트리스 라누아의 작품으로서, 어떤 소설과의 비교도 불가능한 매우 독특한 구성을 취하고 있다. 주요 인물로 위에서 언급한 세 명만 등장할 뿐이고, 공간적

배경도 앞부분의 부두 장면과 뒷부분에 짧게 소개되는 병원 장면을 제외하면 바다 한복판이 전부다. 그럼에도 불구하고 거부할 수 없는 낯선 매혹으로 읽는 사람을 끌어당긴다. 소설을 이끌고 가는 주된 동력은 로익과 클라라 사이의 팽팽한 심리적 갈등과 자폐아 솔이 변모하는 모습이다. 여기에 로익을 아프게 하는 과거의 상처가 언뜻언뜻 모습을 비춘다.

경계의 날을 잔뜩 세운 채 끊임없이 로익을 의심하고 공격하는 클라라는 로익의 마음을 할퀴어대는 상처 또는 분노와 흡사하고, 자폐아 솔은 자신의 실수로 말미암아 아내 파트리샤를 잃고 회한 속에 틀어박힌 로익을 매우 닮은 것 같기도 하다.

여러 차례의 폭풍우와 숱한 고비를 넘긴 후, 결국 로익은 위험에서 벗어나 구원받는다. 케이프혼 해안 경비함이 그를 구조한 것이다. 클라라는 공포와 정신착란으로 눈이 먼 나머지 바닷속으로 떨어진 뒤이다. 사람들은 로익이 8개월간 망망대해에서 표류했다는 이야기를 믿지 못한다. 그들은 솔의 행방도 알지 못한다. 클라라와 솔, 그들은 과연 누구인가?

2009년 여름
최 정 수